Takayuki & Arthur
「H・K《ホンコン》ドラグネット①」

だが、人形のようにじっとしていられたのは、そこまでだった。加速する痒みにクレイグは首を振り、腰をくねらせる。ジェイソンが言っていたように、炎で身を焼かれているようだ。
「は……あっ」
クレイグは瞼の裏がじん、と痺れ、潤むのを感じた。認めるのは恥ずかしくてたまらなかったが、肉体は正直だった。
(本文P.197より)

H・K《ホンコン》ドラグネット①

松岡なつき

キャラ文庫

目次

口絵・本文イラスト／乃一ミクロ

1

登下校に通る川原の土手は、今年も桜が満開だった。

彼方に見える鉄橋を電車が通り過ぎる音のほかには、鳥のさえずりしか聞こえない――そんなのどかな日本の春。

けれど、穏やかな情景にまったくもって似つかわしくない、ささくれだった空気が、ふいに薄紅に染まった土手を駆けぬけた。

「伊庭《いば》ァ、今日こそ貴様のでかいツラァ、地面にこすりつけてやるぜぇっ！」

「いーい気になってんなよお、らー！」

「このへん、シメるにゃ、まずテメエをぶっ殺しておかねえとな」

「どうした？　怖《お》じ気《け》づいたのかぁ？　ああん？」

心底うんざりして、伊庭隆之《たかゆき》は溜《た》め息《いき》をついた。

（またか……）

挑発する声はやけに威勢がいい。しかし、どやどやと隆之のまわりを取り囲んだ、数にして十人弱の少年達は、いっこうにその輪を狭《せば》めてくる気配をみせなかった。敵の動向を見守っているのか。それとも襲いかかるタイミングがつかめないのか——あるいはその両方なのか。とにかく、彼らは奇妙に据《す》わった眼つきで、円の中心に立つ隆之を凝視している。

(この季節になると、こーゆーバカが必ず出てくるんだよな)

隆之は覚悟を決めて、鞄《かばん》を放り投げた。ありがたくもなんともない風物詩だが、避けられない行事ならサッサと済ませるに限る。

「おまえ!」

一番手近にいた少年の目前に指を突きつけて、隆之は大きな声を上げた。

「な、なんだよ?」

相手は突然の呼びかけに怯《ひる》みながらも、精いっぱい隆之を睨《にら》みつけてくる。

「頭、硬そうだな」

言い終わるが早いか、隆之は思い切り少年の額に自分の額を叩《たた》きつけた。

「ぐぇ……!」

ふいを突かれた少年が奇声と共に仰向けに倒れる。隆之の加減を知らない攻撃のために、彼はすでに白目を剝《む》いていた。

その不様な姿を見下ろして、隆之がつまらなそうに鼻を鳴らす。

「でもねーか。見かけ倒しだな」

「……んのやろおっ！」

頭にカッと血を上らせた少年達が、今度は我先に飛びかかってきた。ようやく自分達が数の上で勝っていることに気づいたのかもしれない。だが、

「ハ……！」

隆之も抜かりはなかった。押し寄せる敵の柔らかい喉《のど》に鋭い手刀を食い込ませ、前のめりになった相手の肩を押さえると、そのまま腹部を膝《ひざ》蹴《げ》りにする。狙《ねら》いは肝臓だ。ここにヒットすれば、容易に起きあがれないほどダメージが大きくなる。多勢に無勢のケンカでは、少しでも敵の数を減らす作戦をとらなければならない。

「……ざけんなあ……っ！」

バタバタとやられていく仲間に恐慌をきたした少年の一人が、隆之が放り投げた鞄を拾った。そして、持ち主の後頭部を思い切り殴打し始める。

「死ね！　死ねえっ!!」

一度といわず、二度、三度と鞄を持つ腕は躍った。そのたびにドグ、ドグッと鈍い音が上がる。しかし、先制攻撃として用いている頭突きのために鍛え上げられた隆之の頑健な首は、その激しい攻撃にも一瞬たりともぐらつくことはなかった。

「……上等じゃねーか」

ニヤ、と物騒な笑みを浮かべた隆之は、振り返りざまに右の拳を敵の顔に埋める。

鼻梁《びりょう》に叩きつけられたパンチに血を噴き上げながら、相手の少年は反射的にファイティングポーズをとろうとした。

それがかえって、隆之の怒りに火をつける。さっさと倒れていれば、あえて追い打ちなどはかけない。だが、相手が闘志を捨て去らないうちは、隆之の敵意もまた激しく燃え上がるのだ。

「てめえら」

隆之は朦朧《もうろう》としている少年の襟首《えりくび》をつかみ、とどめとばかりにアッパーカットを食らわせてから言った。

「ホラー映画は好きか?」

「うるせえっ!」

背後から襲ってきた別の少年を鮮やかな背負い投げで地面に叩きつけた隆之は、息を弾ませながら続ける。

「見てねえらしいな。ホラー映画ってのはな、最初に殺《や》られるヤツらの方が、楽な死に方ができるんだぜ!」

発した言葉のまま、隆之は荒れ狂った。ある者は歯をへし折られた衝撃で失神し、ある者は無防備に曝《さら》け出された鳩尾《みぞおち》を踏みつけられて嘔吐《おうと》している。相手が泣こうがわめこうが、隆之は一切容赦《ようしゃ》をしなかった。

「くそ……っ」

土手に転がった雑魚《ざこ》を忌々《いまいま》しげに眺めやって、隆之は舌を打つ。歯形のついた手がじんじんと痺《しび》れたように痛む。そう、敵も必死に応戦するから、隆之自身もまったく無傷というわけにはいかないのだ。

「あー……腫《は》れるな、こりゃ」

殴られた拍子に口の中も切ってしまっていた。顎《あご》をカクカクと動かし、噛《か》み合わせがずれていないことを確かめた隆之は、灼《や》けた鉄の味が残る口元を埃《ほこり》だらけの制服の袖《そで》で拭《ぬぐ》う。そして、倒れ伏したままの少年達にくるりと背を向け、歩き出した。

捨てゼリフも勝ち誇った表情もない、淡々とした別れ。

まあ、勝って当然の戦いであれば、特別な感慨もない。ただ、

(帰りたくねー……)

自宅へと向かう、その足は格段に重くなっていた。

新学期が始まったばかりだというのに、もう制服はドロだらけだ。こんな息子を目にしたら、母親の律子《りつこ》は何と言うだろうか。

(決まってる)

延々と説教を喰らうことは、覚悟しておかねばならなかった。しっかり者の母親は、他人に迷惑をかけることを何よりも嫌う。もめ事など、以《もっ》ての外だ。

「まったく、あんたって子は……『ケンカ買います』って看板ぶらさげて歩いてるんじゃない

の？」

　何度も通った道筋だ。お小言の内容も大体は決まっている。

「子供の頃から何が気に食わないんだか、人様に乱暴ばかりして……力ですべてを解決しようとするなんて、ケダモノと同じじゃない！」

　お説ごもっともだ。しかし、隆之にも言い分はあった。正直、拳でカタをつけるのは決して嫌いではなかったので、その部分については申し開きができないが。

（俺が奴らを気に食わないんじゃないんだよ、母さん。奴らのほうが俺を気に入らないんだ。昔っからさ）

　幼い頃は父親の不在をネタに苛《いじ》められた。思春期を迎えると、今度はスナックを経営している母親のことをからかわれた。いもしない男との噂《うわさ》をたてられ、侮辱《ぶじょく》されたのだ。だが、そのことを律子に言えば、傷ついてしまう。彼女は単にしっかりしているのであって、図太いわけではない。それは二人きりで暮らしてきた隆之が、一番良く知っている。だから、決して諍《いさか》いの原因を口にしたことはなかった。

（黙ってりゃ、カサにかかって手を出してきやがる。俺の我慢にだって、限界はあるんだよ。それに一発ガーンと食らわせてやれば、向こうもおとなしくなるんだ。殴り合いで決着をつけるほうがよっぽど早いし、胸がスッとするぜ……）

　怒りや恨みを溜め込んでいては心がいじけて、考え方もねじ曲がってしまう。そんなものはさっさと発散し、忘れてしまうに限るのだ、というのが隆之の考え方だった。律子もさっぱりした性格の持ち主だが、彼女の愛情を一身に受けて育った隆之も、輪をかけてさばさばとしている。本質的に鬱屈《うっくつ》とは無縁なのだ。ブスッとした顔つきはしていても。

（友達の一人もいれば、俺だって……）

幼い時分から腕に磨きをかけてきた結果、隆之を知る人間は無謀な挑戦をしなくなり、くだらないちょっかいをかけられることもなくなった。それどころか、彼の名前を聞いただけで震え上がり、こそこそと隠れる者まで出てくる始末だ。そうして、ふと気づけば、通っている学校もしくは周辺地域の番長格ということにされており、他校の荒くれどもの標的になっていたという次第である。それも小、中、高を通じて。

（不良のエリートコースだな）

ふと頭を過《よ》ぎった考えに、隆之は苦笑する。

無論、教師達も決して彼の評判には感心していない。だが、単にケンカっ早いだけで、普通の生徒にカツアゲなどの実害を与えたりしない隆之には、どう対処すべきか困惑しているようだった。

（ある意味、それもまずかった）

教師も手を出せない、となると、ますます隆之の武勇は尾ヒレをつけて広まる。

腕に覚えのある他校の生徒が、隆之を倒して売りだそう、名を上げようとしてつけ狙うようになったのも、元はと言えばそこに原因があった。

(何も無抵抗のやつをボコボコにするわけじゃないし、向こうも俺を殴るんだからおあいこだ。お互い、血の気が多すぎてじっとしていられない、ってのが、母さんにはわっかんねーんだよなあ……)

高校に入学するまでに同学年の敵はたいがい倒してしまっていたので、近頃の挑戦者は年下が多い。「春先になるとバカが出てくる」という言葉はそのためだ。下級生と隆之とでは圧倒的に場数が違うため、ほとんど勝負にならない。戦うからには、とことん暴れたい。敵があっけなく倒れてしまうと、燃え盛る闘志に水をかけられたようで、欲求不満が燻《くすぶ》ってしまうのだ。『勝った!』という高揚感が得られないのである。

「……また、むしゃくしゃしてきた」

隆之は呟《つぶや》き、すでに乱れている髪をさらに掻《か》き毟《むし》った。こんな気分にさせた相手は、あと二、三発は殴ってやればよかったのだ。

「すっげー」

重い足取りのまま角を曲がり、自宅の前を通る道に出た隆之は、そこに思わぬものを見つけて、大きく目を見開いた。

「一体、誰が来たんだ?」

ほぼ道幅を埋めるほどの巨大な乗用車が停まっていた。

だが、それが問題なのではない。

隆之の驚きは、その車が自分の家の前に停車しているがゆえだった。

（ロールス……だよな、コレ）

男ならほとんど例外なく抱いている車への興味を、隆之もまた持っている。これが世界でも最高級車とされているロールスロイスだということは即座に判った。

（ベンツとかは通りで良く見かけるけど、さすがにこのクラスは初めてだ。しかも、この馬鹿デカさ……もしかして、最高級モデルの『シルバーゴースト』ってヤツなんじゃないの？）

丁寧に磨かれて黒光りをしている車の鼻先には、背に羽を生やした女のエンブレムが誇らしげに立っている。一見して豪華さを感じさせる一台だった。だが、車体だけではなく、全ての窓が濃いスモークドガラスになっていて内部が見えないため、どこか棺桶のような陰鬱な印象もあった。

（ホント、誰のだよ？　店の客筋にこんな車を持てるほど、羽振りのいいオヤジはいないだろうし……）

不審の念と共に、微《かす》かな不安が隆之の心に忍び込んできた。

これほど派手な、しかも真っ黒なスモークドガラスをはめ込んだ外車などを乗り回す人種は限られている。隆之が思いついたのは演歌歌手か、『や』のつく職業の男達だ。

（そういや、不景気で客足が落ちたって愚痴《ぐち》ってたけど……まさかサラ金に手を出して、コゲつかせたとかじゃねぇだろうな?)

ただ一人の家族が荒くれ男に嫌がらせを受けている場面を思い描いてしまった隆之は、靴を脱ぐのももどかしい体で家の中に駆け込んでいった。

「律子っ!」

そう呼ぶたびに、『親に向かってなんて口をきくの』と本気になって怒る母の姿が見えない。

隆之はさぁーっと青ざめた。

「母さん! どこにいるんだっ?」

すると、居間から力のない声が返ってきた。

「ここよ……」

「く……っ」

隆之は握りしめた拳を震わせる。母親に手をだしたら、たとえ相手が誰であろうと許さない。

「無事かっ?」

バン、と居間のドアを乱暴に開け放ち、中に踏み込みながら隆之は叫んだ。

こぢんまりとした居間では、それぞれに違う心情を滲《にじ》ませた六つの瞳が、肩をそびやかして立つ隆之を見つめていた。

ひどく心配そうなのと、感慨深げなのと、どこか面白がっているような眼差しだ。

「誰だよ、あんたら?」

隆之はさっと母親の前に立ち、残りの二人を鋭く睨みつける。

律子が言った。

「古い知り合いよ。失礼がないようにしてちょうだい」

すると、ソファーに座っていた男達のうち、年配の——ほとんど老人と言ってもいいほどの容貌《ようぼう》をした方が口を開いた。

「お初にお目にかかるよ、隆之君。私の名は葉《イツプ》慎義《シユンイエ》。香港《ホンコン》ではヘンリー・葉《イツプ》という名のほうが通りがいいがね。ここにいるのは林凱龍《ラムホイロン》だ。ジェイソンと呼んでくれたまえ」

多少イントネーションは怪しいものの、流暢《りゆうちよう》な日本語だ。しかし、その名を聞けば、中国人であることは明らかだった。

「初めて君に会うというのに、こんな報《しら》せしか持ってこられなかったのが残念だ」

ヘンリーは細身の身体に、一目で仕立てがいいと知れる英国風のスーツをまとっている。

一方、ジェイソンと呼ばれた方は、派手なイタリアン・スーツを身につけていた。衣装同様、陽気さを感じさせるハンサムだが、油断のならない印象がある。年の頃は二十代の後半だろうか。

「すでに律子さんには話をしたのだが、先日、不幸にも君の父上であるレオン・李《リー》……李徳承《タクシン》が亡くなった。殺されたのだ」

「えっ？」

予想外の話だった。隆之は仰天し、反射的に母親を振り返った。

「父親って……どういうことだよ？　親父《おやじ》は俺が生まれる前に死んだんじゃ？」

「嘘《うそ》だったの」

律子はうつむき、それから震える声をあげた。

「それがおまえのためだと思ったのよ。レオンは……おまえの父親のことだけど……普通の人間じゃなかったから……」

「ふ……つうじゃない？」

隆之の背を冷たいものが這《は》い上がる。ヘンリーは父親が『殺された』と言った。確かにそれは並みの死に方ではない。

「一度は伴侶《はんりょ》と目した相手だ。律子さんは平静ではいられるまい。詳しいことは、私から説明しよう」

ヘンリーが再び口を開く。

「当時、律子さんは香港にあった日本の建設会社で秘書として働いていた。その会社はレオン・李が利権を持っていた島に、リゾート・マンションを建設しようとして接近してきたのだ。両社の提携を祝うパーティーで、レオンと律子さんは巡り会い、恋に落ちた」

かたくなに顔を伏せ、自分の視線から必死に逃れようとしている母親の姿を、隆之は呆然《ぼうぜん》と見つめた。

「レオンは同性から見ても端正で、風格というものを感じさせる男だった。頭も切れたしな。そのおかげで香港有数の富豪にもなったのだ。しかし、彼を理想の恋人と呼ぶには問題があった。それも致命的な問題がね」

ヘンリーはちらりと律子の様子を窺い、気まずそうに咳払《せきばら》いをする。

「そう、レオンには隠し事があった。真剣な付き合いを始める前に、律子さんには告白しておかねばならないことだ」

隆之は自分の声が僅《わず》かに震えているのを意識した。

「それは……?」

「彼は妻帯者だったのだ。カナダに第一夫人の美蓮《メイリー》、香港にも第二夫人の小鳳《シウフォン》がいた。無論、第一、第二というのは便宜上の呼び方に過ぎない。法律上、正式な婚姻を結べる相手は一人だからね。感心できることではないが、これは他国への出稼ぎが多い中国人の間ではありがちなことなのだよ。レオンは律子さんにも求婚したが、それはつまり第三夫人になれ、ということだった」

律子はキッと顔を上げ、ヘンリーを睨みつけた。

「そんなことまで話をする必要があるんですか? 私はあの男の正体に嫌気がさしたから別れたんです!」

「申し訳ないが、順を追って話をせねばならん」

ヘンリーは毅然《きぜん》と言い返した。

「あなたの他にも夫人がいた、というのは大事なことでね」

それから彼は隆之に視線を戻した。

「レオン・李にはもう一つ、秘密があった」

頭が混乱している隆之は、ぼんやりとオウム返しをした。

「秘密……」

「そう、彼は香港にその名を轟《とどろ》かす黒社会《ヘイサーホイ》の大物だったのだ」

「へい……さーほい？」

聞き慣れぬ単語を、隆之の唇がぎこちなく紡ぐ。すると、

「いわゆるヤクザだよ、坊や」

それまで黙って話を聞いていたイタリアン・スーツの男が言った。面白がるような瞳をしたジェイソン・林だ。こちらもヘンリーと同じぐらい流暢な日本語を話す。

「日本じゃ、『香港マフィア』と呼ばれているかな」

目には見えない手が、隆之の頭をガン、と殴りつける。当然だろう。自分の父親が犯罪に手を染めていたと知れば、ショックを感じずにはいられない。

（じゃあ、ヘンリーも、このジェイソンってヤツも香港のヤクザ……？）

隆之は唇を噛みしめる。やはり、巨大な車を目にしたときの予感は当たっていたのだ。

「香港の法律では、黒社会の人間だということを公言すると、たちまち三年の実刑を食らう。レオン・李はいつもの癖で、律子さんにそれを告げるのをためらった。本当のことを知れば、彼女が去っていってしまうということも判っていたんだろう。どうしても別れたくなかったから、嘘をついたのだ」

ヘンリーの言葉に頷《うなず》いて、律子は縋《すが》るように息子を見つめた。

「信じて、隆之。ヤクザなんて知っていたら、最初から近づかなかったわ」

必死に伸ばされた母の手を、隆之は無言のまま握りしめる。律子はそれに力づけられたのか、告白を続けた。

「色々あってレオンの正体を知った日、私はとるものもとりあえず、香港から逃げだしたの。おまえがお腹にいることに気づいたのは、日本に帰ってからよ。産むこと自体は少しも迷わなかった。あんな男がいなくても、私一人で子供を育てられる。立派に育ててみせる。そう思って、今日までやってきた。水商売に手を染めたのは、身元照会をされずに働く場所がほとんどなかったからよ。でも、そのおかげで身を潜めていられたわ。レオンもおまえのことは知らないと思っていたのに……」

「あなたはレオンを甘く見過ぎていたようだ」

ヘンリーは気の毒そうに告げる。

「義理を重んじる世界に生きている者の常で、彼は保守的だった。正妻の美蓮が男の子を産めば、ことは簡単だったのだろう。しかし、彼女の腹に宿ったのは娘だけだった。それがレオンの目を他の女に向けさせたのだ。彼はどうしても後継者――先祖と自分の祭祀《さいし》を担ってくれる男の子が欲しかった。己れの全てを譲り渡すのに相応《ふさわ》しい存在が。ゆえに律子さんの行方も追っていたというわけだ。もしかしたら、我が子を宿したまま、日本に帰国したのではないかという可能性を捨てきれずに」

ぴったりと肩を寄せ合う親子を眺めるヘンリーの眼には、深い同情の色が立ちこめているようだった。男親がいない寂しさはあるものの、母の愛情を受けてのびのびと育ってきた隆之にとっては、受け入れがたい出生の秘密だということを判ってくれているのだろう。

だが、彼は相手の心情を慮《おもんぱか》るがあまり、己れの用件を切り出すことを躊躇《ためら》うような人間でもなかった。

「さて、本当に大事な話はここからだ、律子さん、そして隆之君」

自分の手を握り締める力がさらに強くなったことを、隆之は感じる。

「レオンを殺したのは、彼と敵対している組織だった。当然のことながら、相手は否定しているが、手口からして間違いはないと思われる。我々は報復を誓い、実行犯と思《おぼ》しき奴らを追跡しているが、今のところ捕まった、という報告はない」

ヘンリーはそう告げながら、上着の内ポケットから折り畳まれた紙片を取り出して、隆之に差し出した。

「葬儀は美蓮夫人が取り仕切った。彼女は権勢を振るうのが好きな御仁でね。テレビ局のレポーターがこぞって駆けつけてくるような盛大な式だったよ。人目につくことを極力避けた夫が喜んだとは思えないが……まあ、それはともかく、一段落ついたところで、レオンの個人弁護士が遺言書を公開することになった。それがちょうど一週間前だ」

ヘンリーは顎で紙を見るよう、隆之に合図する。

「詳細はそこに書いてあるが、不動産や証券など個人財産の半分を美蓮夫人に、そして残りの半分とレオンが一代で興した『開心《ホイサム》』グループ株の五十パーセントを、君と第二夫人が産んだもう一人の息子に残す、というものだった。ただし、相続にあたってはいくつか条件もある。一年の半分以上を香港で暮らすこと。それとまもなく中国返還を見据え、カナダ国籍を取得している美蓮の養子になり、財産の安全を図ること……」

「いらねぇっ！」

反射的に隆之は叫んでいた。

「顔も見たことのねぇヤツを親父だなんて言われたって、判んねぇよっ！　そんな野郎の残した金もいらねえ！」

「簡単に言ってくれるねえ」

ジェイソン・林が苦笑した。

「グループの子会社にすぎない『開心輸出入公司』の株だけでも約八十億香港ドル、ＵＳドルにして約五百万ドルだぜ。日本円にすると、んー、五億ってところか」

律子がぎょっとしたように目を見開いた。改めて自分とは違う世界に生きていた男だということを実感したのだろう。

「関係ねえよ！　誰が香港なんかに行くもんか！」

憤りがこみ上げて、隆之はジェイソンに嚙みついた。

「てめえらは勝手すぎるんだよ！　そっちに用がないときは、俺らのことなんて知らんぷりだったくせに……っ」

「事実、我々は知らなかったのだ。遺言書が公表されるまでは」

ヘンリーの声は穏やかなままだった。

「レオンはずっと君のことを心にかけていたに違いない。でなければ、君に財産を譲ろうなどとは思わないはずだ。しかし、君に近づくことに律子さんがいい顔をしない、ということも理解していたのだろう」

「……っ」

隆之は無言のまま、身体を強ばらせた。そうすれば、ヘンリーの言葉を撥《は》ね返せるとでもいうように。

「香港には来てもらわねばならない。気は進まないだろうが、律子さんにもね。そうすることが、母の身を守ることにもなるのだ」

隆之はさっと視線を上げた。

「母さんの？　なんで、母さんが関係あるんだよ？」

その問いに答えたのはジェイソンだった。

「坊やが『財産放棄をする』と言っても、信じない奴がいるんだよ。おまえさんが死ねば、全財産はもう一人の息子のものになる。俺達がおまえさんを守ろうとしているように、向こうにも後見人がいるんだ」

ジェイソンは言いながら、ソファーから立ち上がる。大柄な男とは思っていたが、予想以上に逞《たくま》しく感じられるその身体を前に、隆之は生まれて初めて怯みのようなものを感じた。

「おまえさんの身は何があろうと俺が守る。それが任務だからな。だが、日本に残った母親の面倒までは見きれない。相手の一番弱いところを突くのは戦いの定法だが、その点、あっちの坊やは身軽でね。母親はとっくに墓の下だ。つまり、おふくろさんに無事でいて欲しいと思うなら、一緒に連れて行くより他はない。よしんば抗争に勝ったとしても、腹いせに殺されたりする危険もあるからな」

しゅっ、と隆之はジェイソンの顔めがけて拳を繰りだした。言うにこと欠いて、なんという不吉なことを口にするのだろう。だが、

「筋は悪くないな。スピードがある」

ジェイソンはわずかに顔をそらすだけで、そのパンチをやり過ごした。

「忘れるな、坊や。レオン・李はヤクザだった。つまりはその敵もヤクザだってことだ。奴らが正々堂々と戦ってくれるなんて、冗談にも思うなよ。それに今は身内だって安心はできないんだ。ま、おふくろの膝の上で甘えて暮らしてきた坊やには、想像もつかないだろうがな」

「てめぇ……」

隆之は殺気だった。

「ジェイソン、黙りなさい」

ヘンリーが溜め息をつきながら、たしなめる。そして、先程と変わらぬ同情の眼差しを隆之に戻した。

「口は悪いが、彼の言ったことは的を射ているのだ、隆之君。私達と一緒に来ておくれ。決して悪いようにはしない。律子さん、貴女からも口添えを……」

「う……っ」

ふいに律子が泣きだした。逃げきったと思っていた過去が、再び彼女に追いつき、捕えようとしている。否応なしに、レオン・李の思惑に巻き込まれなければならないことが悔しくてならないのだろう。律子は二度と香港などへは行きたくなかったはずだ。けれど、自分が行かなければ、息子もここを動かないことも判っているのだ。誰よりも愛する隆之の安全のために、彼女はヘンリーの勧めを受け入れた。

「隆之……仕方がないわ」

「行くことなんてねぇよっ！」

ギラつく瞳でジェイソンを睨みつけながら、隆之は叫んだ。

「こいつらの手なんか借りなくたって、母さんの一人や二人、俺が守ってやる！」

「じゃあ、こうしようぜ」

ジェイソンは肩を竦《すく》めてみせた。

「腕に自信があるなら、ここで一勝負だ。おまえさんが俺の膝を地面につけることができたら、俺達は黙って香港に帰る」

「それで……あんたは？」

「指一本でおまえさんを倒すことができたら、黙って俺達と一緒に来る、ってのはどうだ？」

ジェイソンはにっこり笑って、長いが節が際だつ人差し指を左右に振ってみせる。

「く……」

隆之は唇を噛みしめた。

(指一本だとお……っ！)

バカにするにもほどがある。この生意気でふざけた中国人を叩きのめし、その高すぎる鼻っ柱を折ってやらねば隆之の気がすまなかった。

「よおし、乗った！」

隆之は拳を握り、いつものように先手必勝とばかりにジェイソン・林に殴りかかっていった。

「そうこなくちゃ」

笑みすら湛《たた》えていたジェイソンは、喉元に繰りだされた手刀を上体を傾けることで逃れると、そのままダンスのターンをするように優雅に身体の向きを変える。それから彼は隆之の背後に回り、すうっと人差し指を立てた。その指先が隆之の頭部と首の中間に埋まる。

「隆之……っ！」

律子のうろたえたような声が、辺りに響きわたった。

（何を心配してるんだ、母さん……？）

再びジェイソンに攻撃を加えるべく、彼を振り返ろうとしながら隆之は思った。

だが、身体が――――動かない。

（あ……れ……？）

次の瞬間、瞳に映るもの全てがグルグルと回り始めて、隆之は目をしばたたいた。おかしい。自分はどうしてしまったのだろう。

そんな隆之の視界に、憎らしいジェイソンの顔が忍び込んできた。先程のように人差し指を振り、例の面白がっているような笑みを浮かべている。

「俺の勝ちだな、坊や……」

やけにこもったジェイソンの声が、隆之の耳朶《じだ》を打った。それで隆之もようやく眩暈《めまい》の原因に思い当たる。

（ああ……そうだったのか）

ジェイソンは本当に指先一つで、隆之にダメージを与えることに成功していたのだ。

「馬鹿者め！　おまえはどうして力ばかりに頼るのだ！」

ヘンリーがジェイソンを叱咤《しった》している声をぼんやりと聞きながら、隆之は我慢できずに瞼《まぶた》を閉じる。

「すみません。でも、こっちのほうが手っ取り早くて……」

困ったようにヘンリーに答えるジェイソンの声を耳にしながら、隆之の意識は遠のいていった。むかつく男だが、物事への対処の仕方は自分と似たところがあるようだ、と思いながら。

2

ヘンリー・葉《イップ》の采配の下、香港《ホンコン》島のイルミネーションが正面に見えるリージェント・ホテルのロイヤル・スイートに『開心《ホイサム》』の幹部達が集められた。

マークという愛称を与えられた李隆之《リーロンシー》を、正式にグループの面々に紹介し、もう一人の後継者アーサーこと李冠麟《リークンロン》との顔合わせをするためである。

「クレイグ、その綺麗《きれい》な顔をよく見せてちょうだい。ここはむさ苦しくていけないわ」

レオン・李の未亡人であり、第一夫人の美蓮《メイリー》――便宜上、自分で選んだヴィクトリアという英名もあったが、普段は響きが良いからと本名を名乗っている――は、眉《まゆ》をひそめながら周囲を見渡した。

「ふん……さすがに欠席者はいないようね」

切れ長の眼は油断のない光を放ち、紅い花を思わせる唇は不機嫌そうにきっと引きしめられている。手入れされた肌といい、女らしい丸みはあるが脂肪を微塵《みじん》も感じさせない身体つきといい、一見三十代後半にしか見えない。

このチャイニーズ・ビューティーが、本当は亡き夫よりもたった一つ年下なだけの五十五歳だということを知っているのは、組織の幹部だけだった。スイスのドクターによる細胞活性法と中国四千年の歴史が培った薬膳、それにアメリカの美容整形技術が三位一体となって、美蓮の若さを支えているのである。いや、正確に言うならば、彼女が身に纏《まと》っている最上級の絹と刺繍《ししゅう》で仕立てられたチャイナ・ドレス同様、それを支えているのはレオンの莫大《ばくだい》な財力だった。

「奥様、まずはご挨拶《あいさつ》を」

声をかけられたクレイグは、丁寧に礼をとった。目立たぬよう黒絹の組み紐《ひも》で結ばれた長い髪、美蓮曰《いわ》く『闇よりもなお昏《くら》き漆黒の髪』が、漢服の背中でさらりと流れる。その時代を感じさせる服もまた、第一夫人の強い要望で身につけたものだ。

「おまえには『玲瓏《れいろう》たる美貌』という表現こそ、ふさわしいわ」

美を追求することに熱心な女性は、美しい男にも敏感だ。組織に拾われた幼いクレイグが、美蓮のお気に入りになったのも、もって生まれた容貌のせいだった。

「本当に綺麗な顔……！」

会うたびに、美蓮はうっとりとした眼でクレイグを見つめながら言ったものだ。

「象牙の頰《ほお》。黒曜石の瞳。名工の鑿《のみ》が彫ったみたいに細くて高い鼻梁。でも、唇は摘んできたばかりの果物みたいに生き生きとして、甘さを感じさせる……ああ、おまえが男で本当に良かったわ。女だったら、嫉妬《しっと》で狂いそう。どこにいても、おまえは注目の的になる。誰もが夢中になってしまうもの。夜の池で花開いた純白の蓮《はす》みたいに」

彼女の言葉を聞きながら、いつもクレイグこと華詠夏《ホアウエンハ》は思っていた。本当に女に生まれなくて幸いだ。もし、生まれていたら、嫉妬に狂った第一夫人から酷い仕打ちを受けていただろう。そう、レオン・李の心を奪った女達のように。

「あなた、マークって子を見た？」

美蓮の問いに、クレイグは首を振る。

「まだです。葉老師《イップシンサン》が大事に隠しておいでなので、他の幹部も同様だと思いますが」

「そう……」

美蓮は大仰な溜め息をついた。

「またもや『息子』よ。私はあと何人の息子の母親になるのかしら。まったく、女癖の悪い人だとは知っていたけれど、これほどとは思ってもみなかったわ」

「はあ」

美蓮は歯切れの悪い返事に苦笑して、クレイグを見上げた。

「まだレオンが怖いの？　さすがの彼も墓の下では何もできないわよ」

「香主《シャンチュ》から受けた恩義は、今も生きておりますから」

「いい子ね」

美蓮はクレイグの手を握りしめた。人前だが、いつものことなので、誰も何も言わない。

「どこの馬の骨ともつかぬ女の子供よりは、頭の切れるおまえに財産を相続させたほうがよっぽど組織のためだわ」

「もったいないお言葉です」

クレイグは慎み深い笑みを浮かべた。

「私が後見役を務めますアーサー様にも、奥様のご厚意をいただければ、幸いこれに勝るものはないと存じます」

「それはだめ」

きっぱりと美蓮は首を振った。

「私はあの子の母親を知っているの。あの薄汚れた裏切り者の雌《め》ギツネをね。アーサーはあの女が蘇《よみがえ》ってきたんじゃないかと思うほど、母親に似ている。そのせいで顔を見るたびに、嫌な気分になるのよ。主人の遺言さえなければ、さっさと叩きだしてやれたのに……」

美蓮は綺麗にマニキュアされた爪《つめ》を噛んだ。しかし、彼女はすぐに気を取り直して、表情を曇らせているクレイグの手をぽんぽんと叩いた。

「そんな顔をしないの。安心なさいな、クレイグ。今回はオブザーバーに徹します。私心からマークを贔屓《ひいき》したりしないわ」

「それを伺って安心致しました、奥様」

クレイグは失望を隠しながら告げる。

そんな彼を見つめながら、美蓮は喉の奥でこもるような笑い声を立てた。

「おまえのボス――ジョージ・呉《ウー》はアーサーの後見人に、お気に入りのおまえをつければ、私を味方にできると踏んだんでしょうね」

さすがは香主の妻だ。軽薄なところはあっても愚かではない。すっかり見抜かれているのであれば、クレイグも無駄な抵抗はしなかった。

「は……」

「浅はかなこと。女の憎しみは愛に勝るということを、男達は軽視しすぎるのよ」

そう言い放った美蓮の横顔は、その指を飾るダイヤモンドのように硬かった。

「とにかく、嫌なことはさっさとすませたいわ。それで？　アーサーはどこにいるの？」

「バスルームです」

「ああ。坊やの持病ってわけ」

美蓮は鼻を鳴らした。

「ふん、こんな会合にかりだされるのが嫌なのは、私ばかりじゃないってことね」

ヘンリー・葉とジェイソン・林《ラム》に伴われた隆之《たかゆき》が会場に足を踏み入れたのは、ちょうどそのときだった。

「そういえば聞くのを忘れていたが、おまえさん、広東語《カントン》は話せる……わけないか」

ジェイソンは隆之の表情からその答えを読み取って、こめかみのあたりを掻いた。

「明日から特訓だな。おまえさんも周囲の連中が、自分のことをなんて言っているのか興味があるだろう?」

「あんたやヘンリーは日本語がうまいね」

隆之は着慣れない中国服に窮屈な思いをしながら、長身の付き人を見上げた。椅子《いす》に座っているとき、あまり大きく見えないのは、彼の足が長くて胴が非常に短いからだ。隣りあう国ではあっても、日本人と中国人のスタイルはまるで違う。

「俺は構わないが、『ヘンリー』はまずい。葉老師だ。ここではそう言ったほうがいい。中国人は目上の者に尊敬を払う」

隆之は素直に頷いた。郷に入れば郷に従えだ。

「『いっぷしんさん』だな? わかった」

「いい子だ」

ジェイソンは微笑《ほほえ》んだ。

その表情が、隆之の気に障る。

(ちえっ、またガキ扱いかよ)

ジェイソンに指先一本で軽くあしらわれたショックは、未だに尾を引いていた。今のままでは、彼に刃向かったところで行き着く先は同じだ。

（ヘンリー……じゃねえ、いっぷしんさんは、ジェイソンをブッ倒せるヤツは香港にはいないって言ってた。武術の達人で、黒社会でも一、二を争う武闘派だって）

つまり、ケンカのプロだ。最初からそれを知っていたらもっと用心したのに、と隆之は恨めしく思う。

「どうした？」

押し黙った隆之の顔を、ジェイソンが覗《のぞ》き込んでくる。

「別に……」

そっぽを向こうとした隆之の頭を、大きな手が摑《つか》んだ。

「ふふん、子供扱いが気にくわないか？」

「うるせえ」

隆之はジェイソンの手を払いのけた。

「判っててするのはクズ野郎のすることだ」

「俺がクズだってことを否定する気はさらさらないが、そうやってすぐに毛を逆立てるおまえさんもガキだって評価は否めないんじゃないか」

「く……」

「何事もプラスに捉《とら》えると、格段に生きやすくなるぞ。いい子は褒《ほ》め言葉。そう思えば、腹も立たないだろ」

「俺はそんなに脳天気じゃねえ！」

「だったら、少しだけ長生きしている者として忠告してやろう。利口ぶった馬鹿は鼻につくが、本物の馬鹿は仕方ないと許容できる。世間ってのは、そういうもんさ。だから、からかわれても受け流せ。自分を笑える強さを持てば、おまえさんは無敵になれるぜ」

ジェイソンはそう告げて、ジャケットについた見えない埃を払った。少し驚いたような隆之の顔には気づかない振りで。

（今のは……冗談じゃない……よな）

隆之はまじまじと後見役を見つめた。自分を守るのは任務だと言っていたが、単なる仕事にしては親身すぎるような気がする。

（俺が後継者になったら、こいつも甘い汁を吸えるんだろうけど……なんか、そういうことには興味なさそうだし）

今日の集まりは組織の新体制を発表する場であり、そのことに敬意を表した構成員の中には伝統の民族衣装を身につけた者もいる。

しかし、ジェイソンは『爺《じじい》じゃあるまいし』という理由で、いつものイタリアン・スーツのままだった。葉老師の命令で否応なく漢服を着せられている隆之にしてみれば、いっそ妬《ねた》ましいほどの自由さである。

（そう、自由だ）

葉老師に素直に従うし、尊敬しているようだが、ジェイソンは誰にも属していないように見える。彼は誰にも阿《おもね》らないし、目先の欲に踊らされもしない感じだった。

（ホントに俺を大事に思ってくれてるとか？　無敵になれる、ってことは、強くなれって言ってくれてるんだよな？）

隆之は心の中で溜め息をついた。頼りになる相手が欲しい。だが、出会ったばかりの人間を信じるのが怖い。

すると、そんな迷いを感じ取ったかのように、ジェイソンが言った。

「後々振り返ると『もったいない』と思うもんなんだが……おまえさん、早く大人になりたくてしょうがないらしいな」

隆之は素直に頷いた。

「この世界で一人前になるってことは、一生、泥にまみれて生きる覚悟をするって意味だぞ。ここにいる連中も実業家みたいなナリをしてるが、裏に回りゃ、斬《き》った、張ったのヤクザ稼業だ。その手を血で汚していない奴なんざ、一人もいない」

「判ってるよ」

「どうかねえ……」

ジェイソンは通りがかった給仕の盆からシャンパンのグラスを二つ攫《さら》うと、その一つを隆之に手渡した。

「まあ、いい。覚悟があるっておまえさんの言葉を信じて、今後の身の振り方を教えてやるよ」

「うん」

隆之は身を乗り出した。

「まずは表向きの商売についてだ。我らが『開心』グループは日本企業と繫《つな》がりが深い。建設業、不動産業、旅行業、レストラン及びホテル業、映画産業――ま、数えたらキリがないな。そのおかげで、組織でのし上がっていくためには、日本語の会話能力は不可欠になっている。こいつはおまえの親父さんの方針でね。曰く『相手の国の言葉を理解することは、相手の考えを読むことに等しい』んだとさ」

隆之は悪い予感がした。

「もしかして……」

ジェイソンはにっこりした。

「そう。おまえさんがこの先、組織内で上手《うま》く立ち回れるかどうかは、どれだけ早く中国語を取得できるかどうかにかかってくる。とりあえず広東語、返還後を見据えたら標準話も必要かな。ちなみに対抗馬のアーサーは日本語も英語もぺらぺらだぜ……飲まないのか？」

「の、飲むよっ」

隆之はぐい、とグラスを呷《あお》った。慣れないアルコールに喉を焼かれ、むせそうになるが必死にこらえる。ここで、そんな醜態を曝《さら》したら、またジェイソンに子供扱いされるのがオチだ。隆之にもメンツというものがある。

「おまえさん、英語は？　日本の学校なら、どこでも教えているんだろ」

「できない」

隆之は惨《みじ》めさを嚙みしめながら告白した。

「英語だけじゃなくて、俺、勉強ができないんだ」

ジェイソンは肩を竦《すく》めた。

「諦《あきら》めるのは早いぜ、相棒。俺も勉強は好きじゃなかったが、必要に迫られれば何とかなるもんだ」

隆之は投げやりな笑みを閃《ひらめ》かせる。

「本当？」

「そう思っとけ。人間、気構えが大事だ。最初から無理だと諦めていたら、何もできやしない」

「そりゃ、そうだけどさ……」

複雑な表情を浮かべている隆之の肩を抱いて、ジェイソンは言葉を続けた。

「さて、開会するまで、ここにお集まりの面々を紹介してやろう。泣く子も黙る香港マフィア、隆之の背に手を当てたジェイソンは、ゆっくりと目指す相手のほうにその身体を向けさせた。

「今、葉老師と話しているのが俺のボス、イアン・羅《ロー》だ」

「ボスはレオン・李じゃ？」

「彼は大ボス」

ジェイソンは片目を瞑《つむ》る。

「グループ内にも派閥があってね。俺が所属しているのは『拳頭《キュンタウ》』。イアンは短気なオヤジだが、俠気《きょうき》も人一倍あってな。部下にも慕われている」

「ふうん」

でっぷりと太り、頭がはげ上がったイアンは、まったくもってあか抜けない風采だ。しかし、葉老師に見せる開けっぴろげな笑顔に、隆之は親しみを感じる。

「葉老師に背を向けて立っているのが『彩虹《チヨイホン》』のトップ、ジョージ・呉だ。うちのオヤジとは犬猿の仲で有名でね。頭はいいが、嫌味な野郎だ」

「へえ……」

イアン・羅がハゲオヤジなら、ジョージ・呉は枯れ枝のようなヤセ男、と隆之は記憶する。

「その隣で脂《あぶら》ぎった顔を見せているのは『蛇界《セカイ》』のサイラス・陳《チヤン》。ヤツには気をつけろ」

「なんで？」

『開心』のお偉方だ」

「可愛《かわい》い男の子が大好きだからさ。攫われて犯されたくなかったら、そばに近づかないこと」

「うえ……」

気味悪そうに身を引く隆之を見て、ジェイソンはくすりと笑った。

「安心しろ。おまえさんの貞操は、俺が責任を持って守ってやる」

「て、貞操って……」

からかわれて、隆之の頬が熱くなる。

「女じゃあるまいし」

「だから、その方がサイラスには好都合なんだって」

隆之の戸惑いを満喫したジェイソンは、左右に視線を振った。

「アラン・馬《マ》はまだのようだな」

「その人は腕っ節でのし上がってきたタイプ？　それとも頭脳プレー？」

「後者だな。アランは映画製作に携わっていて、今は一番羽振りがいい。好きな役者がいたら、彼に言ってみな。すぐに会わせてくれるぞ」

隆之は勢い込んで聞いた。

「ジャッキー・チェンにも？」

「リー・リンチェイにもだ」

「え、『少林寺《しょうりんじ》』の？　すげえ！」

へこみ気味だった隆之は、それを聞いて元気を取り戻す。

「お、いたいた」

ジェイソンは空になったシャンパングラスを近くのテーブルに戻すと、くいっと部屋の中心に置かれたソファーのほうに顎をしゃくってみせた。

「あそこにいるのが、おまえの『母親』になるヴィクトリア……美蓮奥様だ。失礼のないようにな」

隆之は背筋を伸ばし、美しく着飾った女性を凝視する。

「あの人が……」

律子《りっこ》とは全く違ったタイプだった。女というものを知らない隆之でさえ、一目見れば美蓮のことは理解できる。彼女は自分が美しいことを心得ていて、それを他人に認めさせずにはおかない性格だろう。そして、場の中心にいることを当然と思い、己れよりも目立つ存在を決して許さないに違いない。

「……仲良くなれそうにないな」

隆之がぽつりと洩《も》らした呟きに、ジェイソンは頷いた。

「俺も苦手だ。ま、この会合が終われば、彼女はすぐにカナダに帰っちまうから、それほど気にすることはない」

隆之はほっとする。

「そうなんだ」

「注意を払うべきは、奥様の隣にいる男だよ。クレイグ・華……美人だろう?」

隆之は目を見開いた。

「あれ、男なのか？　あんなにずるずる髪が長くてさ」

隆之の率直な物言いに、ジェイソンは吹きだした。

「今の言葉が耳に入ったら、おまえ、間違いなく殺されるぞ。一応、気にしてるみたいだからな。あのずるずると長い髪は、『まじない』を使うときに必要なんだとさ」

隆之は興味を惹《ひ》かれた。

「『まじない』って?」

「あいつは『巫祝《ウージェ》』だ。代々、そういう家柄らしい。卜占《ぼくせん》をし、地相を見、未来を読む。命にかかわるものでなければ、病気も治せるという話だ」

「派閥はどこ?」

「『彩虹』。ジョージ・呉の懐刀だよ。俺とは因縁のライバルでね」

「ライバル?」

「俺がおまえの後見についたとたん、クレイグもあちらさんの後見についた。つまり、実質的にはあいつが敵の大将だ」

隆之はぽつりと言った。

「向こうの方が強そうだな」

ジェイソンは隆之を振り返った。

「おまえ、目も悪いのか?」

「身体つきじゃなくて! あっちは未来が見えるんだろう?」

「ああ。ただし『自分以外の』だがな」

ジェイソンは僅かに唇の端を持ち上げた。

「巫祝も普通の人間さ。殴られりゃ痛いし、刺されりゃ血も出る。相手があんな細っこいと、俺も可哀相で、そんな残酷な真似《まね》はできないがね」

すると、ジェイソンの声が聞こえたかのように、美蓮と話していたクレイグがその白い顔を上げた。だが、ジェイソンがひらひらと手を振ってみせると、すぐに軽蔑《けいべつ》したような眼をして、ぷいと顔を背《そむ》けてしまう。

「可愛いだろ?」

ジェイソンはぬけぬけと言った。

「ああやって、すぐに拗《す》ねるところがたまらない」

隆之も段々と判ってきた。ジェイソンはいつでも、どこでも、どんなときでも面白がらずにはいられない性格なのだ。例えば、自らの命が危機に晒《さら》されるような場面でも、瞳を輝かして「こいつはいい」などとうそぶくタイプに違いない。

（こんな奴と一緒にいたら、命がいくつあっても足りないぜ）

隆之は後見役を見つめながら思う。確かに危ない男だ。だが、彼といれば退屈とは無縁でいられそうだというのも事実だった。

（普通、自分を殴った相手の顔なんて、二度と見たくねえ。でも、こいつはどうも憎めないっていうか……何でそう思うのか、俺も判んねえけど）

しばらく乱れる思いを弄《もてあそ》んでいた隆之は、苦笑と共に白旗を上げた。止めよう。勉強は嫌いだし、一つのことを突き詰めて考え続けるのも苦手だ。だから、今のところは判らないままでいい。この先もジェイソンとの付き合いは続いていくのだ。彼を理解する時間はたっぷりあるだろう。

「全員揃《そろ》ったようだな。では、会合を始めようか」

そのとき、葉老師の声が室内に響き渡って、二人はそちらに向き直った。

スイートに集まっていた他の人々も話を中断し、組織の重鎮を注視する。

「皆も知っての通り、先頃、香主の遺言状が公開された」

隆之の耳元で、ジェイソンが囁《ささや》く。

『今日のところは俺が通訳してやるよ。香主ってのは【総帥《そうすい》】という意味で、生きている間はレオン・李の呼称だった。葉老師の組織での身分は【副香主《フシャンチュ》】、つまりナンバー2だ』

隆之は頷くことで返事に代えた。

その間も葉老師の話は続いていたからだ。

「書状によれば、私的財産の四分の一が二人の子息、李冠麟、李隆之にそれぞれ譲り渡されることになっている」

ジェイソンの通訳を聞きながら、隆之は心の中で相づちを打った。

(そうそう、俺の名前は『ろんしー』って読むんだよな。すぐ忘れちまうけど)

父親代わりを自らに任じている気配のある葉老師は、『マーク』という英語名もつけてくれた。だが、日本語のできる彼とジェイソンは、今まで通り『たかゆき』と呼んでくれる。環境の激変に戸惑っている今は、それがありがたかった。ありのままの自分を受け入れてもらえるようで。

「問題は香主が保有していた『開心』グループ各社の株だ」

「葉老師！」

上司の言葉を遮《さえぎ》って発言したのはサイラス・陳だった。例の美少年愛好家である。

「これは提案なのだが、今後も『開心』の事業を進めていくのは我々だ。この際、香主のものだった株は、幹部が買い取ったほうが経営がスムーズになるのでは？」

葉老師は冷ややかな笑みを浮かべた。

「亡き香主は先見の明がおありだった。忘恩の徒によって、グループの主導権が李家から奪われることを危惧《きぐ》していた彼は、おまえさんが口にしたような意見が出てくることも先刻承知の上でね」

「忘恩の徒とは、あまりにも……」

「ならば、でしゃばりとでも？　今は私の話を聞くときだ。意見があるのなら、後で言え」

「……っ」

同輩の見守る中、面目を潰《つぶ》されたサイラスは不満げに唇を引き結ぶと、脂ぎった顔をさらに紅潮させた。

「夫人のご意向も香主と一致している。グループの株は、他人に売ることはできない」

男達の視線を浴びて、美蓮は泰然と微笑む。自分の考えが大勢に影響を与えることを楽しんでいるようだ。

「香主はまた二人の子息によって、株が分割されることも望んでいない」

葉老師は静かに話を続ける。

「株を得た方の子息は、相応の金額をもう一方に支払い、平等を期することになる」

次に口を切ったのは、枯れ枝のようなジョージ・呉だった。

「つまり『開心』グループの後継者はたった一人、ということですな？」

葉老師が頷いた。

「そういうことになる」

「では、私は幹部としてアーサー・李を推薦します」

ふいを突く発言に、怒りの声を上げたのはジェイソンのボス、ハゲオヤジのイアン・羅だ。

「暴挙だ！　それなら俺も幹部としてマーク・李を推薦する！」

犬猿の仲らしい二人は、蛇とマングースのように殺気を漲《みなぎ》らせて対峙《たいじ》した。

「日本野郎《ヤップンチャイ》の血を引いているガキなんぞと、本気で手が組めるか！」

ジョージが吐き捨てた言葉を、一瞬の躊躇《ちゅうちょ》の後、ジェイソンは口にした。現実というものを教えておこうという判断なのだろう。

「なら、売女の息子なら手を組みやすいとでも？　この世界に足を突っ込んだ者で、『四刀《セイドウ》』の王《ワン》と小鳳《シウフォン》が密通していたことを知らないヤツがいるのか？」

隆之は眉を顰《ひそ》めた。本当の話かどうかは知らないが、自分がアーサーの立場だったら、聞くに耐えない侮辱だ。母の律子がそんなことを言われたら、隆之は真っ先にイアンに摑みかかっていっただろう。

「ホホホ……」

そのとき、ふいに鈴を転がすような笑い声がして、啀《いが》み合う幹部は口を噤《つぐ》んだ。

「二人とも、それぐらいにしておいてちょうだい。身内の恥を人前で晒されるのは、決まりが悪いわ」

美蓮はソファーに背をもたせかけ、ゆったりと足を組んでいた。その貫禄《かんろく》の前に、ジョージもイアンも身を縮こめる。

(大の男が形無しだな)

隆之は思い出す。次から次へと愛人を設けたレオンだが、正妻の地位を美蓮から取り上げることはなかった。それなりの魅力、あるいは理由があったからだろう。ゆえに幹部も彼女には一目を置いているのだ、という葉老師の言葉を。

(確かにただの金持ちマダムって感じはしねえ。笑っていても……いや、笑っているときほどこえーよ)

隆之はそっと身を震わせる。自分の母親が律子で、本当に良かった。美蓮には娘がいるという話だが、きっと悩みが尽きないだろう。

「ヘンリーも言っていたけれど、まずは彼の話を最後まで聞きなさい。ああ、その前に当事者を紹介しておきましょう」

美蓮は肘掛《ひじか》けに手を置くと、物憂げに言った。

「私の息子達はどこ? ここに呼んでちょうだい」

促された葉老師がジェイソンに目配せをする。

ジェイソンは頷き、隆之の背を押した。

「新しいママとのご対面だ。せいぜい、愛敬をふりまきな」

隆之はジェイソンの手を振り払い、可能な限りしっかりとした足取りで美蓮の前に進み出た。確かに恐ろしい女だが、ここで怯むわけにはいかない。そんなことをして、大事な母を笑い者にはできない。

「マークこと李隆之でございます、奥様」

ジェイソンはわざとらしいまでに陽気な口調で、権威ある香主の未亡人に隆之を紹介する。

「当年とって十七歳。偶然、アーサー様と同い年ですな」

周囲の人間は――――それまで冷静沈着さを崩さなかった葉老師でさえ、ぎょっとしたように彼を見つめた。当然だろう。ジェイソンは李徳承《リータクシン》が同じ時期に二人の愛人を持っていたということを、わざわざ正妻に思い起こさせるような真似をしたのだ。

「ジェイソン」

美蓮は悪怯《わるび》れた様子のない男を眺めやり、溜め息をついた。

「口が悪いのは相変わらずね。そう……おまえがこの子の後見をしているの」

どうやら彼女はジェイソンが苦手らしい。誰に対しても居丈高に振る舞う美蓮だが、ジェイソンの前ではほんの少しだけ勢いが鈍る。それが隆之に勇気を与えた。

「母上にご挨拶を、マーク様」

ジェイソンに促され、隆之はつたない広東語を唇に載せた。緊張のあまり、胸郭から心臓が飛び出しそうだ。

「は、はじめまして」

「可愛い子ね」

美蓮はいかにも社交用の、張りついたような笑みを浮かべた。

「母親は？　ここに来ていないの？」

「分をわきまえておられます」

ジェイソンが言った。

「くれぐれもマーク様のことをよろしく、とのお言づけがございました」

「そう……」

曖昧《あいまい》な表情が、美蓮の顔を過ぎった。夫の愛人になど会いたくない。が、どんな女なのかは興味があったのだろう。

「私を立ててくれて、ありがたいわ。こちらこそ、よろしくと伝えて」

「はい」

美蓮はそれきり隆之に対する興味を失うと、不快げに眉を寄せた。

「もう一人は？　まだバスルームに閉じこもっているの？　まったく、身体が弱いというのも困ったものね」

彼女がそう言うのと、クレイグがアーサーを連れてきたのは、ほぼ同時だった。

「遅れまして、申し訳ございません」

容貌に似つかわしい涼やかな声で、クレイグは被後見者を紹介する。

「李冠麟様から、改めて奥様にご挨拶申し上げます」

クレイグに促されたアーサーが、軽く頭を下げる。

だが、美蓮は隆之のときとは違って、挨拶を返さなかった。

(こいつが……俺の……?)

初めて見る兄弟の姿に、隆之は驚愕《きょうがく》していた。違う。自分とは何もかもが違っている。

(なんて細っこい……)

ジェイソンもクレイグをそう評していたが、隆之の目に映っているアーサーもとても同い年とは思えないほど痩《や》せていて、儚《はかな》げな印象の持ち主だった。肌の色もずば抜けて白いが、それ以前に顔色が悪く、ほとんど生気というものを感じさせない。病弱らしいが、今も体調は万全とは言い難いようだった。

(だ、大丈夫なのか?)

風邪らしい風邪もひいたことのない健康優良児の隆之は、今にもアーサーがぶっ倒れてしまうのではないかと、内心ハラハラする。だが、

(具合が悪くてこれなら、元気なときはもっと綺麗《きれい》なんだろうな)

そんな埒《らち》もない考えも、隆之の脳裏に閃いていた。そう、アーサーが端正な容姿を持つ少年だということは、誰も否定できないだろう。いや、端正などという言葉では足りなかった。彼

はいっそ『不吉』なほど美しい顔立ちをしているのだ。

(クレイグもそうだけど……本当に男かよ?)

同じ性別の持ち主だと判っていても、隆之は何となく落ち着かない気持ちになってしまう。

『俺らがチンピラコンビなら、あっちはカワイコちゃん……いや、深窓の令嬢コンビだな』

こっそりジェイソンが囁くのに、隆之は呆然と頷いた。まさしくそれだ。隆之だって可愛い女の子を見れば、胸がときめく。だが、今まで胸を高鳴らせたどの女の子よりも、アーサーの顔は綺麗だった。

(弟だぞ、バカ)

ドキドキする胸を抑えつけようと、隆之は自分に言い聞かせた。そう、自分は血の繋がった弟がいたことが嬉《うれ》しくて、気が高ぶっているだけなのだ。そうに決まっている……。

「君達はこの世に二人きりの兄弟だ」

ぎこちなく相対していた二人を呼び寄せ、握手をさせてから、葉老師が言った。

「仲よくしたまえ。マークは兄を敬い、アーサーは弟の面倒を見てやるのだぞ」

ジェイソンが通訳してくれた言葉を聞くまで、相手を弟と信じて疑わなかった隆之は、思わず日本語で叫んでいた。

『ウソだろー!』

葉老師が眉を寄せる。

『何が嘘なんだね？』

『だって俺より背もちっちゃいし、ひょろひょろしてて……』

言い訳を聞いた途端、アーサーは握手を振り解《ほど》き、敵意丸出しの瞳で隆之を睨みつけた。

『僕のほうが三ヶ月年上だよ。別に生まれた順で差別されるわけじゃないんだから、構わないだろう？』

隆之は目を丸くした。

『日本語……そうか……あんたは喋《しゃべ》れるんだった』

先程、クレイグがジェイソンに見せた軽蔑しきった表情を、アーサーも隆之に向けてくる。気の弱い者ならそのまま心臓を射抜かれるような冷ややかさだ。

『こっそり悪口を言いたけりゃ、注意をするんだな』

隆之は慌てた。

『違う！　俺はただ思ったまま……考えなしで……』

悪意がないことを伝えたくて、隆之は必死に弁解した。

だが、アーサーは取りつく島も見せず、プイと横を向いてしまう。

（あーあ……）

肩を落とした隆之を、ジェイソンが慰めてくれた。

『やっこさんは気難しくて有名なんだ。そうなったのも無理はないんだがな。ほとぼりが冷めるまで放っておけよ』

隆之は呟いた。

『そういう問題かな……』

『どういう意味だ？』

『俺を睨みつけた眼……まるで憎んでるみたいで……』

『なんだ。おまえ、アーサーに好かれたいのか？』

からかうようなジェイソンの言葉に、隆之は反発する。

『訳もなく嫌われたい人間なんているのかよ？　それに俺達は……兄弟なんだし』

『やれやれ、ここにもカワイコちゃんか』

ジェイソンは犬にするように、隆之の頭をごしごしと撫《な》でた。

『骨肉の争い、って言葉を知ってるか？』

『バカにすんなよ。それぐらい、俺だって……』

『なら、判るだろ？　ことは地位や莫大な財産が絡んでる。血が繋がってるとはいえ、今の今まで会ったこともない相手だ。その上、てめえの権利を奪おうとしている奴なんぞに、おまえだったら親しみを感じるか？』

隆之はぐっと詰まった。

『それは……』

『おまえが現れなければ、アーサーは跡目争いなんぞとは無縁のまま、遺産をまるまる自分のものにできたはずだしな』

隆之はカッとする。

『だから、俺は財産なんかっ……！』

『しーっ』

ジェイソンは隆之の口元を大きな掌《てのひら》で塞《ふさ》いで、耳元に囁く。

『それを聞きつけて喜ぶのは、兄貴ばかりじゃないってことを覚えておきな』

『むぐぐ……』

手を外そうとして藻掻《もが》いている隆之を見つめて、ジェイソンは苦笑を浮かべた。

『素直に育ちすぎたってのも厄介だな』

二人の様子を呆《あき》れたように眺めていた葉老師が、気を取り直して話を再開する。

「少し脱線したが、遺言状にはもう一つ、財産についての項目があった。『開心』の後継者には李家に伝わる至宝『泰福天珠《タイフッティエンジュ》』が備わるべし、とな」

「おお、あの伝説的な……！」

そう叫んだ男に、隆之は見覚えがなかった。ジェイソンを振り仰ぐと、すぐに意図を察して教えてくれる。

『あれがアラン・馬だ』

今、組織の中で最も羽振りが良いと目されている男らしく、アランの腕と指は高価な貴金属で飾り立てられている。近くにいる美蓮も顔負けだった。

『なんで、あの人は興奮してんの？　タイフッなんとか、って何？』

『泰福天珠ってのは翡翠《ひすい》でできた咬尾龍《ガウイーロン》――つまり魔除けでな。龍が自分のしっぽに噛みついている様子を彫刻したものだ』

『翡翠って？』

隆之の問いに、ジェイソンが目を見張った。

『知らないのか？　宝石だよ』

隆之は頬を膨《ふく》らませる。

『興味ねえもん、そんなの』

『あー、彼女もいない坊やならムリもない……と思っておくことにしよう』

ジェイソンはやれやれと首を振りながら、ドレスシャツの下に隠れていた金の鎖を引き出した。

『こいつのことだよ』

鎖の先端で小さな淡い翠色《みどり》の石が揺れているのを、隆之は見た。

『中国人はこの石を富の象徴として珍重し、お守りにしている。李家に伝わる「泰福天珠」は特にろうかんと呼ばれる最上級品で作られているんだ。翡翠には軟玉と硬玉の二種類があって、

「泰福天珠」は細工をしやすい軟玉ではなく、造形が困難な硬玉が用いられている。噂《うわさ》によれば、これぐらいの大きさらしい』

ジェイソンは親指と人差し指でオーケーサインを象《かたど》った。

『あんたは見たことないの?』

『ああ。目にすることができるのは李家の人間だけだ。数人、例外はいるらしいが』

ジェイソンは自分のお守りをしまいながら言った。

『翡翠の硬玉はミャンマーでしか取れないし、咬尾龍をつくれるほど大きな石は滅多に出ない。それだけに「泰福天珠」の価値ははかり知れないんだ。値段などつけられないほどに』

『ふうん……』

とにかく貴重なものだということだけは、隆之も判った。たぶん、ここにいる中国人にとっては、ダイヤモンドよりも価値があるのだろう。

その証拠に、『泰福天珠』と聞いて色めき立っていたのはアランだけではなかった。

「こ、ここに……あの石をお持ちに?」

サイラス・陳が羨望《せんぼう》に満ちた眼差しで葉老師に問いかけた。

「いや」

ふいに葉老師の顔が厳しいものになった。

「宝玉は何者かによって奪われたのだ。香主が殺された夜に」

「なんと……！」

サイラスの顔が驚愕に歪《ゆが》んだ。いや、スイートにいるほとんどの者が目を剝き、息を呑《の》んでいる。

「皆も知ってのとおり、香主は敵対する組織『四刀』に殺された。屋敷の中で身体中に銃弾を浴びて、だ」

「で、では『四刀』のやつらが盗んでいったと？」

ジョージが額に浮かんだ冷や汗を拭いながら聞いた。

「いや、その暇はなかっただろう。当然の用心で、宝玉は隠し金庫に入れられていた。屋敷の事情に詳しい者でなければ、金庫自体がどこにあるかわからなかったに違いない」

ふいにしいん、となったことに気づいて、隆之はあたりを見回した。

「このことは我々に重大な問題を提起していると思う」

葉老師の声だけが部屋に流れる。

「『四刀』のやつらは香主がどの部屋にいるのか、正確に知っていた。だからこそ護衛の隙《すき》をついて素早く彼の命を奪い、そのまま逃走することもできたのだ。おそらく『泰福天珠』を盗んだ者は、暗殺者が香主に手を下している間に金庫を開けた……」

葉老師は苦痛をこらえるように瞼を閉じた。

「諸君もこれが意味するところは判るだろう？」

「つまり、我々の中に裏切り者がいるってことをおっしゃりたいのですか？」

アラン・馬が鼻白んだように言った。端正だが、どこか酷薄な印象のある顔には、心外だ、と書いてある。

「そうだ」

葉老師は頷いた。

「内通者がいたのは間違いない」

すると、頭に血の上りやすそうなイアン・羅が怒鳴り始めた。

「何のためにだ、葉老師？　何でそんなことをしなくちゃならん？　我々は香主を尊敬していた。双方の関係はこれ以上ないほど良好だったはずだ」

「そう興奮するな。別にあんたが疑われたわけじゃないんだから」

犬猿の仲のジョージ・呉が、嫌味な微笑で唇を歪ませた。

「それとも心にやましいところでもあるのか？」

「貴様、言うにこと欠いて……っ！」

イアンのこめかみに浮き上がった血管がぴくぴくと痙攣《けいれん》している。あと一言何か言われたら、そのままぷつり、と切れてしまうかもしれないと、隆之が思ったとき、

「二人ともやめるんだ」

厳しい葉老師の言葉が飛んで、ジョージとイアンはそれぞれ忌々しそうに相手に背を向け

た。それを眺めていたアランは、これみよがしの溜め息をついてみせる。

「香主を失い、ただでさえ組織としての基盤が揺らいでいるのだ。今は心を一つにして『開心』を守り立てなければならない。いいか？　レオンを殺したやつらは『四刀』のメンバーだということを隠そうともしなかった。我々のメンツを丸潰れにし、嘲《あざけ》るためにだ。『四刀』は縄張りを狙っているんだぞ。ぼんやりしている場合ではない。我々はこの侮辱に対抗し、必ず恥をそそがねばならないのだ！」

葉老師の叱咤激励に、すぐに賛同の声が上がる。それぞれ普段は反目しあう仲ではあっても、真の敵である『四刀』のこととなると幹部の心情は一致しているのだろう。すなわち、縄張りを荒らす奴には死を、である。

「しかし、葉老師、我々はどうやって身の証《あかし》を立てればいいのだ？」

サイラス・陳が太い指をもぞもぞと組み合わせながら、聞いた。

ヘンリーはすぐに答えた。

「それについては、奥様が名案を出してくださった」

再び、そこに集《つど》う全員の視線を浴びて、美蓮が優雅に微笑んだ。だが、彼女は口を開かず、説明を葉老師に任せた。

「企業の仮面を被《かぶ》ってはいても、我々は黒社会《ヘイサーホイ》の人間だ。拳には拳、そして死には死をもって贖《あがな》う世界に生きている」

葉老師はアーサーと隆之を見つめながら、言葉を続けた。

「よって、香主の跡目を継ぐのも、父の敵を見事討ち果たすことのできた息子にこそふさわしいというのが夫人のお考えだ」

隆之にしか聞こえない小さな声で、ジェイソンが毒づく。

『くそ、葉老師に何を吹き込みやがった、女怪め……』

葉老師は背筋を伸ばし、辺りを見渡した。

「よって、香主を『四刀』に売った裏切り者を探し出し、薄汚れた泥棒の手から無事に『泰福天珠』を取り戻したほうの子息に、持ち株全てを譲ることにする、というのではいかがかな」

しばしの沈黙の後、ジョージが渋々言った。

「それしかない……だろうな」

「異議なし！」

イアンは一方の掌に、力強く拳を打ちつけている。まるで彼自身が敵を討とうとしているようだ。

そして、不満そうに唇を噛みしめているサイラスの横で、アランが言った。

「実に合理的だ。後継者選びと裏切り者探しが一度にできる」

彼は手入れされた爪にフッと息を吹きかけながら、気のない調子で言葉を続けた。

「ご子息達も捜索の間に、組織について学べるし」

葉老師は聞いた。

「皆も捜査には協力してくれるな?」

幹部達は了承の印に頷く。

「よし」

葉老師は意見がまとまったことに安堵《あんど》の表情を浮かべると、美蓮を振り返った。

「ありがとう、皆さん」

美蓮は必要以上にゆっくりとソファーから立ち上がり、口を開いた。

「色々とお手間をかけるけど、亡き夫に免じて許してちょうだいね」

それから彼女は隆之とアーサーを振り返った。

「あなた達もレオンの息子を名乗るなら、それにふさわしい器量を見せて欲しいわ。私の夫は香港黒社会一の男だった。度胸でも、頭脳でもね。ああ、わざわざこんなことを口にしなくてはならないのが残念よ。彼と暮らしたことがあれば、その偉大さを肌で感じられたでしょうに」

美蓮は挑発するように、く、と顎を上げる。

隆之、そしてアーサーもそれぞれに反発するものを覚えて、彼女の顔を鋭く見返した。

だが、美蓮はこたえた様子もなく、にこやかに告げる。

「それでは皆様、ダイニングに参りましょう。心ばかりだけれど、『麗晶軒《ライチンヒン》』から食事を運ばせますから……」

アランが微笑んだ。

「それはありがたい」

食いしん坊らしいイアンも相好を崩す。

「『麗晶軒』か……高級な料理は久しぶりだ」

サイラスは皿を前にした犬のように舌なめずりをしていた。

「ナマコ……アワビ……いや、竹笙《ちくしょう》の鱶鰭《ふかひれ》詰《づ》めの上湯《シャンタン》煮もいいな」

女王のように幹部を引き連れた美蓮が、隣にあるダイニングに消えるのを見計らってから、ジェイソンは葉老師に詰め寄った。

『わざわざ二人の命を危険に晒すような真似を許すなんて、どういうことです？』

やはり、こちらの部屋に残っていたクレイグも、美しい眦《まなじり》を吊《つ》り上げて言った。

『そうです。いつもの葉老師らしからぬご采配だ！』

葉老師は苦渋の表情を隠さなかった。

『おまえ達の心配は私も重々理解するところだ。しかし、アーサーと隆之が捜査を始めれば、裏切り者は苛立《いらだ》って尻尾《しっぽ》をだす可能性が大きくなるだろう。彼の正体を一刻も早く暴き、組織の安定を図るには、これが最良の手なのだ。危険は承知の上……最終的におまえ達を後見役に決めたのもそれゆえだった』

ジェイソンが苦々しげに言う。

『買い被っていらっしゃいますよ。俺は不死身じゃないんだ』

『判っている』

葉老師は彼の手をぐっと握りしめた。

『だが、私の知る限り、最も不死身に近い男だ。頼む、ジェイソン。二人の息子……特に隆之は一般の家庭で育ち、黒社会のことは何も知らない。それだけ周りの者が用心してやる必要がある』

それから葉老師はクレイグを見た。

『一方、おまえには危機を予知する能力があるだろう』

クレイグは重い溜め息をついた。

『漠然としたものにすぎません。今日は日が悪い、といった程度です。とはいえ、今となっては全力を尽くすしかありませんね。すでに賽《さい》は投げられたのですから……』

すると、突然、アーサーが叫んだ。

『そんなに僕のそばにいるのが嫌なら、放っておけばいい！』

『アーサー！』

クレイグが青ざめる。

『そういう意味じゃない！』

アーサーは首を振った。

『皆、僕のことが嫌いなんだ。僕が殺されれば、そいつも満足するだろ！』

鋭く指さされた隆之は、目を見開いた。

『でも、死んでやらない！』

アーサーは興奮のあまり、肩を上下させながら言った。

『僕はどんなことをしたって生き残ってみせる。そうして、レオンの跡目を継ぐんだ。そうしたら、あの女、気が狂ったように悔しがって……っ』

次の瞬間、アーサーは言葉を途切らせると、その身を二つ折りにするようにして激しく咳《せ》き込み始めた。

「薬はどこに？」

慌ててアーサーの身体を抱き寄せたクレイグが、広東語で問いかける。

「バスルームか？」

「う……ん」

クレイグは長髪を翻《ひるがえ》し、その鮮やかな残像を見せながら浴室へ走っていった。

『ど、どうしたんだ？』

隆之はすっかりうろたえて、ジェイソンを見上げる。アーサー達の会話の内容を教えてから、彼は言った。

『おまえの兄貴は喘息《ぜんそく》持ちだ。ストレスなど、神経を刺激せずにはおかない状況が訪れると、今みたいに発作を起こす。気管拡張剤を使わないと、窒息《ちっそく》する危険もある』

『治らないのか?』

『軽くはなるだろう。だが、そいつが一番難しい。これからはストレスが増えこそすれ、減ることはないからな』

『そうか……』

しゅんとした隆之を見て、ジェイソンは困ったような笑みを浮かべた。

『敵の弱点を摑んだ、とは一瞬たりとも思わないんだろうな。どうせ、本気で心配しているんだろ?』

隆之の頰が熱くなる。

『わ……悪いかよ』

『いや、らしいなと思ってね』

ジェイソンは大きな手で再び隆之の頭を搔き乱すと、葉老師に向かって言った。

『ディナーは遠慮させてもらいますよ。俺達は気の張る食事はごめんこうむる性質だし、屋敷に残してきた律子《りっこ》様のことも気になりますんで』

葉老師は頷いた。

『うむ、そのほうがいい』

『では、また明日』

ジェイソンは隆之を促した。

『さ、行くぞ』

『でも……』

隆之はクレイグの手当てを受けているアーサーから目を離すことができなかった。

『放っておいてやれ。俺達の顔を見たら、また興奮するかもしれないぞ』

『……うん』

丸まった隆之の背中を、ジェイソンはぐい、と押した。

『カワイコちゃんの気を引く方法を教えてやろうか?』

首を巡らせた隆之に、ジェイソンは片目を瞑ってみせる。

『あまり親切にしないこと。優しくされるのには慣れすぎていて、刺激が感じられなくなっているからな。優しくされるのが当たり前の自分にそっけない態度を取る奴がいると、何だろうって興味が湧《わ》いてくるのさ』

隆之は瞬きをする。

『クレイグにもそんな態度を?』

ジェイソンは肩を竦めた。

『あいつは例外。俺のことは人とも思っていない。害虫扱いさ。踏み潰すのに、何の躊躇もないだろうよ』

隆之は聞かずにはいられなかった。

『あの人に何かしたの?』

『何も』

ジェイソンは微笑んだ。

『敢《あ》えて言うなら、出会い方が悪かったのかもな』

3

レオン・李《リー》が所有していた邸宅は、縄張りである九龍《カオルン》半島じゅうに散らばっている。

当初、隆之《たかゆき》とアーサーの住居は李家の本宅である尖沙咀《チムシャッツイ》の高層ビルに、それぞれワンフロアずつを割り当てられることになっていた。

だが、予定は未定——本妻の面目にかけて、香港《ホンコン》滞在中は自分がそこを使うという美蓮《メイリー》の横槍《よこやり》が入り、結局二人は別の住処を与えられたのである。

アーサーとクレイグは西貢《サイクン》に建てられた屋敷を選び、隆之親子とジェイソンは『開心《ホイサム》』グループが清水湾《チンソイワン》に開発した、会員制の高級リゾートホテルに落ち着いた。

そのホテル、『ジェイド・パレス』ではマリンスポーツが楽しめるのはもちろん、フルホールを備えたゴルフコース、十二面もあるテニスコート、そしてスカッシュコートなどの施設を利用することができる。もっとも、海自体は清水という名前ほど美しくはないというジェイソンの指摘があったため、隆之も海水浴は控えていた。その代わりに、

「だらしないぞ、坊主」

得意なのは武術だけではない――恐るべき万能スポーツマンのジェイソンは、ボロ雑巾《ぞうきん》のようにスカッシュコートにのびている隆之の脇《わき》腹を、ちょい、ちょい、とラケットで突いた。

「そら、もうワンセットいくぞ」

「少し……休ませろ……よ……っ」

ぜいぜいと肩で息をしながら、隆之は思った。言うまでもなく、若さでは勝っている。体力だって人並み以上あるつもりだ。けれど、ジェイソンには勝てない。すでに雑巾のようにくたびれ果てている自分に比べ、あまりにも彼は颯爽《さっそう》とした形《なり》だった。

(あと一セット……いや、三セットぐらいは鼻歌まじりでこなせそうだな)

それでいて、筋骨隆々《マッチョ》というタイプでもない。おそらく、ジェイソンの筋肉は上質な組織によって構成されており、派手に膨張しなくても十分その能力を果たすことができるのだろう。敏捷《びんしょう》性と強靭《きょうじん》さを併《あわ》せ持つ肉体に素晴らしい反射神経が備われば、どんなスポーツでも一流の選手になれたに違いない。

そんなジェイソンを、隆之は羨《うらや》まずにはいられなかった。

「なあ、ジェイ……」

「うん?」

「俺も武術を習ったら、あんたみたいなバケモノになれるかな?」

「そうだな」

隆之を見下ろして、ジェイソンは僅《わず》かに首を傾《かし》げた。

「今までの感触として、素質は問題なさそうだ。あとは根性があるかどうかだな」

「根性だってあるぜ」

隆之は残った力を振り絞って上半身を起こし、担いだラケットでとん、とんと肩を叩《たた》いているジェイソンを見つめた。

「あんただって、最初から強くはなかったんだろうし……」

ふいにジェイソンが聞いた。

「なぜ強くなりたいんだ?」

「なぜって……」

隆之は困惑して口ごもる。男が強くなりたいと思うのは、自然の感情ではないのだろうか。

「まあ、誰だって他の野郎に負けたくはないよな」

ジェイソンはラケットを下ろすと、足元に転がっているボールを拾い上げた。

「ガキのケンカにゃ武術なんざ用なしだが、相手がプロとなれば話は別だ。それなりの技術を身につけておかなけりゃ、あっという間にあの世行きってことになる。場合によっちゃ、相手を殺す必要も出てくるだろう。まあ、殺しにはまた別の素質が必要なんだが……おまえさんはどうかな?」

「え……」

隆之はぎょっとして、目を見開いた。

ジェイソンはうっすらと笑みを浮かべてみせる。

「俺みたいなバケモノにはならないほうがいいぞ、隆之。おまえが手を汚さなくてもすむように、俺のような男は存在しているんだ」

「ジェイ……」

「そう、腕よりも頭を磨いた方が、おまえのためになる。今まで通り、広東語《カントン》は俺が教えるとして、その他の勉強のために家庭教師を雇おう」

「そりゃないぜ！」

しんみりしかけていた隆之の気分は、その一言で吹き飛んだ。

「こっちに来たら、しばらく学校どころじゃねぇって言ったじゃねぇか！　のんびりできるって喜んでたのに！」

「だからこその家庭教師だ」

ジェイソンはくすくす笑いながら、ラケットの上でボールを弾ませた。

「学校なんて、狙撃《そげき》し放題の場所に行かせられるか」

「ここは安全なのかよ？」

「ホテルには体面というものがあるからな。評判にかけて、客の安全には気を遣わざるを得ない。なまじのセキュリティシステムがつけられた家よりは、よっぽど安全……なはずだが」

次の瞬間、ジェイソンは素早くボールをトスすると、身体を捻《ひね》るようにしながら背後に向けてサーブした。

「……っ」

突然の行動に驚いた隆之も、慌てて後ろを振り向く。その視界に拳銃を構えた男の姿が飛び込んできた。

『ぐわ……！』

ジェイソンが放った剛速球が相手の顔に食い込み、鼻がひしゃげる。苦痛にたまりかねた男は、銃をとり落とすとコートに蹲《うずくま》った。間髪入れずに駆け寄ったジェイソンは、彼の脇腹に二、三発蹴《け》りを入れ、さらにダメージを与える。

「最近はホテルも信用できないようだ」

気を失った男を冷ややかに見やって、ジェイソンは言った。

「こんなものを持った男を自由に出入りさせるぐらいだからな」

ジェイソンが取り上げた鋼鉄製の武器を見ているうちに、隆之の背中をぞわり、と恐怖感が駆け抜けていく。少しでも対処が遅れたら、この銃から発射された弾は隆之の命を奪っていたかもしれないのだ。

「さっそく裏切り者が動いたかな……」

ジェイソンはぽつりと呟《つぶや》いて、男の傍《かたわ》らにしゃがみ込む。だが、隆之が覗《のぞ》き込んでいることに気づいて、顔を顰《しか》めた。

「部屋に戻ってろ」

「なんで？」

「こいつの口を割らせるからだよ」

「俺も聞きたい」

「やれやれ……」

ジェイソンは救いを求めるように天を見上げた。

「日本人は場の空気を読むのが上手いんじゃなかったのか？」

隆之は唇を尖《とが》らせた。

「俺がいちゃいけない理由でもあるのかよ？」

「ああ」

ジェイソンは頷《うなず》き、手にした拳銃を軽く振った。

「乱暴極まりないことをするからだ。おまえさんには刺激が強すぎる」

一瞬、隆之は怯《ひる》んだが、すぐに思い直した。これが自分の生きる世界、この先も生きていかなければならない世界なのだ。

「いつかは慣れなきゃなんねー。黒社会《ヘイサーホイ》ってそういうところなんだろ？」

「その通りだ」

ジェイソンの瞳が光った。

「親父《おやじ》の跡を継ぐ決心がついたか？」

「まだ判らねーよ！　でもさ……」

隆之は言葉を見つけようとして、手を振り回した。

「俺は知りたいんだと思う。見てみたいんだ。自分の父親がどんな世界で生きていたのか……」

ジェイソンが溜《た》め息《いき》をつく。

「正直に言えば、俺は亡き香主《シャンチュ》が嫌いだった」

隆之は息を呑《の》む。

「……え？」

「個人的にだ。組織の頭としては、その手腕に感服していた。だが、そいつも過去の話になったよ。息子に後継者争いをさせるなんざ、愚の骨頂としか言いようがない」

ジェイソンは唇を噛《か》みしめる。

「黒社会の組織は血縁で支配されるものじゃない。世襲の香主などはいない。だが、レオン・李はあえてその慣習に挑戦した。『開心』を永久に李家の支配の下に置こうとしたんだ。二人の息子のどちらかが、自分の遺志を継いでくれるものと信じて……そうすることで自分の存在を永遠のものにしたかったんだろう。肉体は滅んでも、意志は生き続ける。我が血を引く息子の中で、と勝手に思いこめるのが、レオンという男なのさ。まったく、何という虚栄心だ！本当に我が子のためを思うなら、ヤクザにだけはしたくないと願うだろうに！」

少し興奮しすぎたことに気づいたジェイソンは、そこでもう一度小さな溜め息をつく。

「一方通行。上から下。俺は独裁者には我慢がならない。だから、香主も嫌いだった」

「うん……」

隆之は俯《うつむ》いた。父親のことを知りたいという気持ちはある。だが、知るのは怖いという思いも存在していた。

（葉老師《イップシンサン》も言ってたもんな。確かにグループ内にはクリーンな企業も多くなった、でも、裏に回れば犯罪に手を染めている組織がひしめいているって……）

たぶん、ジェイソンは隆之にそんな道を歩ませたくはない、と思ってくれているのだろう。

（俺のようなバケモノにはなるな、って言ってくれた）

理由は判らない。けれど、ジェイソンは隆之に好意を寄せてくれている。それを疑うことは、もうできなくなっていた。まあ、ときどき確かめたくなることはあるが。

「ウンザリしねえ？　嫌いな野郎の息子を、朝から晩までお守りしなくちゃならないなんて」

隆之の問いに、ジェイソンは苦笑を閃《ひらめ》かせた。

「率直に言わせてもらえば、最初は冗談じゃないと思ったよ。だが……」

「だが？」

「おまえと会って、気が変わった」

「どんな風に？」

畳みかける隆之に、ジェイソンの苦笑は深まった。

「俺は生意気な奴ほど惹《ひ》かれる癖があってね。いちいち突っかかってくるおまえを見ているうちに、何となく可愛《かわい》く思えてきた」

隆之はがっかりする。

「結局、ガキ扱いかよ」

「そうやって、すぐにむくれるところもたまらない」

ジェイソンは座ったままの隆之の頭をごしごしと撫《な》でた。

「魂を取りだして見ることができたら、おまえさんのは明るく輝いていて、傷も少ないんだろうな。ニコチンまみれの肺みたいに黒く汚れた俺とは大違い……だから、そのままでいて欲しい、これ以上くすませたくないって気持ちが湧《わ》いてくる。まあ、嫌いな男の片棒を担ぎたくないだけなのかもしれないが」

ジェイソンの真心が伝わってくる。これ以上、彼を試す必要はない。隆之は信頼できる相手と出会えたことに、心の底から感謝した。彼が側にいてくれれば、背中を守ってくれれば、何も怖れることはないだろう。たとえ、それが父親の闇《やみ》を覗き込むことだったとしても。

「今さら逃げられない……だから、ここにいる。ここで全てを見る」

ジェイソンは一瞬手を止め、また軽く髪を掻《か》き乱した。

「好きにしろ。おまえの人生はおまえのもんだ。ただし、後で泣いても、あやしてやらないからな」

「泣かねーよ、絶対」

「その言葉、覚えておこう」

ジェイソンはそう言いながらコートに倒れ伏している男を起こし、その背に気合いを入れて正気づかせた。

『う……う』

男はきょろきょろと辺りに目を走らせていたが、ジェイソンの強靱な片手で腕を逆手に捻られ、額を床に擦《す》りつけられて、ようやく自分が置かれている状況を思いだしたらしい。

『て……てめえ……放せ……放しやがれ……っ』

男が藻掻《もが》くたび、折れた鼻から流れる血がコートに赤黒い痕跡《こんせき》を残す。隆之はその醜い轍《てつ》に眉《まゆ》を顰めずにはいられなかった。

『はい、そうですか、と言う通りにしてやるバカがいると思うか？』

そう揶揄《やゆ》したジェイソンは、すぐに声の調子を冷たいものに改める。彼の特訓のおかげで、隆之も大体ではあるが何を言っているのかが判るようになっていた。

『貴様、「四刀《セイドウ》」の者か？』

『そうだよ！』

『あっさりと認めるところをみると、違うらしいな』

ジェイソンはもう一方の手に持っていた拳銃の銃口を、男の後頭部に押しつけた。

『誰に頼まれた？』

『あっさり言うバカがいるかよ、くそったれ！』

暗殺者は虚勢を張り、嘲笑《あざわら》った。

『男だな、兄さん。依頼者の秘密は厳守ってわけか』

ジェイソンは唇の端を上げると、拳銃を引いた。そして、動きを封じられ、小刻みに震えている男の指先に改めて銃を近づける。

『見上げた覚悟がいつまで続くか、見せてもらうぜ』

ジェイソンは拳銃の照星《しょうせい》の突起を男の人差し指の爪《つめ》の間に潜り込ませると、それを思い切り突き刺し、さらに栓を抜くようにその爪を引き剝《は》がした。

『ぎゃあああっ！』

男の凄《すさ》まじい悲鳴に、見ていた隆之も飛び上がる。明らかに自分のするケンカなどとは違う、濃厚な暴力の匂いに圧倒されてしまったのだ。普段は陽気なジェイソンが、まったく違う人間に変貌《へんぼう》していた。そう、冷酷無比な死神のような男に。

『おまえ、潮州《チャンチヨウ》の訛《なまり》があるな。香港で一稼ぎしようと思ってやってきた大圏仔《タイヒユンツアイ》（中国本土の人間）だろう？』

ジェイソンは言いながら、中指の爪の間に照星を潜り込ませた。ゆっくりとその感触を味わわせるように。

男の背がびくり、と大きく波立った。

それを見た隆之も、思わず身を震わせる。覚悟は決めたつもりだが、想像を超えるハードな現実に目をつぶりたくなってしまう。だが、ジェイソンに啖呵《たんか》を切った以上、だらしない姿を曝《さら》け出すわけにはいかなかった。

『幸い、未遂で終わったことだしな。誰に頼まれたかをさっさと白状すれば、潮州に追放するだけで許してやってもいい。命さえありゃ、また金儲《もう》けもできるぜ』

『うう……』

『まだ決心がつかないか』

ジェイソンは素早く銃把《じゅうは》を振り上げた。再び獣のような咆哮《ほうこう》がスカッシュコートに響き渡る。偶然だったが、男を尋問するには格好の場所だった。防音ガラスによって隔てられているので、外に声が漏《も》れる心配はない。しかし、

「……っ」

隆之は我慢できずに手で口元を押さえた。密閉された空間に、血の匂いが噎《む》せ返らんばかりに立ちこめてきたからだ。

『もう一本……いや、爪だから一枚、いっておくか？』

『待て！』

すでに覚悟を失っていた暗殺者は、ジェイソンが薬指に触れようとすると、涙と血でぐしゃぐしゃになった顔を上げて哀願した。

『待ってくれ……っ！　い、言うから、もう……許してくれ……っ』

ジェイソンは顔の筋一つ動かさずに言い放った。

『嘘《うそ》をついたら、今度は指を潰《つぶ》すぞ』

『言わない！　だ、だから命は……命だけは奪わないと……』

『約束する』

ジェイソンは言い切って、男の顔を見据《みす》えた。

『おまえに暗殺を命じたのは？』

『陳先生《チャンシンサン》だ……』

男は絞りだすような声で囁《ささや》く。

『この仕事が成功したら、日本に渡らせてくれる約束だった』

『なるほど』

ジェイソンは独り言のように呟く。

『そういえば、あの人は「蛇頭《スネークヘッド》」だった』

聞き慣れぬ言葉が、隆之の注意を引いた。

「それって、何?」

「黒社会における業種でね。『蛇頭』は他国への密入国を斡旋《あっせん》する。当然ながら違法であり、密入国する依頼者からも暴利を貪《むさぼ》る悪徳商法だ。サイラス・陳はこの商売の他に、売春や人身売買などを得意としている。ああ、臓器も売ってるな。借金で首が回らなくなった連中を安く買い叩いて』

別の吐き気が隆之に襲いかかる。

「サイテー……」

「ああ。そんな奴だから、他人の命を奪うことに、一瞬の躊躇《ためら》いもないだろうよ」

ジェイソンは言い捨てると、約束通りに男を放してやった。

『行け。さっさとどこかへ消えうせろ』

まろぶようにしてスカッシュコートから飛び出していく男を見送ったジェイソンは、穏やかな表情を取り戻して隆之を振り向いた。そして、肩を落とす。

「言わんこっちゃない……」

緊張が緩んだせいか、隆之の悪心《おしん》はますます酷《ひど》くなっていた。

「き……気持ち悪い……」

「貧血だな」

口元を押さえたまま呻《うめ》く少年の肩を軽く叩いて、ジェイソンは言った。

「座って、頭を低くしていろ。呼吸はゆっくりと深くだ。今、水を持ってきてやる」

言うがままに腰を下ろした隆之に、ジェイソンの苦笑が降ってきた。

「とことん母親似だな。香主は斬《き》った張ったが三度の飯より好きなお人だったぜ」

隆之は深呼吸をしてから囁いた。

「似てなくて結構……」

「同感だ」

「それにしても、あのエロデブオヤジ、どうして俺を……」

そこまで言って、隆之はハッとした。

「ジェイ、狙《ねら》われたのは俺だけか？」

「さあな」

後見人は肩を竦《すく》めた。

「だが、サイラスが組織を乗っ取るつもりなら、レオンの種は根絶やしにしないと」

「ってことは、アーサーのところにも？」

ジェイソンは首を傾げた。

「聞いてどうする？　あっちの坊やも狙われていたとしたら、今さら行ったところで……」

「間に合うかもしれないだろッ！」

隆之は苛立《いらだ》たしげに遮《さえぎ》った。

「西貢に行く」

「一人じゃ、ここから九龍にすら戻れないのに？」

「うるせえ！」

ジェイソンが聞いた。

「何のために行くんだ？」

「決まってるだろ。アーサーを助けるんだよ」

「敵を？　何のために？」

思わず言葉を失った隆之に、ジェイソンは言った。

「放っておけば、自分の手を汚さずにライバルを消せるかもしれないぞ」

隆之は気持ちが悪かったことも忘れ、すっくと立ち上がると、拳《こぶし》を握りしめた。そして間髪入れずに、それをジェイソンの頬《ほお》に叩き込む。

避けられたはずのジェイソンは、微動だにしなかった。

「二度と……そんなこと、俺の前で二度と口にするな」

隆之は声を震わせて言った。

「対立していても、アーサーは兄弟だ……俺の兄貴なんだぞ。サイラスなんかの好きにさせてたまるかよ」

「判った」

ジェイソンは静かに告げる。

「気持ちを試すような真似《まね》をして、悪かった。罪滅ぼしに手を貸してやるよ。サイラスの隠れ家を突きとめてやる」

「……行こう」

そう言ってさっと歩きだす隆之の背中を、ジェイソンのくすくす笑いが叩いた。

「うちの坊やは救いようのないお人好しだ。これがクレイグとアーサーなら、さっさと見殺しにするに決まってる。顔色一つ変えずにな」

卜占《ぼくせん》なんぞ、している暇もあらばこそだ、とクレイグは苦々しく思う。

4

深夜、西貢《サイクン》の屋敷にどやどやと駆け込んできた暴漢達は、手にした銃でジョージが回してくれた護衛を次々と殺すと、クレイグが駆けつけるよりも早くアーサーの寝室に侵入して、彼を人質にしてしまった。

こうなっては、『坊主の命が惜しけりゃ、静かに俺達のあとについてこい』という命令にも従うよりほかはない。

そうして拉致《らち》され、連れ込まれた屋敷で、サイラス・陳《チャン》のにやけた顔と対面したクレイグは、暴漢がすぐに自分達の命を奪おうとしなかったのはなぜか、という疑問に対する答えを見出すことができた。

「あなたが裏切り者だったとは……」

クレイグの呟きに、サイラスは上機嫌な笑い声をたてた。

「とんでもない！　私は香主《シャンチュ》だけには忠実な男だったよ。レオン・李《リー》は帝王だった。そこに立っているだけで、あたりを払うような権威と風格があった。私は彼を崇拝し、そうして同じぐらい恐れたものだ。本物のカリスマとはそうしたものじゃないかね？」

全身に余計な脂肪を纏《まと》っているサイラスは、そのぶよぶよした掌《てのひら》で、椅子《いす》の肘掛《ひじか》けに両手を、そして脚部に両足を縛りつけられ、身体の自由を奪われているクレイグの白い頬をさすった。

「……っ」

クレイグは嫌悪感に眉を顰め、精一杯うつむく。その拍子に、やはり両手、両足を縄で縛られ、床に転がされているアーサーの姿が目に映って、思わず唇を噛みしめた。意識がないのは、ここに運ばれる途中で何らかの薬を盛られたせいだろう。

「では、崇拝する香主の息子に、このような無礼を働く理由は？」

「言っただろう、クレイグ」

サイラスは再びくくっ、と喉《のど》で笑った。

「私が忠義を尽くすのはレオン『だけ』だ。しかし、彼はもういない。死んだと聞かされたとき、私は思ったのだ。これでもう私を支配する者は誰もいなくなった、私はもう誰の風下にも立たなくていいのだ、とね」

サイラスは舌なめずりするような表情で、不快そうに顰められたクレイグの顔に見入った。

「相変わらず、美しいな……年齢的にはアーサーのほうが好みに合うが、顔立ちはおまえさんの方が断然いい。同じぐらい、身体もしっくりくるといいんだが」

クレイグは無言を貫いた。このような下司《げす》に、何を言えるというのだろう。

「香主はグループの筆頭株主だ。私の会社も実質的には彼のものだった。だが、経営のことなど何一つ判らないガキどもが、その株を持ってどうなる？　どうせ後見役のおまえ達、ひいてはジョージ・呉《ウー》とイアン・羅《ロー》が好き勝手にするに決まっているだろう。こいつは縄張り荒らしとは言えんかね？　ああ？」

話をしているうちに怒りがこみ上げてきたのか、サイラスはクレイグの長い髪を掴《つか》み、乱暴に引いた。

「く……」

仰《の》け反《ぞ》ったクレイグは、苦しげに喘《あえ》ぎながら言った。

「そ……れが……問題……でしたか……」

「ああ。面白くない。実に不愉快だよ！」

「ならば……どうせよと……？」

クレイグは問い返しながら、素早く考えを巡らせた。

(私達が攫《さら》われたことに気づいた者は？　呉先生……それとも葉老師《イップシンサン》はどうだろうか？)

だが、ジョージもヘンリーも住まいは九龍《カオルン》市内だった。おそらく、報《しら》せはまだ届いていないか、届いたばかり、というところだろう。

(誰か……誰かいないのか……?)

そのとき、絶望しかけたクレイグの脳裏に、ある男の顔が浮かび上がった。

(いや……まさか……)

ぎょっとしたクレイグは、慌てて幻影を打ち消すように首を振る。だめだ。冗談ではない。手段を選べるような場合ではないと判っていても、あの男に助けられるのは自尊心が許さなかった。うっかり手を借りて、その後も恩着せがましい態度を取られるぐらいなら、ここで死んだ方が遥かにましだ。

「どうしたね? フフ……怖いのか?」

クレイグの動揺を、サイラスは勝手に誤解した。彼は強ばったクレイグの首筋につつっ、と短い指先を走らせる。

「そう、このままナイフで美しい喉笛を掻き切ることも簡単だ。返す刀で、アーサーの心臓を抉《えぐ》りだすこともできる」

ごく、とクレイグの喉が波立つのを見て取ったサイラスは、いきなりむしゃぶりついてきた。

「やめてください……やめろ……っ!」

必死の抵抗を無視して、サイラスは鳥肌の立った喉元をしゃぶり、執拗《しつよう》に舐《な》め回した。

「静かにしろ。全てはおまえの心次第だぞ、クレイグ。可愛いアーサーを生かすのも、殺すのもな」

サイラスの恫喝《どうかつ》に、クレイグはぴたり、と動きを止めた。

「そうだ」

サイラスは狡猾《こうかつ》そうな、まるでサメのような口つきで笑う。

「初めて会ったときから、おまえに目をつけていたんだよ。美しくて、誇り高くて、頭の良いクレイグ……客家《ハッカ》系の孤児だったおまえを香主が拾い上げた日から、私はおまえが欲しくて、欲しくてたまらなかった。だから、香主が私ではなくジョージにおまえのことを預けたとき、初めて彼を恨んだよ」

サイラスは狂おしげな手つきで、クレイグの身体を撫でさすった。服の上からとはいっても、生々しい感触だ。

「う……」

クレイグはおぞましさに吐き気すら覚える。改めて告白されるまでもなく、サイラスが自分に淫《みだ》らな欲望を抱いていたのは気づいていた。そう、占うまでもないことだ。彼の眼を見さえすれば。

「悔しかったよ。いくら欲しくても、香主の手前、おまえに手をだすことはできなかったからね。だが、レオン・李が死んだ今となっては、もう誰に遠慮をする必要もない」

首筋から顎《あご》、そして口元へと舌を這《は》わせながら、サイラスは言った。

「いいか、クレイグ。おまえがジョージの元を離れて私のものになるなら、アーサーは生かしておいてやる。あいつが李家の後継者になるための後押しもしてやるぞ。だが、おまえが俺を拒むなら、あのガキは殺す。むろん、おまえ共々、犯したあとでな」

つまりはアーサー共々、彼の傀儡《かいらい》になれということだ。クレイグは今すぐ拒絶したい気持ちを抑え、必死に考えた。生き延びる機会が万に一つでもあるのなら、それを逃してはならない。自分のためではなく、アーサーのために。

「さあ、どうする？　おとなしく私に抱かれるかね？」

「……っ」

クレイグは唇を噛みしめた。観念するしかない。自分一人の問題なら、決してしない選択だ。忌々《いまいま》しいジェイソンに助けられるのと同様、サイラスのおもちゃになるぐらいなら死んだほうがマシだった。しかし、本当に死んでしまっては、この卑劣漢に復讐《ふくしゅう》することもできなくなってしまう。だから、

「わか……」

だが、クレイグが返事をする直前、いつの間にか目覚めていたアーサーが叫んだ。

「クレイグから手を離せ、ブタ野郎！」

アーサーは床に横たわったまま、憎しみに燃えたぎった瞳で、サイラスを睨《にら》みつけていた。

「ほほう。坊やはだいぶ元気がいいようだ……」

サイラスはアーサーに見せつけようとしてか、クレイグの喉元からシャツの中に汚らわしい

手を突っ込んできた。

「く……」

強い嫌悪感から反射的に眼を閉じてしまった後見人を見て、アーサーの声はさらに鋭くなる。

「聞こえないのか？　薄汚いその手を離せ、と言っている！」

アーサーはぶるぶると震えていた。ひどく興奮している。

「アーサー」

クレイグは彼を落ち着かせようとした。薬もないここで発作などを起こしては、本当に命にかかわるからだ。

「なんでもない。私のことは気にするな」

すると、その言葉を嘲《あざけ》るように、サイラスの指がきゅっとクレイグの胸の突起を摘み上げた。

（殺してやりたい……！）

だが、クレイグはその屈辱にも耐えた。

「止めろ……っ」

シャツの下で蠢《うごめ》く指を見れば、クレイグが何をされているのか、判るのだろう。ただでさえ顔色の悪いアーサーの頬が、すーっと紙のように白くなった。

「クレイグに触るな！」

「何も苛《いじ》めているわけじゃない。可愛がってやりたいだけさ。たっぷりとね。クレイグだって嫌がってはいないぞ。なぁ？」

サイラスはぐっとシャツの衿《えり》に手をかけると、そのまま乱暴に布を引き裂いた。バラバラッ、と飛び散ったボタンの一つが、床でいましめられているアーサーの頬を打つ。

「よせッ！　クレイグから離れろ……っ」

アーサーは半狂乱だった。自分を守るために、クレイグがこの耐えがたい屈辱を受け入れようとしている——それが我慢ならなかったのだろう。

「落ち着くんだ、アーサー」

彼の口から聞いたわけではない。けれど、一緒にいれば、自然と伝わってくる。アーサーにとって、クレイグはただ一人、弱みを見せられる人間、寄りかかっても大丈夫だと思える相手なのだ。

「あなただけだよね」

数日前も、アーサーは独り言のようにぽつりと言った。

「昔から誰も近づこうとしない僕に話しかけ、笑いかけてくれたのは」

そうしたのは自分も孤独な人間だったからだと、クレイグは思う。

客家系のクレイグは、広東《カントン》系の香港人で構成された『開心《ホイサム》』においては、アーサーと同じぐらい異質な存在だった。

（そうだ。互いに口にしたことはないが、初めて出会ったときに判った。私達は良く似た人間

なのだということが)

だから、ジョージ・呉からアーサーの後見人を打診されたときも、迷うことなく引き受けた。クレイグ以外にその役目は務まらないことが判っていたからだ。アーサーが必要としているのは味方だった。義務から付き従う者を、彼は決して受け入れはしないだろう。

(この子には私だけなんだ)

やはり、言葉にすることはなかったが、後見役がクレイグだと知ったとき、アーサーは安堵《あんど》の表情を浮かべていた。喜んでくれていると判って、クレイグも嬉《うれ》しかった。

(おまえの信頼だけは裏切らないよ、アーサー)

クレイグは改めて決心した。何でもする。どんなことにも耐えてみせる。ずっと日陰に追いやられていたアーサーを、表舞台の中心に立たせるまでは。

「静かに、アーサー。眼を閉じていなさい」

だが、クレイグの言葉は、却《かえ》ってアーサーの興奮を煽《あお》り立ててしまったようだ。

「嫌だ!」

「アーサー……」

「おまえを殺してやる、サイラス……! 僕達に手を出す奴らは皆、殺してやる……っ!」

クレイグを救うことのできない絶望に、アーサーはわれを失っていた。

「やってみろ、坊主。やれるものならな」

サイラスは冷笑を迸《ほとばし》らせると、剝《む》きだしになったクレイグの胸元に顔を伏せた。

「どうせ、おまえにできるのは、そこで見ていることだけだ」

大きく突きだされたサイラスの舌先が、ゆっくり、ゆっくりと下ってゆく。彼はクレイグのトラウザーズのファスナーを引き下げると、せわしなく動く指で邪魔な布をかき分けた。そして、クレイグの性器を摑み出す。

「……っ」

クレイグは顔を背け、唇を嚙みしめた。そのとき、

「ひ……」

アーサーが鋭く息を飲む気配がして、クレイグが慌てて振り向いた瞬間、怖れていたことが起こった。発作が起きてしまったのだ。

「アーサー！」

苦悶《くもん》の表情を浮かべ、藻掻いている少年の姿に、クレイグは焦った。このままでは危険だ。早く薬を与えなければ。

「陳先生」

クレイグは僅かに残っていた誇りをかなぐり捨て、何事もなかったように自分自身を弄《もてあそ》んでいるサイラスに懇願した。

「なんでも言うことを聞きます。だから、アーサーを助けてください。医者を呼ぶか、気管拡

張剤を……」

「本当に私の奴隷になるか？」

サイラスは欲望にぎらぎらと目を輝かせながら聞いた。

クレイグは何度も頷く。

「ふん、こいつが間近で呻《うめ》いていては、おまえの気分も乗らないだろうからな。よし、医者を呼んでやろう」

クレイグはだめもとで聞いた。

「医師が来るまでは、私が面倒を見ても？」

「いいぞ」

奴隷になるという言葉に気を良くしたらしいサイラスは、意外にあっさりと許可した。そして、クレイグを椅子に縛りつけていた縄を解く。

「大丈夫か？」

身なりを整えるのもそこそこにアーサーに駆け寄ったクレイグは、ふと思い立って少年が身につけていたジャケットの内ポケットを探る。

「あった……！」

聡明な上、用心深いアーサーらしく、そこには気管拡張剤のスプレーが入っていたのだ。これで医者を待つ必要もない。

「すぐに楽になるぞ、アーサー」

やがて薬が効いてきたのだろう。アーサーの呼吸が格段に穏やかなものになる。

クレイグは冷や汗の滲《にじ》む額を掌で拭《ぬぐ》い、ぼんやりと自分を見上げる少年に問いかけた。

「落ち着いたか？」

「う……ん」

「水は……？」

「のみたい……」

クレイグに仰ぎ見られたサイラスは、近くにあった電話の内線ボタンを押し、部下に命じた。

「水を持ってこい」

ほどなく運ばれてきたコップを受け取ったクレイグに、サイラスが言う。

「口移しで飲ませてやれ」

「そんな必要は……」

「約束を忘れたか？」

仕方がない。クレイグは水を含むと、まだ朦朧《もうろう》としているアーサーに囁いた。

「我慢してくれ」

唇を合わせると、少年は驚き、身を強ばらせた。だが、クレイグの頼みに従って、大人しくしてくれている。その華奢《きゃしゃ》な身体を、クレイグはそっと抱きしめた。

「美しい二人が睦《むつ》み合う様は格別だな……！」

抑えきれない興奮を滲ませた口調で、サイラスが言った。

「おまえ達を犯すのもいいが、二人で愛し合っている姿を見るのも悪くない。いや、私も仲間入りして、三人で快楽の果てを目指すというのはどうだ？」

クレイグは思った。こんな汚らわしい言葉を、アーサーに聞かせたくない。できれば、彼の耳を塞《ふさ》いでやりたかった。

「でも、まずは長年の望みを叶《かな》えないとな。私の秘めた思いのたけを、思うさまおまえに叩きつけてやる」

サイラスはそう言って、ぐい、とクレイグの腕を引っ張った。

「逆らったらどうなるか、もう判っているな？」

クレイグはのろのろと、しかし自ら立ち上がった。そして、サイラスに身を寄せる。

「あなたの寝室に……ここでは気が散ります」

クレイグは心の中で祈った。アーサーがこのまま朦朧としていてくれるように。できれば、ことがすむまで。

「ふふ、いい子だ」

従順な態度に満足したサイラスは、自分よりも高い位置にあるクレイグの腰を抱くと、寝室へと誘った。

「では、ご褒美《ほうび》にいいことを教えてやろう」

クレイグは傍《かたわ》らを振り返った。

「何です？」

「可愛いアーサーの敵、もう一人のレオン・李の息子は、清水湾《チンソイワン》のホテルで冷たくなっているだろうよ」

「な……」

クレイグは目を見開く。

「そう、私が刺客を放った。おまえ達と違って、あっちを生かす理由は一つとしてないからな」

サイラスはわがもの顔で身体をなで回しながら、得意げに笑う。

「これでおまえの坊やは唯一人の後継者になった。そら、もっと喜んだらどうだ？」

「隆之《ロンシー》……マーク様が……」

クレイグは唇を噛みしめる。あの日本人の少年に、これといった恨みがあるわけではない。というか、何とも思っていない。特に感情を持つほど、相手の為人《ひととなり》を知っているわけではないからだ。命を落としたとすれば気の毒にも思うが、その一方でこれで悩みが一つ減ったという気持ちがないわけではなかった。しかし、

（本当に死んだのか？　あの男がそばにいて？）

忌々しい男だが、ジェイソンの有能さを否定するつもりはなかった。開心一の殺し屋として名を馳《は》せたこともある彼が、サイラスの手下ごときにむざむざとやられることなどあるのか。

「何だ……？」

そのとき、クレイグの疑問に答えるように、屋敷のどこかでガラスのようなものが割れる音がした。

「チッ」

ぴく、と肩を波立たせたクレイグに気づいて、サイラスが舌を鳴らす。今夜は邪魔ばかりが入るとでも思っているのだろう。

「飛仔《フエイツアイ》（チンピラ）どもめ、サイコロ遊びで揉《も》めたか？」

違う。クレイグの勘は告げていた。これは博打《ばくち》が原因の諍《いさか》いなどではない。とすれば、

「どうした？」

サイラスはドアにしがみつき、そのまま頑《かたく》なに寝室に入ろうとしないクレイグに焦《じ》れ、喚《わめ》きだした。

「こいつめ！　さっそく、誓いを忘れたのか？」

いきり立ったサイラスは、クレイグの漆黒の髪をがっと握ると、引き千切らんばかりの勢いで振り回した。

「ああ……っ」

クレイグはバランスを失い、そのまま廊下に倒れ込む。

「ここで犯してやってもいいんだぞ！」

クレイグが怒りに満ちた瞳をサイラスに向けた途端、廊下の向こうからノンビリとした拍手と共に男が姿を現した。

「素晴らしい。大した神経だ。今時、そんな芝居がかった台詞《せりふ》を臆面もなく口にできるとは」

ジェイソン・林《ラム》。

クレイグが予想した通りだった。

「お、おまえは……！」

驚愕《きょうがく》したサイラスが口ごもるのを見て、ジェイソンは微笑《ほほえ》んだ。

「お楽しみの最中、失礼しますよ」

サイレンサー付きの銃を手にした彼からは、強い死の香りがした。

「とはいえ、プライバシーを守るために、護衛の数を抑え過ぎたのは失敗でしたね、陳先生。おかげで楽をさせてもらいましたよ」

サイラスは真っ青になり、ついで茹《ゆ》でダコのように真っ赤になった。

「きっ……貴様……っ！」

「隆之、アーサーを連れて、先に車に戻っていろ」

いつの間に来たのだろう。ジェイソンが後見する少年が、近くに立っていた。

「わかった」

「グローブボックスに銃が入っている。近づいてくる奴には容赦なくぶっ放せ」

「りょうかい」

「銃を撃つときはためらうなよ。ためらえば、死ぬのはおまえとアーサーのほうだ」

「はい、はい」

まだぎこちない広東語で応じた隆之は、サイラスに憎悪の視線を投げかけてから、アーサーのいる部屋に向かった。迷いのない足取りからして、どこにいるか、すでに把握しているのだろう。

「さて」

ジェイソンはサイラス、そしてクレイグに改めて向き直った。

「結局のところ、こちらが裏切り者だったというわけで？」

「違う」

クレイグは破れたシャツの胸元を掻き合わせながら、吐き捨てるように言った。

「そんな度胸はない。アーサーとマークに自分の縄張りを奪われるのではと思い、びくついていた小心者だ」

「ふむ。それでも一応は隠し金庫を見ておいたほうがいいんじゃないか？」

ジェイソンはずかずかと寝室に踏み込んでいった。そして、部屋に入るなり、すぐにサイラスを振り返り、とっさに彼の視線が移動した方向に顔を向ける。

（小心者ほど、その考えはストレートに態度に表れるからな）

ジェイソンの目論見《もくろみ》は当たった。

サイラスの視線の先には、見事な額に収まったカラヴァッジオの複製デッサンが掲げられていたからだ。

ジェイソンはその額を取り外し、ベッドの上に放る。額によって隠されていた部分には、一回り小さい長方形の切り込みがあった。おそらく、そこに隠し金庫があるのだろう。サイラスの口から抑えきれない呻きが洩《も》れた。

「開けろ」

銃を振りかざしたジェイソンの命令に、仕方なくサイラスが従う。壁の表面を軽く押すと、バネ式らしい表板がぽっかりと口を開けた。その中に見えるのは、ダイヤル式のロックが付いた小さな金庫だ。

「お盛んなことで……」

金庫の中からゾロゾロと出てきたものを見て、ジェイソンは口笛を吹く。

一方、クレイグは嫌悪の念も露《あらわ》に顔を背けた。

それがアラン・馬《マ》の配下にある香港映画界のスター、それも男優ばかりの淫らなヌード写真だったからだ。中にはサイラスと抱き合っているところを写したものもある。

「馬先生とは良好なご関係を結んでいらしたようですね」

ジェイソンは写真を指で弾《はじ》いてから、近くのゴミ箱に放り込んだ。

「で？　ご厚意には、どんな返礼を？」

秘密を暴《あば》かれた恥辱《ちじょく》にサイラスは無言のまま、震えていた。

ジェイソンは返事を待たずに、クレイグの方を向く。

「『泰福天珠』はなかった。陳先生の処遇はどうする？」

まるで今晩何を食べるかと問うようなさりげなさだった。クレイグも気を取り直し、淡々と告げる。

「殺すに決まっているだろう。葉老師の前で我々に協力することを誓った舌の根も乾かぬうちに、マーク様を暗殺しようとし、アーサーをも危うく殺しかけた」

サイラスはこぼれ落ちんばかりに目を剝いた。

「ま、待て、クレイグ……！　待ってくれ……命だけは……」

「私がやる」

クレイグはジェイソンに向かって手を差し伸べた。

「この腐れ外道の豚野郎だけは、この手で殺してやらねば気がすまない」

ジェイソンは肩を竦め、彼よりも格段に細く小さな手の中に銃を落とした。

「心持ち下を狙え。反動で銃口が跳ね上がるからな」

クレイグは注意深く、腰だめで拳銃を構えてから、ジェイソンに聞いた。

「こんな奴でも一応は幹部だ。裏切りが公になれば、再び組織内に動揺が広がる。一応、偽装しておいた方がいい。『四刀《セイドウ》』の暗殺者の手口は?」

「場所を選ばず蜂の巣にして、最後に額のど真ん中に一発だ」

ジェイソンは近くの壁に背をあずけ、物憂げに言った。

「レオン・李もそうやって殺された」

「ひっ、ひいいい……っ!」

腰を抜かし、聞くに耐えない悲鳴をあげて、床を這いずり回っているサイラスを、クレイグは無表情に見やった。

「満足だろう?　香主を崇拝していたおまえにふさわしい死に方だ。安心しろ。葬儀は我々の面子《メンツ》にかけて立派なものを出してやる」

「許してくれえ……ぎゃあっ」

一発目を発射するとき、指が震えた。だが、クレイグは動揺を押さえつけ、続けてトリガーを引き続けた。自分も機械の一部になったように。

「そこまでだ」

沈黙を守ったまま、クレイグを見守っていたジェイソンが声をかけてくる。

「最後の一発を残しておけよ」

クレイグははっとしたように銃口を上げた。

「くそ……っ」

一度中断してしまうと、緊張が解けてしまう。クレイグの手は先程よりもさらに大きな振動を見せるようになった。

「それじゃ、額の真ん中に命中させるのは難しいな。貸してみろ」

ジェイソンはゆったりとした歩調でクレイグに歩み寄ると、震える手から銃を取り上げた。そして、ほとんど構えた様子もなくサイラスの顔に銃口を向け、最後の銃弾を発射する。

「……っ」

ボッとサイレンサーから圧が抜ける音がして、すでに瀕死《ひんし》の状態だったサイラスの額に小さな穴が開く。

クレイグは思わず瞼《まぶた》を閉じた。やはり生きてはみるものだ。こうしてサイラスの惨《みじ》めな最期を見ることができたのだから。だが、

「間一髪だったな」

再び目を開けたクレイグは、ジェイソンの面白がるような瞳とまともにかち合ってしまった。

「おっと、礼なら隆之に言ってやってくれ。兄貴想いの優しい坊やにな。奴がここに来ようと言いださなければ、おまえさんの貞操も危なかったんだからな」

ジェイソンはクレイグの頭から足の爪先までを見下ろして、低い笑い声をたてる。

「絶景だな。一分の隙《すき》もなく、きっちりと着込んでいる姿もセクシーだが」

「黙れ」

クレイグは頬に血の色を昇らせ、破れたシャツの前をさらに堅くつかみ寄せた。

だが、それがジェイソンにさらなる笑いをもたらしたらしい。

「何がそんなにおかしい？」

「さあ……何でかな」

反射的に噛みつくと、ジェイソンは穏やかに答える。いつだって余裕ありげなその態度が、クレイグは大嫌いだった。

「そういや、俺は昔っからおまえさんの貞操を守ってばかりだな、と思ってさ」

言いながら、ジェイソンが手を差し伸べる。

クレイグはぎくり、として後ずさった。

だが、ジェイソンはそれに構うことなく、優しい手つきでサイラスに乱されたクレイグの髪を整えた。

「まさか、忘れちゃいないだろう。おまえが黒社会《ヘイサーホイ》への入会を宣言して刑務所にぶち込まれたとき、ご面相に目が眩《くら》んだほかの野郎どものレイプから、可愛いおまえの身を守ってやってくれと頼んできたのは美蓮夫人《メイリー》だった」

ジェイソンは冷笑を浮かべる。

しい」

「普段は声をかけるどころか、近寄りもしないくせにな。奥様も背に腹は代えられなかったら
　クレイグはカッとしてジェイソンの腕を叩き落とした。

「そうだ。私が頼んだわけではない。生きるためなら、この身を好きにされるぐらい、どうということはない」

　ジェイソンは鼻を鳴らした。

「じゃあ、サイラスにレイプされたほうがよかったか？　ふにゃチンでぐちゃぐちゃ、うにゅうにゅと」

「な……」

　クレイグの我慢も限界だった。この下品で、粗野で、筋肉だけの男に恩着せがましい態度をとられると、どうしようもなく――――そう、血が逆流するほどむかつかずにはいられない。

「人が黙っていれば……」

　クレイグの平手が憎らしい顔へ飛ぶ。

　だが、ジェイソンはあっさりと攻撃を避け、クレイグの手を捉《とら》えると、そのまま抱きしめるようにして近くの壁に押しつけた。

「すでに一発喰《く》らっててね。これ以上、痛い思いをするのはごめんだな」

「放せ……っ！」

クレイグは懸命に藻掻いた。

「俺はいわば命の恩人だぜ？　もう少し優しくしてくれたっていいだろう？」

ジェイソンは片手を使い、やすやすとクレイグの両の手首を彼の頭上に縫い留めると、もう一方の手で繊細《せんさい》なクレイグの顎を固定した。

「たまには礼の一つも言いな」

「誰が、貴様などに！」

「言えないんなら……」

噛み合わせの部分をぐっと強く押さえられ、クレイグの口は自然に開いてしまった。

「代わりをもらっていくぜ」

「む……ぐ」

クレイグが驚愕している間に、ジェイソンはさっさと唇を押しあててきた。

（……！）

その大胆不敵さに呆《あき》れ果て、一瞬、呼吸をすることすら忘れてしまったクレイグは、強ばった舌を蕩《とろ》かすように、ジェイソンのそれが絡みついてきた衝撃に眩暈《めまい》を覚える。だが、意識を手放している場合ではなかった。相手が誰であろうと、こんな真似を許すつもりはない。中でもジェイソンには絶対に。

（噛んでやる……！）

クレイグは殺意をもって、上下の歯を動かそうとした。しかし、ジェイソンの手によって顎を固定されているため、それが果たせないことを知る。

「う……」

その間にもジェイソンはクレイグの舌を吸い上げるばかりか、小刻みに震える唇を自分の舌でなぞることまでした。

「……っ」

だめだ。力ではかなわない——ジェイソンを突き飛ばそうとする無益な試みに疲れて、クレイグはがっくりと壁に身体をもたせかける。

すると、ジェイソンはクレイグの身体に腕を回し、さらに深く唇を合わせてきた。

「は……」

吐息のすべてまで奪うような激しい口づけに、クレイグの眩暈が酷くなる。胸が苦しくて、たまらない。

(激しく波打っている心臓は私の……それともこいつのか……?)

どくどくと耳を覆う鼓動がどちらのものなのか、クレイグにはもう判らなかった。

その間もジェイソンは、無防備になった舌を弄んでいる。

天鵞絨《ビロード》の糸目を逆撫でるような感触に、クレイグはぞくりと身を震わせた。すると、ジェイソンがさらにきつく抱きしめてくる。

（私は……おかしい）

一瞬、自分が頼りない子供に戻ってしまったような気分になって、クレイグは戸惑いを覚えた。温もりが心地よい。このまま相手にしがみつき、もっと強く抱きしめて欲しいとさえ思う。強く吸われて敏感になった唇を、相手のそれでそっと撫でられると甘い痺《しび》れが走った。足から力が抜けてしまい、立っていられなくなる。だから、支えが欲しかった。もっとしがみつきたくなるのだ。誰かに。

「夢でも見ているみたいな顔だ」

そう告げながらジェイソンが身を引いても、しばらくクレイグは瞼を閉じたまま、陶然としていた。

「大人しくしていりゃ、本当に天使だな」

クレイグは睫毛《まつげ》を持ち上げ、自分の前に立つ者を見る。しがみつきたくなる誰か。それは、断じてこの男ではない。

「このままベッドに行くかい？」

「うるさい口を閉じろ」

「そうしたら、またキスしてくれる？」

ジェイソンの揶揄に、クレイグは眼を細める。この男は許せない。だが、思わぬこととはいえ、簡単に心を乱してしまった自分にも我慢がならない。クレイグはいつの間にか自由になっていた手を翻《ひるがえ》し、傍若無人な男を平手打ちにすることで、ウサを晴らそうとした。

ジェイソンも今度は甘んじて受けることにしたらしい。瞬きもしなかった。

「俺はマゾなんじゃないか、と思うことがあるよ」

肩を怒らせ、ずんずんと廊下を歩いていくクレイグの背中に、ジェイソンの声が突き刺さった。少しもめげていない、明るい声が。

「それとも愛情深いのかな。殴られても、相手を好きでいられるなんて……」

クレイグは忸怩《じくじ》たる思いを噛みしめる。そう、最後の一発はこのときのために取っておけば良かった。

5

ジェイソンと乗ってきたロールスロイスの後部座席にアーサーを横たえたのはいいものの、隆之《たかゆき》はその後の処置に迷い、狼狽《ろうばい》していた。

「これ、外したほうが苦しくないよな……」

呟いて、シャツのボタンに手をかけると、のろのろとアーサーが顔を上げる。

「あ、気がついた。良かった」

「おまえは……」

アーサーは自分を介抱しているのがクレイグではなく、いつの間にか隆之に代わっていたことに驚いたらしい。大きな黒曜石のような瞳を、さらに見開いた。

「もう大丈夫だぜ」

アーサーは日本語を理解する。だから、隆之も慣れた言葉を使うことにした。でなければ、言いたいことが伝わらない。

「俺達もサイラスの手下に襲われたんだ。まあ、そいつはジェイがすぐにぶっ倒したんだけどね。で、もしかしたら、おまえ達も狙われてるかもしれねえって思って……ええと、それで車を回して……西貢《サイクン》って、案外遠いんだな」

だが、日本語を使っているにも拘《かか》わらず、隆之は途中で自分が何を言っているのか、判らなくなってしまった。アーサーの前だと、いつもそうだ。ジェイソンと話しているときのようにスラスラ言葉が出てこない。

そのとき、発作の名残《なご》りか、アーサーが再び咳《せ》き込み始めた。

「だ、大丈夫かよ?」

隆之はオロオロしながらもアーサーを抱きしめ、その背中を擦《さす》ってやる。

「く、苦しいのか?　俺はどうしたらいい?」

「……どうも……こうも……ない」

「え?」

「黙って見てりゃ……いいだろ……」

咳《せき》が治まってきたのだろう。アーサーは唾を呑み込み、それでも掠《かす》れる声を上げた。

「僕が死ねば、楽に後継者の座を手に入れられる」

隆之は眼を見開いた。

「そんな……俺……そんなこと考えて……」

「ないとしたら、おめでたい奴だな」

アーサーは冷笑を浮かべた。

「恩義を売ったところで、返してもらえるアテなんかないぞ。ああ、それとも僕を油断させて、あとで足をすくう作戦か?」

棘《とげ》だらけの言葉に、隆之の気分もささくれ立つ。

「綺麗《きれい》な顔をしているけど……中身はほんっと可愛げがねえなっ!」

「余計なお世話だ……っ」

アーサーは叫び、隆之を突き飛ばした。

「僕は誰も信じない! 血の繋《つな》がりは尚更だ! 弟なんていらない。粗野でバカで体力だけが自慢の奴なんて、側にいられるだけで鬱陶《うっとう》しいよ!」

言葉を失った隆之の耳に、ヒュー、ヒューという木枯らしのような音が忍び込んできた。

「くそ……」

アーサーがぼやいて、上着のポケットを探る。だが、その指は大きく震え、用をなさなかった。

「薬は……薬が効いてない……」

啀《いが》み合っている場合ではなかった。隆之は手を伸ばし、内ポケットに入っているスプレーを取りだしてやる。だが、アーサーはもう自分で摑むこともできなくなっていた。

「ち……くしょう」

背中を丸め、咳き込んでいるアーサーが呻いた。敵と思う隆之の前で、弱い自分を曝してしまうことが悔しくてならないのだろう。

(黙ってると大人しそうだけど、本当はすっげー負けず嫌いだし、気性も荒いんだな)

隆之は思った。もしかしたら、俺よりもと。

「ほら……」

見かねた隆之はアーサーの身体を支え直すと、口元にスプレーをあてがった。

「は……はあ……」

アーサーの呼吸が次第に落ち着いてくるのを見て、隆之はほっとした。そして、青ざめた顔に浮かぶ汗を拭ってやる。

「……っ」

頬に触れた途端、アーサーがびっくりしたように眼を開けた。

「ご、ごめん」

隆之は慌てて手を引く。

「汗をかいてたから……触られるの、いやだったら……ごめん」

アーサーがぽつりと言う。

「クレイグだけだ」

「何が？　ああ、触ってもいい人？」

アーサーはその問いには答えないまま、じっと隆之を見つめる。綺麗な瞳だった。睨まれているときでさえ、それを醜いと思ったことはない。こうして見返していると、その中に吸い込まれてしまいそうだ。

(やべ……またドキドキしてきた……)

動悸《どうき》を鎮めたかったら、視線を外せばいい。だが、隆之はできなかった。胸苦しさよりも、アーサーを見つめていたいという心の方が上回っていたからだ。

(おまえ、おかしいぞ。相手は男で……しかも兄貴なのに……)

隆之は自分に言い聞かせた。だが、その眼はアーサーを追い続ける。

(加えて、俺のことを嫌っている奴だ。面と向かって『敵』とまで言ったんだぞ)

隆之は心の中で溜め息をつく。だめだ。いくら説得しようとしても、視線は固定されたまま、ぴくりともしない。

(俺……こいつといると変になる……頭に来ることを言われても、側にいたくて……これって何なんだ?)

ふと、クレイグのことを語ったときのジェイソンの顔が、隆之の脳裏を過《よ》ぎった。

(もしかして……俺、好きなのか、こいつのこと……)

隆之は自分の考えにぎょっとして、アーサーを支える手に力を込めてしまった。

「なに……？」

顔を顰めたアーサーを見て、隆之は慌てて彼から跳びすさる。

「ご、ご、ごめん。うっかりして……また余計なこと……」

舌が縺《もつ》れる。隆之は無様な姿しか見せられないことに落ち込んだ。こんな自分を、アーサーはどう思うだろう。それが気になる。

（気になるのも……やっぱりアーサーが好きだからで……）

隆之は頭を抱えて、呻いた。判っている。一人っ子として育ったが、普通、兄弟にこんな気持ちを抱くことがないことぐらい、判っているのだ。だが、これが離ればなれになっていた兄へ対する親しみ以外の感情だということを、認めるのが怖い。

「おかしな奴」

そんな隆之を見て、アーサーが言った。

「僕といるのが、そんなに気詰まりなら……」

「違う！」

隆之は即座に否定した。それだけは誤解されたくない。

「あんたは嫌かもしれないけど、俺はそうじゃない。さっきも言ったけど、敵だなんて思ってないし……むしろ好きだし」

アーサーが眼を見開く。

「ろくろく話したこともないのに？」

「今、話してるだろ。でも、言葉を交わさなくても、何となく『いいな』って思うこともあるじゃん」

「あるのか？」

「……うん」

隆之は俯いた。

「おまえ、バカがつくほどのお人好しだな」

相変わらずキツいが、アーサーの声は先程よりもずっと柔らかくなっていた。

それに勇気づけられて、隆之は顔を上げる。

「ジェイにも言われた」

「組織にはいないタイプだ」

「当たり前だろ。ついこの間までは、ただの高校生だったんだし」

アーサーの瞳がふと翳《かげ》った。

「ただの高校生、か……僕には想像もつかない人生だな」

そうだった。暴力組織のトップを父親に持ち、学校にも通わず、友達も持たず、剣呑《けんのん》な大人達の間で息を潜めるようにして成長してきた少年に言うことではない。隆之は己れの迂闊《うかつ》さを呪《のろ》った。

「ごめん……」

「何が？」

「とりあえず」

「謝ってばかりだな」

アーサーがくすっと笑う。

「僕に謝った人間は、おまえが初めてだ」

僅かに唇の端を上げただけだったが、その笑顔の眩《まばゆ》さに、隆之は衝撃を受ける。機嫌が良いときは、こんな表情も浮かべられるのか。

（もっと見たい……もっと話をしたい）

欲が生まれ、瞬く間に膨《ふく》れ上がっていく。すると、その心を読み取ったように、アーサーが言った。

「一応、礼を言っておく」

「え？」

「おまえ達が来てくれなかったら、僕たちはサイラスに犯されていた」

「おか……」

一瞬の後、隆之は激怒の雄叫《おたけ》びを上げていた。

「あのクソデブホモ親爺……ッ！」

アーサーはそんな隆之の動揺ぶりを面白げに眺めていた。

「本気で怒ってる」

「当ったり前だろ！」

「本当に僕が好きみたいだ」

隆之はぐっと詰まる。そうだと言いたい。言って、彼を抱きしめてしまいたい。だが、そんなことをして、軽蔑《けいべつ》されるのも怖かった。アーサーは自分のことなど、何とも思っていないのだから。

「どうした？　気が変わったのか？」

アーサーが揶揄する。

隆之は首を振り、少しでも心が伝わればと、まっすぐに彼を見つめた。

「あんたとは争いたくない。それだけは信じてくれ」

アーサーは僅かに唇を開き、またすぐに閉じた。たぶん、言いたいことがあったのだろう。

だが、彼はそれきり口を結び、そっぽを向いてしまった。

（失敗した……）

隆之もがっくりと肩を落とす。

「あの……」

ややして、傍らから小さな声が上がった。

「え？」

慌てて振り向いた隆之の瞳に、少し不安そうにこちらを見つめているアーサーの顔が映った。

(何だろう……?)

冷淡さは感じられなかった。軽蔑している風でもない。しかし、考えていることは判らない。

だから、声が聞きたかった。何を考えているのか、教えて欲しい。

「僕は……僕も……」

だが、アーサーが言いかけたそのとき、

「お手間を取らせて、申し訳ありませんでした、マーク様」

ばんっ、と後部座席のドアを開け、いきなりクレイグが頭を突っ込んできた。理由は判らないが、サイラスと一緒にいたときよりも遥かに機嫌をそこねているようだ。

「い、いえ……」

その迫力に押された隆之は身体をずらし、ロールスの車外に出た。シートには余裕があったが、とても同席できるような雰囲気ではない。

「ど、どうぞ。俺は助手席の方に行きます」

「ありがとう」

クレイグは隆之の勧めるままにアーサーの隣に乗り込むと、また乱暴に扉を閉めた。

(ああ……)

隆之は真っ黒なスモークドガラスを虚しく見つめ、溜め息をつく。結局、アーサーの言葉を聞くことはできなかった。

(くそー、いいところで邪魔しやがって!)

イラついた隆之は地面を思い切り蹴りつける。

「なんだ、追いだされたのか?」

そんな彼の背中に、のんびりとした声がかかった。

「せっかく気をきかせてやったのに」

「ジェイ……」

「アーサーと少しは仲よくなれたか? ん?」

「……判んね。怒られただけかも」

ぶすっと隆之が答えると、ジェイソンは朗らかに笑った。

「俺もだ。カワイコちゃん達はガードが堅いな」

隆之はびっくりする。

「もしかして、あの人になんかしたのか? それで機嫌が悪くなったとか?」

ジェイソンは首を傾げる。

「俺がその気でも、あっちがさせてくれると思うか?」

「思わない」

「だろ? よっぽどうまくやらないと八つ裂きだ」

ジェイソンは人差し指で自らの首を切る真似をした。

「ああ見えて、クレイグは人一倍おっかないんだぜ」

「申し訳ないが！」

ロールスの窓が一気に下がり、中からクレイグが顔を出した。

「いつまでここにいるつもりだ？」

『ただ今、ご主人様《サートンリー　サー》』

ジェイソンが完璧《かんぺき》なクイーンズ・イングリッシュで応対すると、クレイグはフン、と鼻を鳴らして、再び窓の向こうに消えた。

「……な？」

ジェイソンは隆之を振り返り、悪戯《いたずら》っぽい微笑を閃かせる。

「ホントだ」

隆之も笑った。そして、不思議な気持ちになる。ここでこうして笑っているジェイソンと、冷酷に人を傷つけるジェイソンは同じ人間なのだ。確かに裏表が全くない者はいないだろう。しかし、隆之にとって、彼の変貌ぶりはあまりにも鮮やかで、急激すぎた。同一人物だということが、今も信じられないほどに。

（いつかは冷酷な方のジェイソンを見ても、何も感じなくなったりするのかな。残酷な場面を平気で眺めていられるようになっちまうんだろうか）

隆之の疑問は、香港には降らない雪のように積もってゆく。

(アーサーはどうなんだろう？　あいつはずっと香港で……黒社会で暮らしてきた。やっぱり人が殺されるのを見ても、平気でいられるんだろうか？)

隆之は考え続けた。誰かを好きになるということは、その人間のいい面だけではなく悪い面も余すところなく受け入れるということなのだろうか。確かに心の片面だけしか見ようとしなければ、いつまでたってもその人の全容を理解することはできないに違いない。だが、愛に目が眩めば、いずれ心は善悪の狭間《はざま》で引き裂かれてしまう……。

「あー、頭がクラクラしてきた。今日は色んなことがありすぎたぜ」

そうぼやいた隆之に、運転席の方に回り込んだジェイソンが言った。

「満天星斗《ムンテインセイダウ》というわけだな」

隆之は耳慣れない単語に眉を寄せる。

「何、それ？」

「頭がふらつくことを、広東語でそう言うのさ。頭の中でお星さまがちかちかしている感じだな。上手く気分を出していると思わないか？」

そんな自分の姿を想像して、隆之は思わず吹きだした。

「なんか楽しそうだ」

「だろう？　この街はいつだって、目が回るほど楽しいことでいっぱいなんだ」

運転席に乗り込んだジェイソンは、隆之が席につくのを待って、エンジンをかける。そして、ミラーを直すふりをして、後部座席の二人を盗み見る。

「一度でいいから、あんな眼差しを向けられたいもんだぜ」

その言葉に引かれて、隆之もミラーを覗き込む。そこには、またもや同一人物とは信じられないほど優しい顔で、うとうとしているアーサーを見守っているクレイグの姿があった。

「可愛がってるんだな……」

ぽつりと言う隆之に、ジェイソンは肩を竦めた。

「俺だって負けてないぞ。この慈愛に満ちた表情を見ろ」

「止めろよ。気持ち悪い」

隆之は顔を顰めると、もう一度ミラーを見た。そう、アーサーが自分を見つめていないときも、彼から眼を離せない。

「帰るぞ」

「うん」

ロールスが滑らかに走り出す。

サイラスの隠れ家は沙田《シャーテイン》の近くにあった。ここからアーサー達の住む西貢までは結構な道程だ。思わぬ夜のドライブだが、隆之にはいいプレゼントになった。

沙田に立ち並ぶ高層マンションの窓に灯る明かりは、ツリーのように煌《きら》めいてとても美しい。

百万ドルと称される港の夜景にはかなわないのかもしれないが、隆之は満足だった。

「そういえば、聞いていなかったな」

夢中になって夜景を眺めている隆之に、ジェイソンが聞いてくる。

「香港は気に入ったのか？」

隆之はクレイグに気づかれないよう、そっと後部座席を振り返って、穏やかな顔で眠り続けているアーサーを見つめた。そして、フロントガラスに向き直ってから、にっこり笑ってみせる。

「ああ」

難しいことはゆっくり時間をかけて考えればいい。それよりも初めて芽生えた感情を大事にしたい。思い通りになることの少ない世の中だが、隆之は自分の気持ちに素直でいたいと思う。

「好きでたまらない。頭の中いっぱいに星が瞬くほどだ」

街のことだけを言っているわけではないと、ジェイソンも判っていただろう。それでも彼は何も言わなかった。ただ隆之の気分に合わせるように、少しアクセルを踏み込むだけで。

6

週に一度、『開心《ホイサム》』の後継者教育を受けるために、隆之《たかゆき》はヘンリー・葉《イップ》の屋敷を訪れることになっていた。

（本当に後を継ぐかどうかなんて、判んねぇけどな）

本来、勉強と名の付くもの全てが大嫌いな隆之が、いそいそと葉老師《イップシンサン》の元にやってくるのには理由がある。

美貌《びぼう》の兄、李冠麟《リークンロン》――自分と同じ後継者候補のアーサーが同席するからだ。

「先にも言ったように、『開心』の事業は香港《ホンコン》内にとどまらない。美蓮《メイリー》夫人が取り仕切っておられるカナダでは、ホテルとレストランなどのサービス業、スイスでは……」

艶《つや》やかな輝きを放つ黒檀《こくたん》の長椅子《ながいす》に背を預けたアーサーは、物憂げに人差し指の節を噛《か》みながら葉老師の話を聞いている。ここに居なければならないことが、いかにも退屈そうに。まあ、それも無理はなかった。講義の内容は事情に疎《うと》い隆之に合わせたもので、彼にとっては今さら聞かずもがなのことばかりだったからだ。

（いつもしかめっ面だよな）

彫像のように端正な横顔を眺めながら、隆之は思った。

（笑えば、もっと綺麗《きれい》なのに……でも、満面の笑みを浮かべたアーサーって、ちょっと想像できない。声を立てて笑うとかも）

そのとき、アーサーが隆之の視線に気づき、顔を上げた。

（うわ……）

ぎこちなく唇の端を上げた隆之を見て、僅《わず》かに眉《まゆ》を寄せたアーサーは、すぐに興味を失ったように手元の資料に眼を落とす。

（はあ……）

隆之は心の中で溜《た》め息《いき》をついた。アーサーの態度に一喜一憂している自分が滑稽《こっけい》で、哀しい。

誰かを好きになる、心の底から夢中になるのは、きっと素敵なことなんだろうな、という想像は半分当たって、半分外れていた。アーサーと会うのは嬉《うれ》しい。でも、会えば辛《つら》くなることも多かった。

（まぁ、仕方ねーよな。俺は弟である前にライバルで、真っ先に蹴落《けお》とさなきゃならない相手なんだし）

今すぐ脳裏から消し去ってしまいたい、けれど決して忘れることのできない現実が、隆之を苦しめている。

（財産なんていらない。香主《シャンチュ》になんてなりたくない。アーサーの側にいられるだけで満足なのに……）

それが隆之の偽りなき本心だった。

（あんたに近づきたい。毎日会って、いっぱい話をして、一緒に笑いたいんだ）

だが、そんなことを真顔で口にしたら、アーサーに正気を疑われるだけだということも承知していた。ライバルという存在価値を失った隆之に、彼が少しも興味を持たないであろうことも。誰もレースを棄権した馬を振り返ったりしない。競争相手ではなくなった途端、アーサーは今よりも冷淡な態度で隆之に接するに違いなかった。用がない者はさっさと消え失せろ、と言わんばかりに。

（だから、与えられた役割は果たさなきゃ……気は進まないけど）

隆之はそっと唇を噛みしめる。アーサーの注意を惹《ひ》きつけたければ、さらなる努力が必要だ。容易に侮《あなど》ることのできない相手と思ってもらえるように、日々成長し続けなければならない。

確かに勉強はできないが、決して鈍くはない隆之は、そのことに気づいていた。

だが、隆之が頑張れば頑張るほど、負けず嫌いなアーサーも敵愾心《てきがいしん》を燃やしてくるであろうことも明白だ。つまり、二人の間に横たわる暗くて深い溝が埋まることは、この先もないのかもしれなかった。

（なんで、こんな厄介な相手を好きになっちまったんだろ……）

アーサーが自分と同じ気持ちを抱いてくれるなんて、そんな甘い夢は抱いていない。単なる友情を結ぶことさえ、不可能に近いだろう。そう考えて、隆之は切なくなった。そして、二人を敵対関係になるように画策した――今となっては、そうとしか思えない――義母の美蓮を呪《のろ》わずにはいられなくなる。

「あのクソばばあ……」

思わずこぼれ落ちた隆之の呟《つぶや》きに、葉老師が顔を上げた。

「何か言ったかね？」

「い、いいえ」

隆之は慌てて首を振った。多忙な中、自分達のために時間を割いてくれているのだ。講義に身が入っていないと思われてはならない。それでも美蓮に対する反感は、なかなか隆之の脳裏から去ろうとはしなかった。

（そうだよ。あの人があんな条件さえ出さなければ、俺達は別の出会い方ができたかもしれないのに……）

隆之はそう思わずにはいられないのだ。夫を殺害した犯人と李家の秘宝――翡翠《ひすい》で作られた咬尾龍《ガウイーロン》『泰福天珠《タイフッティエンジュ》』の在処《ありか》を突き止めた息子を、ただ一人の『開心』の後継者にするのはどうかという美蓮の提案がなければ、二人の関係もここまで刺々《とげとげ》しいものにならなかっただろう。母親は違えど、血の繋《つな》がった兄弟なのだから……。

（アーサーは血縁なんて信じない、みたいなことを言っていたけどさ）

彼と意見を同じくしている者は、もう一人いた。

隆之の後見人だ。

「兄弟なら解り合える？　そいつはどうかな」

ジェイソンは最初から隆之の見解には懐疑的だった。

「おまえさんのように、曲がりなりにも親子の情愛を味わって育ってきた奴なら、兄弟の縁を重んじ、尚《なお》かつそいつを深めるのも簡単だろうが、アーサーは肉親という肉親に裏切られてきた坊やなんだぜ」

アーサーの悲惨すぎる子供時代の話は、ジェイソンだけではなく葉老師を通じて隆之の耳にも入ってきていた。

実の母親は敵の男に走り、それゆえに父親からは完璧《かんぺき》に黙殺され、義母には夫を奪った女の息子として憎悪される。

（俺だったら耐えられるかな……）

隆之は自信がなかった。

実際、アーサーが置かれた立場を気の毒に思ったクレイグや葉老師が、それとなく気を配ってやらなければ、今まで生き延びることも難しかったらしい。

「でも、俺は……裏切らないよ」

ぽつりと告げた隆之に、ジェイソンは苦笑を浮かべた。

「だろうとも。おまえが度を超したお人好しだってことは、この俺が保証する。だがな、俺やクレイグもそうなんだが、親に見捨てられたガキってのは、人一倍用心深くなるもんだ。結局のところ、自分を守れるのは自分自身以外にはいないってことを、骨の髄《ずい》まで叩《たた》き込まれているからな」

ジェイソンの常で、その声音には湿った響きは微塵《みじん》も感じられなかった。恨みも怒りもなく、ただ淡々と事実を述べているのだ、というように。

「どん底を這《は》いずり回っている奴は、いざってときに血の絆《きずな》なんざアテにはならないってことを知っている……まあ、そもそも親が真っ当だったら、子供もどん底を這いずり回らずに済むって話だ。突然現れた弟に、あっさりと心を開くってのは、楽観的すぎる考えだと俺は思うね。それでも懲《こ》りずにお近づきになりたいっていうんなら、止めやしないが」

隆之は再び心の中で溜め息を洩《も》らした。たぶん、彼が正しいのだろう。そして、自分は懲りない奴なのだ。

(ジェイソンは邪魔しないでいてくれる……けど、問題はクレイグだよな)

何事も面白がらずにはいられないジェイソンは、隆之を止めるどころか、けしかけるようなことを言ったりもする。

しかし、アーサーの後見人であるクレイグは、隆之の接近を迷惑に思っていることを隠そうともしなかった。もともと性が合わないらしいジェイソンが、隆之を後見していることも彼の不快さを助長しているのかもしれない。

（馬鹿っ丁寧に『マーク様』とか呼んでくださるけど、目つきは虫けらを見るときみたいだもんな）

その気持ちも理解できないではない。クレイグにとって隆之は、後からのこのこやってきて、肩入れしているアーサーの権利を横取りしようとしている泥棒のごとき存在なのだ。

（いや、それぐらいのことで怯《ひる》むような俺様じゃないぜ。たとえ、世界中の人間が二人の仲を引き裂こうとしているとしても）

隆之は自分を励ました。この際、アーサーとの間には、まだ『仲』と言えるほどの繋がりもできていないことは無視して。

（親しくなるには、まず話をすることだ。そして、自由に話をするなら、口うるさいクレイグや興味本位なジェイソンがついてこない葉老師の屋敷で会うのが一番……のはずなんだけど）

隆之はしゅんとした。そう、この世にはどれだけ己れを鼓舞しても、飛び越えられない現実というものもある。邪魔者がいなくても、アーサーと自由に話をすることなどできなかった。講義の最中はもちろん私語は禁止されているし、講義が終わればアーサーはさっさと帰ってしまうからだ。

（この間、勇気を出して呼び止めたときも、すっぱり無視されたし……）

そのときばかりは、さすがの隆之もメゲそうになった。しかし、一度や二度の失敗が何だ、そう簡単にアーサーの心が開かないことは判っていたじゃないか、と自分に言い聞かせ、今日という日を迎えたのである。

(素通りされても、話し続けろ)

隆之は改めて決意した。

(西貢《サイクン》の家のこととか、今朝何を食べたかとか、話題は何でもいい。とにかく、アーサーの声を聞くまで撤退するな)

そんな隆之の心の動きを知るはずもないヘンリーが、ふいに言った。

「さて、マーク」

アーサーの手前、葉老師は隆之をイングリッシュ・ネームで呼んでいる。

「え……は、はい」

隆之は慌てて背筋を伸ばした。

「おまえの考えを聞かせてもらおう。『四刀《セイドウ》』の首領、王《ワン》がここにきて、おまえたちの父親を殺害したり、縄張り争いに拍車をかけてきたのはなぜだと思う?」

「さ、さあ……」

隆之は首を傾《かし》げるしかなかった。

やれやれと首を振った葉老師が、もう一人の生徒を振り返る。

「アーサー、おまえはどう思う?」

「おそらく、深圳《シンセン》経済特別区に大っぴらに進出したいからでしょう。王の縄張りのほとんどを占めている香港島と特別区の間には、私達の縄張りである九龍《カオルン》が横たわっている。それが目障りだったのでは?」

アーサーは淀《よど》みなく答える。聡明《そうめい》そうな外見をしているが、実際にも明晰《めいせき》な頭脳の持ち主なのだ。

「その通り」

葉老師が満足げに頷《うなず》く。

「金銭の移動は書類上、もしくはコンピューターのモニター上でできるが、人や物資はそういうわけにもいかん。鉄道も空港もあるのは九龍だ。我々の息がかかった運輸業者、倉庫業者ばかりが潤うのを、王は指をくわえて見つめていることしかできなかった。それに耐えられなくなったに違いない。実のところ……」

ふと、温厚な人物には珍しく、剣呑《けんのん》さを感じさせる笑みを、葉老師が浮かべた。

「強引に業者をさし向けても、しばしば荷が消えたりして、注文主とトラブルになることが多かったらしいからな」

隆之は無邪気に聞いた。

「それって、途中でうちが猫ババしたってこと?」

葉老師は笑みを消さないまま、答えた。

「マークは修辞学を学んだほうがいいな。疑問にはストレートに聞いてもいいときと、婉曲《えんきょく》にうかがいをたてたほうがいいときがある。さらにこれが一番大事なのだが、言わずもがなのことは聞かないこと。口数の多い男は、軽く見られるのが常だからな」

アーサーは馬鹿にしていることを隠さずに、『言わずもがな』の説明をしてくれる。

「また忘れたらしいな。『うち』は暴力組織だ。末端にいるのはカタギでも、雇っている人間はご清潔なビジネスマンとは言い難い。上等なスーツで身を飾っていても、本質的には盗人や人殺しなのさ。やられたら、やりかえす。血で血を洗う。人の形をした獣。そして、薄汚れたそいつらの親玉が香主というわけだ。獣の中の獣……どんな連続殺人犯にも勝る人殺し。自ら手を下さなくても、命令をすれば同じことだからな」

アーサーはじっと隆之を見据《みす》えた。

「今度こそ、覚えておけ」

「うん……」

隆之は羞恥《しゅうち》のあまり、猫のように背中を丸めた。

(また、やっちまった……)

もちろん、隆之も父親が黒社会《ヘイサーホイ》の人間だということは覚えている。だが、すでに自分も同じ稼業に足を突っ込んでいるのだということを、つい失念してしまうのだ。そこが黙殺されていたとはいえレオン・李《リー》と同じ街に住み、クレイグや葉老師からその仕事ぶりを聞かされて育ったアーサーとの差だった。

(たぶん、最初っから心構えが違っているんだろうな)

アーサーは後継者になるためなら、獣へと変貌《へんぼう》することも厭《いと》わない。

一方、隆之は間接的であれ、罪を犯すという考えに馴染《なじ》むことができないでいる。

(ジェイのときと同じだ。さっき……俺に話しているときのアーサーは、別人みたいだった。俺の知らない、手の届かない人みたいで…)

改めて、隆之は自分がいかに幸福だったか、そして何も起こらなかった一日がどれだけありがたかったかを思い知る。平和な暮らしは、香港にやってきた時点で失われてしまった。いや、レオン・李が息子の存在を嗅《か》ぎつけた瞬間に、奪われてしまったに違いない。そう、永遠に。

「アーサーの言うとおり、我々の仕事は特殊なものだ」

俯《うつむ》いたままの隆之に、葉老師が慰めの声をかけてくれる。

「マークもおいおい覚えていきなさい」

すると、珍しいことにアーサーが再び口を開いた。

「なかなか上手くいきませんね、葉老師」

老人が眉を寄せた。

「どういう意味だ?」

「僕らのことですよ。マーク・李には強靱《きょうじん》な肉体が備わっているが、いかんせん平和ボケしすぎている。かたやアーサー・李には厳しい渡世に耐え得る冷徹さはあるものの、絶望的に体力がない。僕らの心と体をすげ替えることができたら、一番いいんでしょうけど」

葉老師は静かに言った。

「おまえにも一つ忠告しておこう、アーサー。考えても仕方のないことは、考えないことだ。そして、自分に欠けているものがあって、それが何かを知っているのであれば、補う努力をすればいい。本当に渡世を渡る根性が備わっていれば、少しずつ体力を増進することもできる。最初から諦《あきら》めずにな」

アーサーは僅かに頰《ほお》を赤らめると、唇を堅く引き結んだ。

葉老師はさらに言葉を続ける。

「香港はすでに食い尽くされた。これからは広東《カントン》……大陸の時代だ。そこでは我々も、そして『四刀』も先を争って投資し、利権を奪い合っている。土地を買い、ビルを建て、事業を広げれば、自然と縄張りが生まれるし、それを巡る抗争も増えるというわけだ。まあ、同じことの繰り返しだよ。さすがに私も飽き飽きしてくるが……」

ふと、老人の眼がぴかりと鋭く光った。

「今さら覇権《はけん》争いを止めるわけにもいかん。『四刀』に負ければ、我々は抹殺されるしかないからだ。大陸だけではなく、この香港でもな」

「どちらかが完全に消えるまで、戦い続ける……」

呆然《ぼうぜん》と呟いた隆之に、葉老師は頷いてみせた。

「確執はそれほどに深いのだよ、マーク。それに構成員を路頭に迷わせるわけにもいかんだろう？　実際、彼らが仕事もなく、街をうろつくこと以上に、香港の住人が迷惑に思うことはないのだ。飛仔《フェイツァイ》どもの手綱を引きしめることこそ、我ら幹部にできる唯一の善行と言える」

葉老師は腕時計を眺め、ゴホンと咳払《せきばら》いをした。

「では、今日はここまでにしよう。ジェイソンとクレイグが迎えに来るまで、この爺《じい》に付き合って茶でも飲まんかね？」

目上の者の誘いを断ることは許されていない。隆之とアーサーは素直に頷いた。特に成長期ですぐに空腹になってしまう隆之にとっては、ありがたい申し出だった。

「隆之は普耶茶《プーアル》が苦手だったな。普通の紅茶にするか？」

葉老師が呼び鈴を振りながら聞く。

「苦かったり、臭かったりしないもんなら、何でもいいです」

隆之は嬉しかった。本当に葉老師は自分の話を良く聞いてくれるし、どんな話をしたのかを覚えていてくれる。しかし、

「おかしいな……」

ややして、葉老師がぼやいた。

いつもならば即座に駆けつけてくる執事の張《チャン》が、今日に限って一向に現れないからだ。

「外出するという話は聞いていないが……」

不審そうに眉を寄せた葉老師に、アーサーが申し出た。

「僕がメイドに言ってきます」

「うむ」

長椅子から立ち上がった彼を見て、慌てて隆之も腰を上げた。これはチャンスだ。二人きりになれる。

「お、俺も行くよ」

アーサーは聞き分けのない犬を眺めるような眼で、期待に満ちあふれている隆之を見据えた。後見役のクレイグとは、そんなところもよく似ている。

「じゃ、君に頼むよ。メイドを見つけ、茶の用意を頼むだけだ。男二人が雁首《がんくび》揃《そろ》えてするほどの大仕事でもない」

「そ、そりゃそうだけどさ」

隆之は必死に言い募った。

「俺、まだこの屋敷には慣れてないし……」

「だったら余計な口だしするなよ」

にべもないアーサーに、隆之は返す言葉もなかった。すると、

「アーサー、一緒に行っておいで。次からは一人でも行けるように、マークを案内してやりなさい」

葉老師が助け船を出してくれた。きっと、見るに耐えない顔つきをしていた隆之を、哀れに思ってくれたのだろう。

「はい。葉老師がそうおっしゃるなら……」

ぱあっと顔を輝かせた弟とは対照的に、アーサーは不機嫌さを増した表情で呟いた。そして、重い溜め息をつくと、投げやりともいえる足取りで部屋を後にする。今にもスキップしそうな隆之を従えて。

7

「なあ、なあ、西貢《サイクン》の屋敷はここより広いのか？」

並んで廊下を歩いていた隆之《たかゆき》が、暢気《のんき》に聞いてくる。

面倒にも思ったが、一応アーサーは答えてやった。

「そうだ」

「庭は？」

「レオン・李《リー》の屋敷だぞ。部下に見劣りするものを建てるはずがないだろう」

「はは、それもそうだな」

アーサーの嫌味を軽く受け流した隆之は、思いがけないことを口走る。

「今度、行ってもいいか？」

「は？」

「遊びに行きたいんだよ、おまえんち」

驚愕《きょうがく》がアーサーから声を奪い去る。

（こいつのは平和ボケとか暢気とか、そういう問題じゃなくて……もしかして、本当に馬鹿なんじゃ……？）

そんな疑問さえ、胸を過《よ》ぎる。遊びに行ってもいいか——かつて、アーサーに対して、そんな伺いを立ててきた者は一人もいない。なぜなら、必要がないからだ。

（僕に会いにくるのに、誰も了解を取ったりしない。いつも突然やってきて、好き勝手なことを言って去っていく。僕が迷惑に感じていても、お構いなしに……）

だから、アーサーは何と答えていいものか、判らなかった。そもそも自分と遊びたい、などと思う人間がいることが信じられないし、遊ぶという行為そのものも知らない。

「いいか？」

隆之が重ねて聞いてくる。

アーサーの脳裏にクレイグの端正な顔が浮かび上がった。

（断りなさい。どんな下心があるか知れたものではない。人の上に立つ者は細心であるべきだ。危機を回避することは、決して怯懦《きょうだ》ではないのだからね）

クレイグならそう言うだろう。アーサーの理性も同じことを告げていた。しかし、

「構わないよ」

アーサーの唇は反対の返事を紡ぎ出していた。不用心なことをして、と怒るクレイグの顔が目に見えるようだ。だが、好奇心を抑えることができない。

（こいつ自身はさして害がない。甘ちゃんもいいところだからな。僕に危険を及ぼすとしたら、後見役の方だ）

だから、アーサーは保険をかけておくことにする。

「ただし、ジェイソンは連れてこないこと。あの男が来るのはクレイグが嫌がる」

「えっ？」

アーサーは隆之を挑発するようにうっすらと微笑《ほほえ》んだ。

「『お守り』がいないと怖いのか？」

「まさか！」

隆之はムッとしたようだ。

「俺一人で行く」

「待っているよ」

そう告げると、とたんに隆之は満面の笑みを浮かべた。

アーサーは困惑する。

（本当に何の下心もないのか……？　いや、そんなはずはない……きっと思惑があるはずだ。ジェイソンあたりに入れ知恵されて……）

しばらく二つの考えの間を揺れ動いたあと、アーサーは結論を出すのを諦めた。

（そう、今のところは）

救いようのない愚か者なら、いずれ馬脚を現す。卑しい考えがあると確信できたなら、今度こそ容赦《ようしゃ》なく彼を軽蔑《けいべつ》し、攻撃することができるだろう。けれど、隆之が心からの友情を求めてきた場合は……。

(馬鹿馬鹿しい)

アーサーは芽生えかけた自分の考えを嘲笑《あざわら》った。どんなお人好しだって、対立が深まれば、自分の立場というものが判るだろう。そして、アーサーの存在が、己れにデメリットしかもたらさないことも理解できるはずだ。

(僕を消しさえすれば、莫大《ばくだい》な財産を手にできるんだからな)

アーサーは無償の好意など信じることはできなかった。蜃気楼《しんきろう》のようにいつ消え去るかも明らかではないものに、我が身を委《ゆだ》ねるような危険を冒すこともできない。だが、それでも、心の奥底で小さく囁《ささや》く声がある。

(もしかしたら……もしかしたら……)

アーサーは知っていた。その耳には届かない幽《かす》かな声こそが、隆之を西貢の屋敷へ招待したのだということを。

「アーサー?」

ご機嫌の隆之は、飛び跳ねるような足取りでアーサーの前を歩きながら聞いてくる。

「なんだ?」

「この屋敷って、いつもこんなに静かだっけ？　さっきから人っ子一人会わないけど」

「そういえば……」

アーサーはあたりを見回し、ふと嫌な予感に襲われた。

（確かに静かすぎる。だが、誰もいないという気はしない。どこかに息をひそめて、隠れているような……）

ぴたりと足を止めて、アーサーは長い廊下を振り返った。

（なぜだ？　影のように葉老師《イップシンサン》のそばを離れたことがない執事の張《チャン》が、今日に限ってなぜ姿を見せない？）

悪寒に襲われたアーサーは踵《きびす》を返し、葉老師の部屋へ駆け戻る。

「急にどうしたんだよ？」

突然の行動に驚きながらも、隆之はぴったりとくっついてきた。

「おまえ、銃を持っているか？」

体力のないアーサーは、すでに息を切らしながら聞いた。

隆之はぎょっとして目を見開く。

「もしかして、また誰かが俺達を狙《ねら》ってきたのか？」

アーサーはその問いに答えることなく、葉老師の書斎の隣にあって、いつも張が控えている小部屋の扉を大きく開け放った。

「…………！」

内部を見た瞬間、アーサーは唇を噛みしめる。

（遅かった……！）

無惨《むざん》に喉《のど》をかき切られた張が、己れの流した血の中で絶命している。

一歩遅れて部屋の中を覗《のぞ》き込んだ隆之も息を呑《の》んだ。

「これは……っ」

アーサーは小部屋に足を踏み入れ、張が使用していた事務机の一番上の引き出しを開けた。

便箋《びんせん》や封筒の束を搔《か》き回したアーサーは、その下から護身用の小さな拳銃を取り上げる。

クレイグもそうなのだが、黒社会の人間は護身のため、様々な場所に拳銃を隠しておく癖があるのだ。

（おそらく、刺客の標的は僕らじゃない）

アーサーは銃を構えると、再び身を翻《ひるがえ》した。

（音もなく張を殺し、息をひそめてヤツは待っていたはずだ。そう、葉老師が一人になるときを…）

間に合わないかもしれない、という絶望感に襲われながら、アーサーは声の限りに叫んだ。

「葉老師！」

それから、書斎のドアを蹴破る。

「く……」

すでに何ヶ所か刺されているのだろう。ぐったりした葉老師の胸にナイフを突き立てようとしていた刺客が、ガバッと振り返り、アーサーを睨《にら》みつけた。

「貴様……っ！」

老人の首から血が流れているのを見たアーサーの頭に、カーッと血が上る。許せない……！

「生きてここを出られると思うな！」

銃を構えた少年に、刺客が殺到してくる。

「危ねえ……っ」

背後に控えていた隆之が、ぐいっとアーサーを引っ張った。そして、バランスを崩して、床に膝《ひざ》をついてしまったアーサーに覆い被さる。

「ぐ……うっ」

凶刃《きょうじん》は前のめりになった隆之の肩口にザクリと刺さった。苦痛に強ばる身体を指先に感じて、アーサーの憤怒《ふんぬ》はさらに燃え上がる。

「許さない……」

アーサーは手にした拳銃を構えると、刺客に向かって連射した。タン、タンッ、という軽い発射音。薬莢《やっきょう》が床に散らばっていく金属音。全てがクリアに聞こえる。それほどに静かだった。書斎も、そしてアーサーの心も。

「ご……ふ」

肺を貫通したのか、ピンクの泡を口元に滲《にじ》ませて、乱入者が昏倒《こんとう》する。動かなくなった身体の下から、ゆっくりと血が流れ出し、細い轍《わだち》を作った。

「……はっ」

アーサーは止めていた呼吸を再開すると、近くの壁ににじり寄り、ぐったりと背を預ける。終わった。だが、そう思った途端、心の透き間に恐怖が忍び込んできた。

（殺した……人を）

まだ引き金に触れたままだということに気づいたアーサーは、指を外そうとする。けれども、強ばってしまったそれは、なかなか抜くことができない。

「畜生……」

苛立《いらだ》ったアーサーは言うことを聞かない手に噛みつき、さらに何度か壁にぶつけて、ようやく銃把《じゅうは》を放した。そして、鈍い音をたてて床に落ちた鋼鉄の死神を見つめる。

（おかしな話だ）

アーサーは遅れてこみ上げてきた吐き気をこらえるために、まだ硝煙《しょうえん》の匂《にお》いが残る手で口を覆った。

（銃を撃っている最中の方が怖くないなんて）

アーサーはふと、隆之に視線を向けた。健全な環境で育ってきた彼は、足元に転がってきた薬莢を呆然と見つめて、絶句している。

（それが普通なんだろう）

大嫌いな父親、憎んでいる父親の血は、自分の方に色濃く流れているらしい。ふと心を過ぎった考えに、アーサーの胸は引き裂かれる。あの男のようになど、なりたくない。だが、成長するにつれ、自分の中に似たものを感じてしまう。それが辛かった。

「葉老師……葉老師は……」

ややして、隆之が譫言《うわごと》のようにそう呟くと、ナイフの刺さった肩を押さえながら老人に駆け寄っていった。

アーサーも立ち上がり、葉老師に近づく。すると、死んだとばかり思っていた葉老師の胸が、僅かに上下していることに気づいた。

「生きてる……！」

隆之が眼を見開いた。

「葉老師は助かるかもしれないぜ！」

アーサーは頷いた。

「ああ……早く病院に……いや、待て！　それでは警察に銃撃のことを知られてしまう」

「だったら、ジェイソンだ。荒事はあいつの専門だから、狙撃《そげき》の事実を警察に通報しないでいてくれる医者の一人や二人、知ってるだろう」

隆之は身につけていたシャツを脱いで、アーサーに手渡した。

「あんたはこれで傷を押さえて、止血していてくれ。ジェイソンに電話してくる」

電話ならここにもあるぞ、と言いかけて、アーサーは唇を噛みしめた。曲がりなりにもプロの侵入者なら、真っ先に外部との連絡手段を断つはずだからだ。馬鹿な隆之がすぐに思いついたことを、危うく見過ごしそうになった自分に、アーサーは情けなさを感じる。どうやら動揺は、己れが思っている以上に大きなものらしい。

「一人で大丈夫か?」

心配そうに覗き込む隆之の眼に気づいて、アーサーは鼻を鳴らした。

「むしろ、おまえが邪魔だ。さっさと繋がる電話を探しに行け」

「判った」

隆之を送り出したアーサーは、銃を持っていた手同様、小刻みに震えている足を励まして、葉老師に歩み寄った。そして、皺《しわ》の多い老人の首に、隆之のシャツを押し当てる。部位が部位だけに、傷口をきつく縛ることはできない。だから、圧迫することで止血をするのだ。

「しっかりしてください。今、ジェイソンが来ます」

アーサーは葉老師に声をかけた。

「一番のお気に入りがくれば、あなたも安心でしょう」

シャツはすぐに血を吸って、ぐっしょりと濡《ぬ》れた。布から染み出した血は、アーサーの手をも汚す。

（赤い……赤く染まった手……）

それを見るアーサーの心に、新たな戦慄《せんりつ》が走る。

（恐ろしい）

それは人を殺《あや》めたことを指して言ったのではない。アーサーを愕然とさせたのは、その行為自体を『簡単だった』と片づけてしまえる己れの心だった。

「化け物だな……」

激しい自己嫌悪に苛《さいな》まれながら、アーサーは呟いた。そう、父親と同様に。

抗争を好んだ残酷な香主《シャンチュ》。

妻を手にかけ、息子を黙殺した冷血漢。

「ふふ……」

最も自分に似ているのが『不肖の息子』と知ったら、レオン・李《リー》はどんな気がするだろう。自分から全てを奪った彼のことだ。気質すらも分け与えることを惜しむかもしれない。

（ありうることだ……！）

アーサーは歪《ゆが》んだ笑いにとり憑《つ》かれ、身を二つに折り曲げた。だが、笑い続ける彼の喉から、やがてヒューヒューと擦《かす》れた音が洩れ始める。ささくれだった神経が、喘息《ぜんそく》の発作を誘発したのだ。

「アーサー!」

ジェイソンに連絡を取った隆之が戻ってきたのは、ちょうどそんなときだった。

「薬は持ってきたか?」

アーサーに駆け寄った彼は、返事を待たずにトラウザーズのポケットを探り、いつも携帯している気管拡張剤を取りだした。

「大丈夫か?」

「あ……あ」

それほどひどくない発作だったので、アーサーは自らスプレーを噴霧できた。だが、一息ついて顔を上げた途端、隆之の肩口にナイフが突き刺さったままなのに気づき、ギョッとしてしまう。

「な、なにしてるんだ、おまえ! 痛くないのか?」

「痛いに決まってるだろ」

隆之は眉を寄せながら言った。

「だけど、ジェイソンは抜くなって。首の動脈が近いから、下手をして傷つけたら失血死するかもしれないって」

「なら、動き回るのも危険だろうが!」

思わずアーサーは隆之の手を摑《つか》んだ。

「じっとしていろよ」

「おまえは？」

「葉老師の止血を続ける」

「俺がやるよ。おまえは発作を起こしたばっかりだし」

「もう治まった」

「でも……」

「いいから、座ってろ！」

「……判った」

叱《しか》りつけられ、しゅんとした隆之を椅子の方へと追いやってから、アーサーは葉老師の傍《かたわ》らに舞い戻る。

(ナイフを身体に刺したまま、動き回るだと？)

アーサーは唇を噛みしめた。隆之といい、ジェイソンといい、体力勝負の奴らには神経など通っていないのだろうか。

「葉老師はどう？」

隆之が聞いた。

「呼吸は？」

「しているけど、弱い」

アーサーは白くなった葉老師の顔を見下ろした。ジェイソンは何をしているのだ。早く来ないと助かる者も助からないではないか。

「ありがとうな」

ややして、椅子の方から遠慮がちな声が上がった。

アーサーはそちらを見もしないで聞く。

「何が？」

「怪我《けが》のこと、気遣ってくれて」

あまりのことに、アーサーは振り返り、衝動のままに叫んだ。

「おまえ、正気か？　何でおまえが礼を言うんだよ？　おまえは僕を助けた。恩を売ったっておかしくないんだぞ！」

「助けたって言っても、あれはとっさに身体が動いただけで……」

隆之は困ったように、立ち竦《すく》むアーサーを見上げた。

「俺、別に恩を売ろうとか、そういう気持ちでやってないし」

その澄んだ瞳を、アーサーは信じられない思いで見返した。

(邪念なんか、微塵もない。こいつは本気なんだ。命の危険も顧みず……ただ僕を助けるためにナイフの前に飛び出した)

そう、計算をしている間などなかった。隆之が何も考えずに動いたからこそ、アーサーの命は救われたのだ。最初の一発を暗殺者の急所に撃ち込むことができなければ、反撃を受けていたのは間違いない。そうなれば形勢は逆転してしまい、体力のないアーサーもまた刃の餌食《えじき》になっていただろう。

「信じられない……」

アーサーは弱々しく呟いた。こんな人間がいるなんて——しかも、それが自分の弟だなんて。

(同じ血を分けているというのに、こんなにも僕達は違う)

己れの醜さを突きつけられているようで、アーサーはぞっとせずにはいられなかった。そして、同時に激しい嫉妬《しっと》を覚える。歪みが見られない、真っすぐな隆之の精神は眩《まぶ》しすぎたのだ。特に自分の血に宿る暗い闇に気づいた今は。

「おい、大丈夫か？」

凍りついているアーサーを見て、まだ具合が悪いのかと思ったのだろう。隆之は立ち上がり、様子を見ようとして近づいてきた。

「触るな！」

そっと伸ばされた手を、アーサーははねつけた。

「べたべたされるのは慣れてないんだ」

隆之は宙に浮いたままの手をきまり悪そうに引っ込める。

「ごめん」

「恩義を売るつもりがないのなら、僕もありがたがったりしない」

隆之の頬が強ばる。

もしかしたら怒り出すのでは、とアーサーは思ったが、彼は肩を押さえたまま、黙って椅子の方に戻っていくだけだった。

(こんな風に邪険にされて……いつまで我慢できる?)

アーサーは残酷な気分に陥っていた。隆之は本当に好意を持ってくれている。ならば、その好意を逆手にとって、とことん彼を苦しめてやりたかった。憎しみや恨みで、彼の精神を歪め、汚してしまいたい。自分と同じぐらいまで。

(それで僕に失望したなら、さっさと離れていけばいい)

アーサーの胸が激しく痛む。隆之を見ていると苦しい。だが、それ以上に彼が自分から去ってゆくことを考えるのは辛かった。

そう、隆之のような人間は、この世に二人といないことぐらい、判っていたから。

「待たせて悪かったな」

医師を伴ってジェイソンが駆けつけてきたのは、それからまもなくのことだった。

「幸い、傷自体は大したことはありません」

アーサーは医者に聞き返した。

「あんなに血を流していたのに？」

「ええ。執事の方のように、動脈を切り裂かれたとなれば話は別ですが、体表から浅い部分を切ったほうが派手に出血するんです。葉老師も怪我自体より、襲撃されたことに酷《ひど》いショックを受けられているようだ。用心のために入院していただいて、様子を見ましょう」

医師の言葉に、その場にいた全ての者が胸を撫《な》で下ろす。命に別状がないのは何よりだった。葉老師は組織の重鎮で、今のように内部の統制が取れていないときには、必要不可欠な存在なのだから。

「じゃ、先生、次はうちの若様を診てくれ」

ジェイソンは、椅子に座り、うつむいている隆之の方に顎《あご》をしゃくった。

「ナイフをそのままにしていたのは正解でしたな。動脈すれすれだ。傷つかなかったほうが運がいいぐらいで……しかし、痛みをこらえるのは並大抵ではなかったはずだ」

傷の様子を見て、医師は僅かに眉を寄せた。

「こちらも治療は病院に戻ってからにしましょう。筋肉組織が収縮を始めているし、このままナイフを抜けば、さらなる苦痛に見舞われるのは間違いない。とりあえず、今のところは痛み止めを打っておきましょう」

ジェイソンは頷いた。

「お願いします、先生」

静かに注射を受けている少年を、アーサーは凝視する。他人の痛みをありのままに感じることはできない。だが、隆之の蒼白《そうはく》になった顔を見れば、だいたいのところは想像できる。おそらく、そうして椅子に座っていることさえ簡単ではないのだろう。

「車まで歩けるか？」

「うん」

気丈な隆之は、ジェイソンの問いに頷いてみせた。その動きが傷に触ったのだろう。すぐに目を閉じ、唇を噛みしめる。それでも、泣き言ひとつ、言うことはなかった。

そんな彼を哀れに思ってか、ジェイソンの声も優しくなる。

「少しの辛抱だ。おまえの根性を見せてみろ」

「ああ……」

応急手当てが終わったのを見て取って、ジェイソンは隆之を支えるようにしながら立ち上がらせた。

「にしても、何で刺されたんだ？　余計な口を叩いて、刺客の兄さんをカッとさせたのか？」

ジェイソンの問いに、隆之は沈黙を守った。アーサーを庇《かば》って負傷したことは、決して口外しないつもりなのかもしれない。

「ま、運が良かったな。アーサー様が見事にカタキを取ってくだすったし」

ジェイソンは床に伸びている男を見下ろした。

「しかし、奇妙だな」

アーサーは目を細める。

「何が？」

「ナイフですよ。いつもの『四刀《セイドウ》』の手口なら凶器には銃を選ぶだろうし、転がっている死体も格段に増えていたはずだ。いわば、長年の恨みを晴らすチャンスですからね」

一理ある。最終的に刺客によって命を奪われたのは、執事の張だけだった。鈍器で殴られ、リネン室に押し込められていたメイド達も、ハムのようにロープで巻かれ、冷凍室に閉じ込められていた料理人も、脳震盪《のうしんとう》を起こしたぐらいで済んでいる。

「だが、この野郎のターゲットは葉老師一人に絞られていた。張が殺されたのは、行きがかりだったんでしょう」

「例えば？」

「たまたまドアを開けた先にいたのが刺客だった、とかね。ああ、アーサー様、すいませんが、ちょっと隆之のやつを支えていてくれませんか。調べておきたいことがあるんで」

渋々近づいてきたアーサーに隆之を委ねたジェイソンは、死んだ男の傍らに屈《かが》み込み、彼の身体を探った。

しかし、成果はゼロ。

プロの暗殺者らしく、男は手がかりになりそうなものは、何一つ身につけていなかった。

「身元は判らない……が、『四刀』が雇った者では？」

アーサーの指摘に、ジェイソンが頷く。

「そう考えるのが自然です。しかし、こいつは誰にも気づかれずに、屋敷の中に潜入している。父上が暗殺されたときと同じくね。これが何を意味するか、お判りになりますか？」

寄り添うようにして立っている隆之と、どちらともなく顔を見合わせてから、アーサーは口にした。その憂鬱《ゆううつ》な一言を。

「また裏切りか」

隆之が憤る。

「なぜ、葉老師を？　組織を手に入れるには、俺達を消さないと……」

ジェイソンは皆まで言わせなかった。

「そっちはいつでも片づけられるという判断だったんだろうさ。今のところ坊や達がいても、いなくても、組織の磐石《ばんじゃく》に揺るぎはない。だが、ナンバー2の葉老師が亡くなったら、『開心《ホイサム》』は戦国時代に突入する」

ジェイソンは肩を竦め、億劫《おっくう》そうに立ち上がった。

「例えば、うちのオヤジとクレイグのところのオヤジだ。おまえさんも知ってのとおり、あの二人は犬猿の仲だからな。いつ抗争が起きても不思議はない。だが、葉老師が睨みを利かせている間は大人しくしているだろう」

　ふとアーサーの脳裏に閃《ひらめ》くものがあった。

「裏切り者は葉老師を消し去り、イアン・羅《ロー》とジョージ・呉《ウー》を争わせようとした……もしかして、裏切り者はアラン・馬《マ》……」

　その指摘に、再びジェイソンは肩を竦めてみせた。

「どうでしょうね。うちのオヤジ、あるいはジョージ・呉が、手っ取り早く権力を握るためにしたことかもしれない。葉老師がいなければ、レオンの息子という傀儡《かいらい》を使って、好き勝手に組織を操ることも簡単だろうし」

　単なる想像だ――それでもアーサーは慄然とした気分になった。

「さて、俺達は引き上げますが……」

　ジェイソンはアーサーに聞いた。

「アーサー様はどうします？　ここに残していくのも、一人で西貢に戻すのも危ないし……」

　そこまで言って、彼はふと首を傾げた。

「クレイグにも連絡を入れたんだが……留守だったんですよ。あいつがアーサー様を一人にするとは珍しい」

　アーサーは答えた。

「ジョージの用で広東《カントン》に行っているんだ。新しくビルを建てるので、クレイグに風水を占わせたいと、今朝方迎えが来た。それが長引いているのかもしれない」

「今朝？」

「ああ」

「ふうん……」

ジェイソンはこめかみのあたりを人差し指で掻いた。

「いずれにしても、今、あんたの身に何かあったら、俺も寝覚めが悪いんでね。ご面倒でしょうが、一緒に来ていただきますよ」

アーサーは鼻を鳴らした。

「そのまま監禁でもしたら？　僕を人質に取れば、クレイグはあんたの言うなりになる」

「憎まれ口を叩いちゃって、可愛《かわい》いねぇ」

ジェイソンは陽気な笑みで応じた。

「馬鹿にするな……っ」

むかっ腹を立てたアーサーに、彼は『しーっ』と細い息を吐いてみせた。

「怪我人がいるってことをお忘れなく」

ハッとして見上げた隆之の顔色が、さらに悪くなっていることを見て取って、アーサーは口を閉じた。そうだ。今はくだらない話をしている場合ではない。

「じゃ、行きますか」

寄り添う少年達に歩み寄ったジェイソンは、それぞれの腕に隆之とアーサーを抱えるようにして歩き始めた。

「心配は要りませんよ、アーサー様。クレイグにはもう一本、電話を入れておきます」

彼はくすくす笑いながら言った。

「俺のところにいると知れば、飛ぶように迎えに来るはずだ」

「心配などしていない」

アーサーは冷ややかに言い放った。ふざけた男。だが、その冗談は聞く者を選ぶ。クレイグが彼を嫌いぬいている理由が、アーサーにも判る気がした。ジェイソンが後見人になっていたら、ストレスのあまり、毎日発作を起こす羽目に陥っていたに違いない。

8

いつもはきっちりと結んでいる髪を解《ほど》き、もう一度手を浄《きよ》めたクレイグは、静かに羅盤の前に立った。

最も地脈が整い、繁栄が約束された方角に建物の正面を捉《とら》える——風水師の腕の見せ所は、その位置をいかに正しく捉えるかだった。

(後方は三方を低い丘に囲まれている。これを山と見立てるか……)

ふと風が巻き起こり、クレイグの長い髪を乱す。うるさく頬を打つそれを掻き上げながら、彼は天を見上げた。

(どうも落ち着かないな)

気を取り直し、再び羅盤に神経を集中させたクレイグだが、地脈を読もうとすればするほど、彼の気をそらそうとでもするように風が強まる。

(いったい……)

自然の中で風水を読むことが多いクレイグだ。いつもならば、これぐらいの風で神経を乱されることはない。だが、今日はやけに気に障った。心を静謐《せいひつ》に保ち、占いをすることが、途轍もなく難しい。

（なぜだ？）

考えても、答えはでなかった。

たまりかねたクレイグは、そばに立つジョージ・呉《ウー》に申し出る。

「申し訳ありません。心が乱れておりますので、少しお時間を頂きたいのですが」

「構わないが……」

ジョージはクレイグの顔をじっと穴が開くほど凝視した。

「何か、感じるところでもあるのかね？」

クレイグは頷いた。

「漠然としたものですが」

「この場所が悪いのか？」

「いいえ」

クレイグは即座に否定した。土地のせいではない。確かに風は気になったが、それも自分の心が揺れ動いていなければ無視することができただろう。

（そう……嫌な感じは別の場所から伝わってくる……）

その考えが心を過ぎった途端、クレイグはハッとした。

（アーサー……！）

もしかして彼の身に何か起こったのではないだろうか。クレイグはアーサーの無事を確かめずにはいられなくなった。

「呉先生、ちょっと失礼して電話をかけてまいります」

「どこへだね？」

「葉老師《イップシンサン》のところです。今日はアーサーがうかがっておりますので」

ジョージはそれを聞くと、低く笑い始めた。

「呉先生？」

何をもって笑われたのかが判らず、クレイグは困惑した。

「どうかなさいましたか？」

「大したものだ。いや、実に恐れ入る」

ジョージ・呉はいつになく馴れ馴れしくクレイグの肩を抱いた。

「電話はやめておけ」

「は？」

「アーサーの身には何も起こらんよ。当人が馬鹿な真似《まね》をしなければな」

「なん……」

戦慄がクレイグに襲いかかる。やはりヘンリー・葉《イップ》邸で何かが起こるのだ。それも、自分のボスであるジョージの思惑で。

「おまえには予知能力が備わっていると聞いていたが、実のところ私は半信半疑だった。だが、本当に感じるようだな。風水を読む力といい、予知といい、素晴らしい才能だ。香主《シャンチュ》が下さったものの中で、一番役に立つ」

ジョージは満足そうに言った。

「何を……なさったのです？」

軽い眩暈《めまい》を覚えながら、クレイグは喘《あえ》ぐように聞いた。

「聞きたいか？」

頷く部下を見て、ジョージは肩を竦めた。

「ここは人目もあるし、耳もある。車の中で話そう」

ジョージの後を歩きながら、クレイグは臍《ほぞ》を噛む。

（まさか、呉先生が裏切り者だったとは……！）

確かに策を弄《ろう》することを好み、陰で動き回る性癖を持つ男だということはクレイグも承知していた。しかし、レオン・李《リー》を暗殺して、その後釜《あとがま》につこうと考えるほどの大胆さを持ち合わせているとは思ってもみなかったのだ。

「葉老師をどうなさったのです……？」

車内に身を滑り込ませるなり、クレイグは声を荒らげた。

「まあ、待て」

ジョージはサイドポケットに備えつけのシガーケースを開き、細身の煙草《たばこ》を摘み上げると、ゆったりとした仕草で火を移した。

「今さら慌てることはない」

蒼白になったクレイグの顔に紫煙を吹きかけて、ジョージは人を食った笑みを浮かべた。

「私はな、クレイグ。以前から葉老師のなさりようには疑問を持っていたんだ。公平を心がけねばならぬ立場でありながら、あの方はいつも私よりもイアン・羅《ロー》に味方をなさる」

クレイグは唇を震わせた。

「無礼を承知で言わせていただければ、それは呉先生が羅先生を必要以上に挑発なさることが多かったからだと存じますが」

「やれやれ、おまえもか」

ふいにジョージはクレイグの手をぐっと握りしめた。

「まだ気づいていないのか？　組織の中に潜んだ裏切り者はイアン・羅だ」

クレイグは眼を見開いた。

ジョージは大きく頷く。

「そう、羅の野郎だったんだ。あいつは葉老師や美蓮夫人《メイリー》を抱き込み、『開心《ホイサム》』を自分のものにしようとしている」

クレイグは聞いた。

「証拠は？」

「あるさ、もちろん」

ジョージは瞳をぎらつかせた。

「美蓮夫人が昔、言っていたことを思いだしたんだ。『泰福天珠《タイフッテイエンジュ》』は李家の宝だ。その在処《ありか》を知っているのは、レオンのほかには自分しかいない、という言葉だ」

「それは……」

「香主は芸術品や宝石をしまう場所には頓着《とんちゃく》しなかった。私の前で隠し金庫を開けたことさえある。だが、そこにも『泰福天珠』だけはなかった。夫人が言ったように、あれだけはご夫妻しか知らない場所に秘匿《ひとく》されていたのだろう」

「どこをどうしたら、それが美蓮様と羅先生、そして葉老師が手を組んだ証拠になるんです？」

「焦るな。私の話は終わっていない」

ジョージはクレイグを遮《さえぎ》った。

「知ってのとおり、美蓮夫人はアーサーを憎悪している。実を言えば、私はあの坊やの後ろ盾になることは避けたいと思っていた」

「そんな……」

今さらの告白に、クレイグは顔を強ばらせた。

「虚弱すぎることもある。味方をすれば、美蓮夫人の敵意も浴びる。最初からアーサーは圧倒的に不利だということが判っていたんだ。にも拘《かか》わらず、葉老師は勝手に彼の後見役におまえを、そしてマークの後見役にジェイソンを据えた。つまりイアン・羅を有利な立場に立たせたというわけだ！」

興奮のあまり、ジョージの瞳は血走った。

「そもそも『泰福天珠』がなくなったことに気づいたのは、ただ一人、その在処を知っていた美蓮夫人だ。彼女が盗まれた、と言えば、我々としてはそれを信じるしかない。だが、実際には盗難などなかったとすれば？」

「奥様が……隠していらっしゃると？」

勝ち気な笑みを浮かべた美蓮のくっきりと赤い唇が、クレイグの脳裏に浮かび上がる。そう、あり得ない話ではない。陰で動き回る癖があるのは、何もジョージだけではないのだ。

「そうだ。アーサー憎しの思いから羅と手を組んだ夫人は、私をスケープゴートに仕立て上げるに違いない。そう遠くないうちに私を裏切り者として断罪した上で、隠し持っている『泰福天珠』を、さも私の屋敷にあったかのように発見するだろう。そのときには！」

ジョージはクレイグをさっと指差した。

「そのときには、おまえもアーサーも無事ではいられまい。陰謀に連座していたという嫌疑をかけられ、葬られるのだ。美蓮夫人の思うままにな。彼女はおまえのことを気に入っているかもしれないが、夫を奪った憎い小鳳《シウフォン》の息子を葬り去る機会を逃しはしないだろう」

夫の遺言さえなければアーサーのことを叩きだしてやれたのに、と言ったときの美蓮の表情を思いだして、クレイグは肌を粟立《あわだ》たせた。確かに彼女のアーサーに対する憎しみは、度外れて強い。おそらく、それは美貌で自分を上回る評判をとった小鳳に対する、ほの昏《ぐら》い恨みもあるからだろう。クレイグも覚えていた。レオン・李は小鳳が『四刀《セイドウ》』の王《ワン》に走るまで、それこそ『泰福天珠』のように彼女を愛おしみ、人目から遠ざけようとしていたことを。

（ありふれたものは目を惹かない。特別視することで、かえって他人の欲望を引き寄せてしまう……）

執着するということの恐ろしさに、クレイグは身を震わせた。ある意味、小鳳や香主は行き過ぎた想いの犠牲者なのかもしれない。

「この前の会合で、アラン・馬《マ》が言っていた」

ジョージの話はさらに続いた。

「数ヶ月前のことらしいが、カナダにいるはずの美蓮夫人が、イアン・羅の自宅にこそこそと入っていくのを見かけたそうだ。それを聞いて私の確信は深まった」

「しかし、葉老師のメリットは？」

クレイグは聞かずにはいられなかった。

「幹部の間に軋轢《あつれき》を生むような真似をなさる方ではありません。昔から、組織の存続を第一に考えておられます」

「だからだよ。あの人が常にイアン・羅を贔屓《ひいき》したのは、私よりも扱いやすいからだ。葉老師はナンバー2——レオン・李が生きている限り、トップにはなれない男だった。しかし、香主が亡くなった今、葉老師は思うままに組織を操ることができる。私さえいなければ、さらに権力は増すだろう。頭の足りない羅や、右も左も判らないマークを顎で使ってな。だが、私の目が黒いうちは、そんな勝手な真似は許さん。絶対に、だ」

『まさかあの方が……』と思うクレイグの心のどこかで、『いや、判らないぞ』と囁く声がある。確かに彼らの告白を聞くまで、サイラス・陳《チャン》そしてジョージ・呉が大それた野望を抱いていたことに、少しも気づくことができなかった。だから、今の時点で、葉老師は清廉潔白だと言い切ることも軽率なのかもしれない。

「ジェイソン・林《ラム》も……羅先生の陰謀を知っているのでしょうか」

クレイグの問いに、ジョージは頷いた。

「当然な。香主を殺したのは奴じゃないかと、私は思っている。あの鮮やかな手際——並みの男にはできないことだ」

ジェイソンがサイラスに止めを刺したときのことを、クレイグは思い出した。ほとんど狙いもつけずに、あっさりと額の真ん中を撃ちぬいた射撃の腕を。

（おまけに彼は葉老師のお気に入りだ）

ジョージの言い草ではないが、クレイグも気づいていた。葉老師が自分よりもジェイソンと馬が合うらしいということは。

「クレイグ……」

ジョージは改めて部下の手を握り直した。

「おまえは私の味方だな？」

「呉先生……」

「危機が迫っている今、私にはおまえだけが頼みの綱なのだ」

ジョージは必死の形相で言った。

「今日、俺は葉老師に刺客を放った」

「……！」

クレイグは一瞬、心臓が止まったような気がした。

「あの人さえ……そう、頭さえ吹き飛ばせば、あとは女子供と間抜けの羅だけだからな。それなら、私にも勝ち目はある」

クレイグは聞かずにはいられなかった。

「誰を差し向けたのです？　よもや、うちの者では……」

「安心しろ」

ジョージはにやりとした。

「サイラスのところから引き取った省港旗兵《サンゴンケイペン》だ。ナイフを使う。今ごろは葉老師の心臓を抉《えぐ》りとっているだろうよ」

省港旗兵は大圏仔《タイヒユンツアイ》と同じ意味で、大陸からやってきた出稼ぎギャングを指す言葉だった。

「いいか、クレイグ。おまえを信頼したからこそ、こうして打ち明けたんだ。私を裏切れば、どうなるかは判っているな?」

ジョージはクレイグの両肩を摑むと、ゆっくりと揺さ振った。

「私も後戻りのできない賭《か》けをしているんだ。だから、誓え。私と運命を共にすると」

クレイグは思い切りわめき散らしたくなった。

(勝手なことを! なぜ、こうなる前に相談してくれなかった?)

確かにジョージは後戻りのできない道に踏みだしてしまった。

いや、彼だけではない。クレイグも、そしてアーサーもだ。

「……本当に香主を殺したのは呉先生ではないのですね?」

クレイグは理性をかき集め、ようやくのことで口を開いた。

「もちろんだ」

「ならば、貴方を信じ、従いましょう」

クレイグは覚悟を決めた。不本意ではあるが、他に道はない。

「おお、クレイグ！」

「すみません。少し頭を冷やしてきます」

しがみついてくるジョージを押しやって、クレイグは車外に出た。そして、誰にも聞こえないように囁く。

「すまない、アーサー」

一際、強い風がクレイグの頬を打った。

「本当にすまない。おまえを助けるはずの私が、こんな陰謀に巻き込まれるとは」

ジョージの話は主観的なものだった。被害妄想に陥っている可能性もある。だが、今となっては、美蓮とイアン・羅、そして葉老師が本当に手を組んでいることを祈るばかりだ、とクレイグは思った。

（それにしても……）

不思議に思うことがあって、クレイグは眉を寄せた。

（呉先生も、おそらく羅先生もそうだろうが、なぜ誰も馬先生のことを気にかけない？　あの方が若輩だからか？）

しかし、それは裏を返せば、異例の若さで香主の目に留まり、幹部にまで昇り詰めたということを意味するのではないか。アランの端正だが、どこか酷薄さを感じさせる面立ちを思いだして、クレイグは落ち着かない気分になった。

（野心ならば、おそらく人一倍持っている人物だ）

疑いだすとキリがない。ジョージの話では、美蓮とイアンの関係を匂わせたのも彼だった。もしかしたら、アランは自分から疑惑の目をそらすために、イアンの名をあげたのではないのか。そう、長年の敵である男を裏切り者と考えることは、ある意味自然な流れだった。だが、

（もう遅い……）

ジョージが葉老師を殺害してしまった今となっては、アランへの容疑を持ちだしても、他人に罪《こと》を糊塗しようとしているとしか思ってもらえまい。

よしんば、香主殺しの無実を証明できたとしても、葉老師殺害の罪だけは決して拭《ぬぐ》うことはできないのだ。

クレイグはたまらなくなって、自分の掌《てのひら》の中に顔を埋めた。

（頭領を失うというのは、こういうことか）

かつてレオン・李は『開心』を狼の群れになぞらえたことがあった。ボスの命令には忠実に従い、敵を倒すに当たっては堅く団結し、容赦なく牙《きば》を剝《む》く一群であると。

しかし、現在、その群れでは新たなボスの座を巡って、仲間同士で牙を剝き合い、団結心も失われてしまっている。本来、老いたボス狼を若く力を持った狼が倒し、世代交代が行われるのは自然の流れなのだが、『開心』の場合、戦い方が凄惨《せいさん》すぎて、群れそのものが崩壊しそうになっているのだ。

「群れを率いる者は必要だが……」

　クレイグは呟く。だが、

「それはあなたではないよ、呉先生」

　クレイグには予知能力のようなものが備わっている。だが、自分に関わりがあることは見えない。ゆえに、『開心』の新しい香主が誰になるのかも判らなかった。それでも、小心で姑息《こそく》なところもあるジョージでは、組織をまとめられないだろう。失礼極まりないとクレイグ自身も思うのだが、譬《たと》えるならジョージは常にキャンキャン吠《ほ》えている小型犬のような男なのだ。

「ふ……」

　クレイグは虚《うつ》ろな笑いを浮かべる。

「それだけは、嫌になるほど明確に判るんだからな」

9

広東省《カントン》から九龍《カオルン》に戻ってきたクレイグは、てっきり大騒ぎになっているだろうと思ってやってきたヘンリー・葉《イップ》邸が、ひっそりと静まり返っていることに意外さを隠しきれなかった。

「誰もいないのか？」

講義の場である葉老師《イップシンサン》の書斎に足を踏み入れたクレイグは、そっと彼の名を呼ぶ。なぜか、大声をだすことが躊躇《ためら》われる雰囲気があったからだ。

「アーサー、どこにいる？」

「おまえの坊やは、俺が西貢《サイクン》まで送り届けさせていただいたよ」

ふいに思いがけない声が返ってきて、クレイグはぎょっとしてあたりを見回した。

「うちの坊やも一緒だ」

葉老師が愛用している椅子《いす》から、黒い影が立ち上がる。

「言っておくが、隆之《たかゆき》が無理やり押しかけたわけじゃないぞ。いつの間にか、二人の間で仲良くお遊戯をする約束をとりつけていたらしい。ちゃんとアーサーの招待を受けているそうだ」

影は長い腕を伸ばし、卓上のライトのスイッチを捻《ひね》った。柔らかな読書灯が部屋の隅々まで柔らかな光の腕を広げる。

それはドアのところで立ち竦《すく》むクレイグの肢体をも包み込んだ。

「ずいぶん遅いお帰りで……呉《ウー》先生と広東に出張だったって？」

「ジェイソン……」

クレイグは心の中で呻《うめ》いた。何という不運。よりにもよって、一番会いたくない男に出会ってしまうとは。

「珍しいな」

ジェイソンは机の縁に腰をかけると、クレイグの頭から足先まで見下ろした。

「髪を下ろしたままだ。漢服を身につけるときも、普通は結んだままなのに」

強い視線に居心地の悪さを感じながら、クレイグは髪を掻《か》き上げる。

「卜占《ぼくせん》をしたからだ……」

「何を占った？」

「次に建てるビルの風水を」

ジェイソンはくすっと笑った。

「本当にいつもとは違う」

「えっ？」

クレイグは大きく胸を波立たせた。

「気づいてないのか？　俺がジロジロとおまえの身体を眺め回しているのに、睨《にら》みつけもしない。もしかして、正面切って見られない訳でもあるのか？」

クレイグはさっとジェイソンに視線を走らせた。

「今日は長旅だった。おまえに嚙《か》みつくスタミナが残っていないだけだ」

面白がるようなジェイソンの眼差しから目をそらさぬよう、かなりの努力を払いながらクレイグは言った。

「世話をかけた。私もすぐに西貢に……」

「戻るときは一緒だ。俺はうちの坊やを引き取らなくちゃいけないからな。だが」

ジェイソンはゆっくりとクレイグに歩み寄ってきた。

「その前に話し合わなけりゃならないことがある」

きたな、とクレイグは思った。

ジェイソンはヘンリーの無残な死を告げるのだ。

「昼間、葉老師が襲撃された」

「なん……だって？」

初めてそれを耳にした人のように、クレイグは大きく目を見開いてみせる。

「一体、誰が……」

「判らん。幸い坊や達の活躍で、老師は一命を取り止めたが」

「な……っ」

クレイグは本当に言葉を失った。

(失敗した……失敗した……だって？)

だとすれば、思いがけないチャンスだ。クレイグは素早く頭を巡らせた。まだ葉老師は生きている。刺客を放ったのがジョージだという事実を完璧《かんぺき》に隠蔽《いんぺい》することさえできれば、自分達の前に退路が開かれるだろう。

(これを逃してはならない)

クレイグは決心する。ジョージが語った秘密は墓場まで持っていこう、と。

「今度こそ、『四刀《セイドウ》』の手のものか？」

「いや。手口が違う」

クレイグの問いにジェイソンは首を振った。

「隆之はアーサーを庇《かば》って名誉の負傷を遂げた。おまえさんの坊やは、それを見て頭にきたんだろうな。暗殺者を蜂の巣にしてね」

「アーサーが……」

そういえば、初めて銃の撃ち方を教えたときも、彼の筋の良さには驚いた。少し練習を積めば、あっという間にクレイグを抜き去る腕の持ち主になるだろう。

「それで、マークはどこを刺されたんだ?」

ジェイソンは物憂げに自分の肩に触れた。

「……気の毒に」

アーサーを助けて負傷したと聞けば、クレイグも申し訳ない気分になる。しかし、それを気取られてはならなかった。

「犯人が『四刀』ではないとすると、やはり例の裏切り者が仕組んだことか」

「ああ。今度も部外者にしては、屋敷の内情に詳しすぎる」

ジェイソンはクレイグの顔を見下ろして、どこか哀しげな笑みを閃《ひらめ》かせた。それから静かに口を開く。

「なぜ、止めなかった?」

クレイグは強いジェイソンの視線に面を灼《や》かれるような気がした。だが、ここで顔を背《そむ》けることはできない。そんなことをすれば、ジェイソンの疑惑を裏づけてしまう。

「おまえがいて、なぜ葉老師を殺そうなんて計画に賛同した? アーサー可愛《かわい》さのあまり丸め込まれたのか?」

ジェイソンはクレイグの肩を摑んだ。

「離せ!」

クレイグは身を揉《も》みながら叫んだ。

「い……ったい何の話だ……っ」

「暗殺者を送り込んだのはジョージ・呉だ」

ジェイソンの指が鋼《はがね》の爪《つめ》のようにクレイグの肩に食い込んでいた。いつしか笑みが消え去った彼の顔には、激しい怒りの表情だけが浮かんでいる。

「そして、おまえはそれを承知していた。知っていて止めなければ同罪だ。おまえは葉老師を殺そうとしたんだ！」

「何を証拠に……」

クレイグは骨が砕けるかという痛みに顔を歪《ゆが》めながら、それでも抗《あらが》おうとする。

「それも気づかなかったのか？」

ジェイソンはクレイグの髪を乱暴に摑《つか》み、容赦なく引っ張った。

「冷血漢のおまえでも、恩ある人を手にかけるとなれば動揺するんだな」

クレイグはがくん、と仰《の》け反《ぞ》り、白い喉《のど》を露《あらわ》にした。

「俺は暗殺者がやってきたと言っただけだ。彼がどんな武器で葉老師を襲ったかは口にしていない。だが、おまえは隆之はどこを刺されたのか、と聞いた」

クレイグは臍《ほぞ》を嚙んだ。それは現場を見た者、あるいは暗殺者を送りだした者しか知り得ぬ事実だったのだ。

（ごまかさなければ……）

ジェイソンの詰問を切り抜け、窮地から脱出しなければならない。クレイグは諦《あきら》めなかった。諦めたら、全てが終わってしまう。ジョージや自分はともかく、アーサーのために最善を尽くすのだ。

「単なる言葉のアヤ……を……得意げ……に……っ」

「ふざけるな」

ジェイソンは髪を引く手に力を込めた。

弓なりに仰け反ったクレイグは、そのまま床に仰向けに昏倒《こんとう》してしまう。

「く……」

後頭部を打ちつけてしまったクレイグは、一瞬ぼうっとした。

「知っての通り、俺は捨て子だ。家族はない。家もない。イアンの親父《おやじ》が拾い上げてくれなけりゃ、とうにのたれ死んでいた」

ジェイソンは床に伸びているクレイグの傍《かたわ》らに膝《ひざ》をつく。

「俺は『開心《ホイサム》』に迎え入れられて初めて、家族や家を持てた。生き神みたいに超然とした香主《シャンチュ》には近づきがたかったが、イアン・羅《ロー》を親父、そして葉老師を祖父のように思ってきたんだ。同じ捨て子のおまえも、似たようなもんだろうが……！」

青ざめたクレイグの顔の横に、ジェイソンが拳《こぶし》を振り下ろした。ゴツ、と鈍い音が響き渡る。

「……っ」

「葉老師もおまえに目をかけ、可愛がっていた。それなのに、よくも裏切ることができたな。ジョージ・呉もだ！　何を血迷った？　葉老師を殺せば組織はバラバラだ。それともその間に自分の勢力を伸ばすつもりだったのか？」

クレイグはごくりと唾《の》を呑み込み、弱々しく首を振った。

「俺は葉老師を裏切ったり……していない」

「せいぜいトボケていろよ。今に言いたいことも、言いたくないこともベラベラ吐くようになるんだからな」

ジェイソンは吐き捨てるように言い放ち、茫洋《ぼうよう》と自分の面に視線を彷徨《さまよ》わせているクレイグの目前に、小さな銀色のチューブを翳《かざ》してみせた。

「こいつが何だかわかるか？」

ジェイソンの顔から表情という表情がすっかり失われる。

不本意ながら彼とは長い付き合いのクレイグは、それが危険な徴候であることを知っていた。

「サイラス・陳《チャン》の秘蔵コレクションにあったものを、葬式のとき、うちの若いのがちょろまかしてきてな」

クレイグは唇を噛みしめる。それを聞いただけでも、充分おぞましいものであることは想像できる。

「野郎は薬の効果をシマの店で試すことにしたんだが……おかげで大騒ぎになった」

押し黙っているクレイグに、ジェイソンは冷ややかな笑みを浮かべてみせる。

「何となく判るだろう？　こいつは強力な催淫剤《さいいん》なんだ。しかも、効果の途中で猛烈な痒《かゆ》みが生じる。使われた女がどうなったか、知りたいか？」

ジェイソンは親指を使って、片手でキャップを外した。

「ベッドはもちろん、転げ落ちた床でものたうちまわって、あれを掻きむしったそうだ。見るに耐えない狂乱ぶりだったらしいぜ。怖《お》じ気《け》をふるった男が、医者を呼ばせるほどな。まあ、商売ものに何をするって話になって、男も店の者から半殺しの目に遭ったから、思わぬ災難に見舞われた女も少しは溜飲《りゅういん》が下がっただろうが……」

チューブのボディーを押すと、透明な軟膏《なんこう》がぬる、と溢《あふ》れ出した。それを人差し指で取ったジェイソンを見て、クレイグは愕然《がくぜん》とする。まさか……。

「よくできていることに、こいつの痒みには薬が効かないらしい。もちろん普通の痒み止めは役に立たないし、ステロイド剤も歯が立たない。試しちゃいないが、麻酔で意識を飛ばすぐらいのことをしなきゃ、延々と苦しみ続けるだろう。だが、たった一つだけ、痒みを消す方法があることは判っている。精液だ。例の女も片っ端からヤリまくって、ようやく一息ついたそうだぜ。催淫剤としちゃ、恐ろしいほどの完成度に到達していると思わないか？」

クレイグの喉がひくりと震える。ジェイソンが何を企んでいるかがわかったからだ。

「やめろ……」

「なら、さっさと答えればいい。ジョージ・呉が黒幕か？」

「おまえは誤解しているんだ」

クレイグは歯を食いしばるようにして告げた。

「私は……」

「一回目の交渉は決裂、か」

ジェイソンはクレイグの腰の下に腕を差し込み、あっさりと身体を引っ繰り返してしまった。

「やめ……やめろ、ジェイソン！」

必死の抵抗をあっさり封じたジェイソンは、クレイグの漢服をはだけさせ、下裾着《したすそつき》を一気に引きずり落とす。

「嫌だ……っ！」

クレイグは必死に足を閉じようとする。

だが、ジェイソンの力強い腕は、今度もそれを許さなかった。

「最後の慈悲だ」

足の間に身を進めながら、ジェイソンが言った。

「さっさと言っちまえ。後生大事に守ってきた貞操を、こんなことで奪われるのは馬鹿らしいだろうが。手を貸してきた俺も、いいツラの皮になっちまう」

「勝手なことを……！」

クレイグはなんとか身を捩《よじ》り、危機を脱しようとする。

そんな彼をジェイソンは嘲笑《あざわら》った。

「いい眺めだぜ、クレイグ。細い腰を捻り、前後に振る様が実に扇情的だ。おまえに突っ込んだら、さぞやいい思いをさせてもらえるだろうな」

「う……るさい！」

「言えよ、クレイグ」

ジェイソンが瞼《まぶた》を閉じるのを、クレイグは横目で見た。祈るような顔——自分以外に頼るものを持たない男が。おそらく、こんな形で長年の確執に決着をつけるのは、彼も惜しいのだろう。だが、クレイグの返事は一つしかなかった。

「何度も言わせるな。知らないと言っているだろうが……っ」

次の瞬間、目を開けたジェイソンは、ぐい、とクレイグの足のつけ根に人差し指を突っ込んだ。何の感情も含まない、機械的な動きで。

「あう……っ」

いきなり潜り込んできた乱暴な指先に、思わずクレイグは苦痛の喘《あえ》ぎを洩《も》らした。

ジェイソンは少しもそれに拘泥《こうでい》せず、ぐるり、とクレイグの内壁に薬を塗《ぬ》り込める。

「は……」

おぞましさにクレイグの頭の芯《しん》がくらりと揺れた。そこから早くも熱が広がっていくようだ。

ジェイソンはあっさり指を引き抜くと、素早くネクタイを外し、クレイグの右の手首と折り曲げた右の足首を括《くく》り、縛ってしまった。それから、また軽々とクレイグを仰向けにする。

たったそれだけのことで、半身すら起こすことができなくなってしまったことに、クレイグは驚愕した。

「片手は自由にしておいてやるよ。痒くなったら掻けるようにな」

物憂げに言い放ったジェイソンは、近くの椅子を引き寄せ、どっかと腰を落ち着けた。そこから優雅にクレイグの苦悶《くもん》を見物するつもりらしい。

(負けるものか……)

クレイグは唇を嚙みしめた。秘密は墓の下まで持っていくと決めた。どんなことがあっても、ジョージの罪は告白しない。そう、自分の意地のためにも。卑劣なジェイソンに膝を折るぐらいなら、死んだ方がましだ。

「ちなみに女が耐えられたのは最初の五分だけだったという話だ。さて、男のおまえはどれぐらい頑張れる?」

たったの五分――不安と恐怖に大きくクレイグの胸が波立つ。

「そろそろ、おまえの体温で薬が溶け、粘膜に馴染《なじ》む頃だ」

ジェイソンは足を組み直すと、葉老師の机に置かれていた銀のシガレットケースから、煙草《たばこ》を摘み上げた。

「じわりと熱くなってきただろう？　そう、痒みは炎だ。最初はこの煙草の火のようにささやかだが、やがて激しい山火事のようにおまえの身体を灼き尽くす」

ジェイソンは美味《うま》そうに煙草を吸い、ややして長い指先で灰を弾いた。

「ふう……っ」

クレイグは深呼吸をする。判っていた。これはジェイソンの心理戦なのだ。クレイグの不安を煽《あお》り、早々に陥落させようという目論見《もくろみ》なのだろう。

ジェイソンは短くなった煙草の先に、新しい煙草を押しつけて火を移した。そして、短い方は靴の裏に押しつけてから、葉老師の机上に放る。彼の行儀の悪さは、初めて会った頃と少しも変わっていない。たぶん、死ぬまで直らないだろう。

「煙草は二本目……最初の一本を吸い始めて、どれくらい経ったか、知りたくないか？　何と三分だ」

そのとき、クレイグの内部でツーッと液体のようなものが伝う感触がした。ぞくっとして腰を引きつらせると、擦《こす》れ合った粘膜から痺《しび》れるような感触が走る。クレイグはハッと息を呑み、絶望に駆られた。ついに――始まったのだ。

「あ……」

その間にも、じわじわと痒みは広がっていった。クレイグは必死に身を強ばらせる。動けば内部の粘膜が擦れ合い、さらなる懊悩《おうのう》を招くようになることは判っていたからだ。

だが、そんなクレイグを嘲笑うように、痛痒感はみるみる高まってゆく。

「う……く……」

下肢に手を伸ばしてはいけない、とクレイグは己れを叱咤《しった》した。

(憎らしいこいつの前で、浅ましい真似《まね》をするつもりか?)

だが、人形のようにじっとしていられたのは、そこまでだった。加速する痒みにクレイグは首を振り、腰をくねらせる。ジェイソンが言っていたように、炎で身を焼かれているようだ。

「は……あっ」

クレイグは瞼の裏がじん、と痺れ、潤《うる》むのを感じた。認めるのは恥ずかしくてたまらなかったが、肉体は正直だった。それは激しく内部を擦りあげ、痒みを少しでも軽減するものを切望している。

「く……」

我慢の限界を超えたクレイグは、理性の鎖をも引き千切った。その震える指は両足の間に、先程ジェイソンの指で犯されるまでは、どんな蹂躙《じゅうりん》をも受けたことのない密やかな窪《くぼ》みに潜り込む。

「ん……っ……あっ……ああ……っ」

屈辱の涙が頬《ほお》を濡《ぬ》らした。それでも淫《みだ》らな指の出し入れは、一時の安らぎをクレイグに与えてくれる。

「その薬は潤滑剤の役目も果たしてくれるから、初めてでもさして痛くはないだろう?」

ふと気づけば、ジェイソンは三本目の煙草に火を移していた。

「ただし、爪は立てるなよ。デリケートな場所だからな。そっと指の腹で擦るんだ。ビロードの逆目を立てるように……」

「うっ……うっ……」

ジェイソンの揶揄《やゆ》など聞きたくない。できることなら、クレイグは耳を塞《ふさ》ぎたかった。だが、尻《しり》から指を抜き出すぐらいなら、舌を噛みきった方がましだ。

「あ……っ?」

忙《せわ》しく手を動かしていたクレイグは、再び己れの肉体に驚くべき変化が訪れたことに気づき、目を見張った。

「どうした?」

狼狽《うろた》えたクレイグは、ジェイソンの視線から身を隠そうとして横を向く。

だが、それを黙って許す男ではなかった。彼は再び靴の底で煙草を揉み消すと、ゆっくりと歩み寄ってくる。

「あ……いやだ……来るな……来ない……でくれ」

クレイグは有名な神話を思い出す。古代ギリシアに生きたミダス王の娘のように、ジェイソンに触れられた途端、彫像となって凍りついてしまいたかった。そうすれば、この先、どんな恥辱とも無縁でいられるだろう。

「なんだ……そうか」

ジェイソンは小さく笑った。

「曲がりなりにもムショ暮らしを経験しているなら、知っているはずだ。後ろを刺激すれば、どうなるかぐらいは」

聞いたことはあった。クレイグが指を出し入れするたびに、下肢に甘い痺れが走るようになる。ジェイソンはそうして頭を擡《もた》げてきた雄の証《あかし》を、灰を落とすときのように指先で弾いた。

「ひ……っ」

クレイグの薄い胸が大きく弓形《かたど》を象る。

「足りないんだろ？　もう一本、指を増やしてみたらどうだ？」

ジェイソンが意地悪く唆《そそのか》す。

確かにクレイグも物足りなさを感じるようになっていた。だが、

「ほら……」

お節介なジェイソンは、躊躇うクレイグの手に自分のそれを添えると、震える人差し指と中指を熱く濡れた肉の狭間《はざま》に潜り込ませた。

「や……やだあ……っ」

のたうつ身体を見下ろして、ジェイソンが唇の端を上げた。

「嘘つきめ。嫌でこうなるのか？　さっきより元気になってるぞ」

最初に覚えるのは微《かす》かな苦痛――やがてそれが強い快感に変わっていく。クレイグは何度もその過程を味わった。やゃして二本の指が三本になったときも。泥を踏みつけてでもいるような音を立てて、激しく出し入れをするようになったときも。

「あっ……ああっ！」

だが、それで終わりではなかった。媚薬《びやく》の支配を受けている身体は足りない、まだ足りないと咆哮《ほうこう》を上げていた。クレイグはもうそれを宥《なだ》める術《すべ》を持たなかった。ただ左右に大きく身を捩り、悲鳴にも似た喘ぎを上げ続けることしかできない。

（熱い……熱いッ……爛《ただ》れていく……ぅ……）

理性はとうの昔に吹き飛んでいた。このじゅくじゅくと浸透してゆく、忌々《いまいま》しい痒みから逃れることができなければ、いずれ正気も失ってしまうに違いない。

「どうも、この薬は男の方が効くようだ」

ジェイソンは我がもの顔でクレイグの中心を握ると、囁《ささや》くように言った。

「さすがはサイラスの愛用品だっただけのことはある。前と後ろを同時に責める寸法だ。するとご覧《ろう》じろ。おまえのように淫らに腰を振って、自ら男をねだるようになる」

「やあ……っ！」

クレイグはすっかり弱くなってしまった自分に気づいて、愕然とした。言葉で辱《はずかし》められただけで、恥ずかしさのあまり、涙が溢れ出てきてしまったのだ。ジェイソンにだけは見せたくない顔――あまりにも惨《みじ》めな姿だった。

(殺してやりたい……っ!)

薄らいでゆく意識の中、クレイグは思う。自分が死ぬときは、ジェイソンも道連れにしてやりたかった。でなければ、どんなに心を込めて祀《まつ》ってもらったところで、クレイグの魂は浮かばれない。

「さて、二回目の交渉に入ろうか」

ジェイソンはクレイグの顎《あご》を掴み上げ、彼の顔を見据《みす》えた。

「正直に言えば、突っ込んでやる。楽になれるぞ」

「……っ」

クレイグは憎い顔に唾を吐きかけた。

「……まだまだ牙《きば》は折れていないか」

ジェイソンは指先で頬を拭《ぬぐ》いながら、うっすらと笑った。

「本当におまえさんは俺を愉《たの》しませてくれるよ」

「黙れ、外道が……!」

「やれやれ」

ジェイソンは呆《あき》れたように首を振って、クレイグの下肢に手を伸ばした。

「汚い言葉を使ったらお仕置きよって、母さんに言われなかったか？」

「ひ……」

握りつぶされるのではないかと思うほどの力で、勃《た》ち上がったままの性器を握りしめられたクレイグは、ガクガクと歯を打ち鳴らした。

「……言われないか。おまえも捨て子だもんな」

獲物が気を失いそうになっているのを見て取って、ようやくジェイソンは手の力を抜いた。そして、安堵《あんど》の溜《た》め息《いき》をついたクレイグに囁きかける。

「実は俺には一つ、夢があった。長年、心を捧げてきた相手との素晴らしいメイキングラブというやつだ」

ジェイソンは、クレイグのなめらかな腹の上にそっと掌《てのひら》を置いた。

「それは優しく、どこまでも気持ちのいいものでなけりゃいけない……そして決して忘れられないほど、情熱的なものにならないと嘘だ」

ジェイソンの手が、足のつけ根まで滑り落ちる。乾いてごつごつした掌の感触に、クレイグは思わず下腹を波立たせた。

「まずは相手の全身にキスをする。頭の先から足の指先まで、あますところなく唇で愛撫《あいぶ》したい。指の冒険はその後だ。長い髪も、白い肌も、とろけるような身体の奥も、触れることができる場所は全て探る……」

言葉のままに、ジェイソンの指は、血管が浮かび上がったクレイグの側面をそっと辿《なぞ》った。

「それからバターのように快楽に溶けた身体にダイブしたい」

「あ……」

敏感な先端を摘まれて、クレイグはびくんと痙攣《けいれん》した。

ジェイソンは囁きながら、とろとろと溢れ出してきたものを親指で塗り込めるようにする。

「これまで離れていられたことがいっそ不思議なほど、とことん愛してやる。何度も気を失うまでな……それでも決して『止めてくれ』とは言わせない」

ジェイソンは頭を伏せ、汗の浮かんだクレイグの腹に唇を押しあてた。

「いや……だ……」

ゆっくりと唇が下がってくる。クレイグは懸命に身を翻《ひるがえ》そうとしたが、ジェイソンの手に腰を固定されてしまい、それはかなわなかった。

「どうやら、夢は夢のまま終わりそうだな」

先走りの伝うクレイグの中心に口づけて、ジェイソンが呟《つぶや》いた。おそらく、クレイグがその振動にも感じずにはいられないことを知りながら。

「まったく、胸を破られる話じゃないか。心の恋人が汚らわしい裏切り者だったとは」

クレイグは激しく頭を振った。かつてない快感が脳裏を白く霞《かす》ませることも構わずに。

(冗談じゃない！　誰が恋人だ！　勝手に決めつけるな……っ！)

クレイグは毒づいたつもりだった。だが、声にならない。今の彼にできるのは、激しく胸を波立たせ、言葉をなさない喘ぎを洩らすことだけだった。

「ひ……」

そろり、と括《くび》れを舐《な》められて、クレイグは掠《かす》れた悲鳴を上げる。

だが、ジェイソンはぎりぎりまで高ぶらせると、そこでぴたりと愛撫を中断してしまった。

「どう……して……」

解放が許されない前と、燃え上がったままの後庭――二ヶ所同時に責める拷問《ごうもん》に、ついにクレイグは哀願の声を上げた。

「ジェイ……ジェイソン……ッ」

名を呼ばれた男は身を起こし、涙でぐしゃぐしゃになったクレイグの顔を覗《のぞ》き込む。

「三度目の正直だ。後はない。本当のことを言え」

クレイグは唇を震わせた。ここでシラを切れば、拷問が再開されることは明らかだ。

(いっそのこと本当のことを告白して、後から薬から逃れたいための嘘だったと言えば?)

心の中で、クレイグは首を振る。だめだ。嘘をつけばお仕置きが待っている。ジェイソンは甘い人間ではなかった。舐められて、黙っている男でもない。

(どうすれば……)

クレイグは途方に暮れた。これ以上、お預けを喰《く》らったら、今度こそ正気ではいられなくなるだろう。

「さあ……」

乾いた唇の上を、ジェイソンの指先が伝う。

「本当に……違う」

結局、クレイグは意地を貫き通すことを選んだ。確かに身体はジェイソンに屈服してしまったが、まだ心は明け渡さない。

「ち……違う……刺した……と言ったの……は……言葉のあ……や……」

ジェイソンが長い溜め息をついた。

「本当だ……」

クレイグはともすれば瞼の裏に隠れそうになる瞳を、同じ色をしたジェイソンの眼にしっかと合わせた。

「ほんと……に……裏切って……ない」

ジェイソンはクレイグの顎を掬《すく》うと、いきなりキスをしてきた。ただでさえ乱れている息を奪われたクレイグは、そのまま気を失いそうになる。

「おまえを信じられたらな……」

ジェイソンは唇を離して、ぽつりと呟いた。

「だが、俺の心のどこかで『そいつは嘘だ』と囁く声がある。間違いなく、ジョージがやったんだとな」

「ジェイソン……」

クレイグは縋《すが》るように相手を見つめた。境遇も似ていれば、組織に入った頃合いも同じ男。いわば幼なじみと言ってもいい間柄。世間は二人を好敵手と見なし、当人達も負けまいとして鎬《しのぎ》を削ってきた。断じて馬は合わないが、互いのことは認め合ってきたのだ。

（その関係が——今夜で終わる）

クレイグの腕と足を縛っていたネクタイを外したジェイソンは、強ばった足を押し広げて、その狭間に身を進めた。そしてトラウザーズのファスナーを下げ、自らの性器を摑み出す。

「どのみち、以前の二人には戻れない。おまえを犯せば、おまえは俺を激しく憎むようになるだろう」

うんざりするほど、長い付き合いだった。クレイグの思いは、ジェイソンも共有していたものらしい。

「これで最後だ」

ジェイソンはクレイグの顔の横に手をつくと、涙の轍《わだち》が残る彼の頰に口づけた。

「どうせなら滅茶苦茶にしてしまえとも思ったが……単なる暴力として、おまえの記憶に残るのも業腹だしな。二度と同じものは味わえない、最高の一発にすることにした。この先、誰とやっても比較せずにはいられないように……まったく、裏切りへの意趣返しだっていうのに、こんなことしかできない自分が情けないが」

自嘲《じちょう》を洩らしたジェイソンの腹筋の動きが、密着したクレイグの下腹に伝わる。

「……っ」

膝の後ろをすくい上げ、すでに指の愛撫で柔らかく解《ほぐ》れたクレイグに、ジェイソンは猛った己れを押しあてた。抵抗はない。恐ろしい痒みをもたらす催淫剤は一時、潤滑剤となって逞《たくま》しいジェイソンを内部に導いてゆく。滑らかに、ぬめりながら。

「あ……あ」

すぐにジェイソンの動きは激しいものになる。彼の肉がクレイグを擦るたび、汚らわしい薬の効果が薄らいでいくようだった。クレイグは自らも腰を使いながら、満たされた思いに再び涙を溢れさせた。

「ジェイ……」

逞しい身体に押さえ込まれ、どこからどこまでが自分のものなのかも判らないほど絡み合ったクレイグは、さらにジェイソンの首にしがみつく。気持ちがいい。もっと、もっと激しくして欲しい。殺してやりたいほど憎いこの男から、ありったけの快楽を貪《むさぼ》ってやりたかった。

そのとき、

「どうせ、すぐには鎮まらない。取りあえず、一回出しておこうぜ」

屹立《きつりつ》したクレイグの牡に、ジェイソンの指が伸びた。

「やあ……っ」

総毛立つような快感に、クレイグは甘さを宿した悲鳴を上げる。

「クレイグ……」

行為の最中に幾度となく交わしたキスのせいで腫《は》れた唇を、ジェイソンが嚙んだ。クレイグはうっすらと歯の痕《あと》が残るそれを開き、ジェイソンの舌を迎え入れる。

(殺してやりたい……)

クレイグは自分の口を蹂躙している舌を、そっと上下の歯で挟《はさ》んだ。

だが、意図を察しているはずのジェイソンが動かない。

「やらないのか?」

再び口を開いたクレイグに、ジェイソンが聞いた。

クレイグは沈黙を守ったまま、下肢から這《は》い上がる快楽に身を委《ゆだ》ねる。少しでも抵抗していたら、嚙み千切っていたかもしれない。

(彼は私を殺さない。私もここで彼を殺すのは止めておこう。そうして、二人は生き続ける。今生の敵同士として)

クレイグは首筋に顔を埋め、唇の端を上げた。

(二度と私には触れないとジェイソンは言った。それも未練たっぷりに。ならば、私に触れて本懐を遂げようとしているときに殺すのは、あまりにも親切が過ぎるというものだ)

クレイグは決意する。そう、満足の極みに殺してなどやらない。憎いこの男をあの世に送るのは、クレイグの肉体を間近に見ていながら、決して触れることのできないとき――指を銜《くわ》えて、ただ見ていることしかできない瞬間こそ、ふさわしい。

「お……」

ふいに腰のスライドが角度を変えた。クレイグは目を見開き、背を仰け反らせると、誰からも教えられぬままに、ジェイソンを締めつける。

「ひ……っ！」

ジェイソンの指先がご褒美《ほうび》だというように、クレイグの最も敏感な部分を刺激する。びくんと大きく震えたクレイグは、暖かい流れが下肢を伝ってゆくのを感じた。絡み合った身体同様、どちらのものかは判らない。

腹の底から溜め息をつきたいような安堵感。

そしてぞくぞくと駆け上がってくる爽快《そうかい》感。

言いしれぬ歓びに、クレイグはしばし浸りきる。あれほどクレイグを苦しめていた悪魔の薬も、精液によって濯《あら》い清められる。その気持ちよさはセックスにも匹敵するほどで、二通りの快楽を極めたクレイグは、張り詰めていた意識がゆっくりと解けていくのを感じた。暖かい腕に抱きしめられたまま、無意識の白い靄《もや》の中へ落ちていく……。

それから何度、情を交わしたのだろう。

のろのろと身仕度を整えるころには安堵感も爽快感も消え去って、ただ肉体を好きにされた苦々しさだけが心に蘇《よみがえ》ってきた。

それはジェイソンも同じだったようで、締め切ったままの窓辺に立ち、煙草を引っきりなしに吸いながら、遠くを見ている。

(この男らしい下品な言い草だが、確かに忘れることができない一発だ)

クレイグは思った。この夜のことを思いだすたび、自分は敗北の屈辱と狂気のような快楽の記憶に苛《さいな》まれるのだろう。そして、そんな思いを味わわせるジェイソンを恨み、憎み続けるに違いない。

「戻るぞ」

ジェイソンは振り返り、ようやくクレイグを正視した。

「俺は隆之を……マーク・李《リー》を『開心』の香主の座に据えてみせる。そうすることが、おまえの裏切りに対する最高の報復になるだろう」

クレイグは頬にかかった髪を搔き上げると、口元に笑みを張りつけた。ジェイソンの瞳には美しく映る微笑――失ったばかりのものを見せつけるように。

「おまえが何を言っているのか、私には理解しがたいが……」

ジェイソンが首を傾《かし》げ、皮肉っぽく言った。

「案外タフだな。まだへらず口を叩《たた》ける余裕が残っていたか」

クレイグは冷たい一瞥《いちべつ》で揶揄を叩き落として、きっぱりと告げた。

「私も必ずやアーサーに栄光を摑ませてみせる。敗北の苦き杯を呷《あお》るのは、貴様とマーク様の方だ」

それからクレイグは手首に赤く残った、いましめの跡に視線を落とした。

「その偏見に凝り固まった頭が冷えたら、裏切り者を別の角度から見てみるといい」

「何だと？」

ジェイソンは眉を寄せた。

「カギは美蓮《メイリー》夫人だ。『泰福天珠《タイフッテイエンジュ》』の在処《ありか》を知っていたのは香主の他には、彼女だけだったという話を、おまえも知っているだろう」

「ああ。それが？」

クレイグは手首の傷を舐めてから、まだ痺れの残る唇を綻《ほころ》ばせた。

「どうやら、『泰福天珠』を見つけだすのは、アーサーのほうが早そうだ」

「ジョージは持っていないというのか？」

「あればアーサーに渡しているだろう？」

ジェイソンの顔に、彼らしくない逡巡《しゅんじゅん》の表情が浮かんだ。クレイグの言葉の真偽を測っているのだろう。

「今夜のところはこれまでにしておこう。さすがに私も疲れた。早く西貢に帰りたい」

クレイグは先に立って、葉老師の書斎を出た。

（もう二度と、どんなことがあっても、この部屋を訪れることはあるまい）

そう思ったとき、忘れかけていた疑問が蘇ってきた。

「一命は取り止めたという話だが、葉老師の容体はどうなんだ？」

ジェイソンはすぐに答えた。

「明日には退院する。入院は用心のためだ」

「そうか……」

顔を合わせれば啀《いが》み合っていた以前よりも、幾分穏やかな受け答えを交わしながら、二人が遠く隔たっている――すでに変化はクレイグの眼にも明らかだった。

「あーあ、散々な夜だったな」

ジェイソンはロールスの助手席に乗り込むクレイグを見つめながら、星の瞬く空を見上げた。

「貴様がどんな目に遭ったって？」

馬鹿にしたように告げるクレイグに、ジェイソンは肩を竦める。

「夢がなくなった。手痛い失恋のせいで」

クレイグは鼻を鳴らして、ドアを閉めた。そして、革張りのシートに身を預け、車の前方を回って運転席へやってくるジェイソンを見つめる。

（アーサー、俺にもしものことがあって、本当に信頼できる部下が欲しいと思ったら、この男を選ぶといい）

ここにはいない後見人の少年に、クレイグは語りかけた。

（柄は悪いが、心を許した相手には忠実な……信じるに足る男だから）

まぎれもない肉体派だが、一応頭もついていることだし、とクレイグは人の悪いことも思う。

「呉先生が何も……とにかく、こんなことが起こらなかったら……私達の関係はどうなっていたんだろうな」

クレイグの声が静かな車内に溶けてゆく。

「馬鹿らしい……」

ふと胸にこみ上げた寂寥《せきりょう》感を嘲笑って、クレイグはフロント・ガラスに顔を向けた。ありもしない未来を思い描いている暇はない。そう、自分には必ず実現しなければならない野望があるのだから。

10

「おやすみ……またな」

「ああ」

アーサーに挨拶《あいさつ》をして、隆之《たかゆき》がやってくる。

ジェイソンは彼を笑顔で迎えた。

「あの無愛想な坊やと、どんな話をしたんだ？」

「別に……」

「おまえが一方的に話しかけてたとか？」

「そういうのでもなくて……」

隆之は困ったように眉を寄せる。

「茶ァ飲んで、ずっとスターTV見てた。あいつ、音楽番組なんか見たことないんだってさ。マドンナもマイケルも知らないんだぜ。思わず『もしかして、タイムスリップして来たのか』って言っちまって……」

「ご機嫌を損ねたか」

「うん、睨まれた」

「おまえがいると判るまでは、香主《シャンチュ》の唯一の息子だったからな。有名人の名前よりも覚えておかなきゃならんことがあったんだろうさ」

ジェイソンは隆之の頭を小突いた。

「おまえもアーサーを見習って、もう少し賢くなれ」

「げー、今以上に勉強するのなんてごめんだぜ」

天真爛漫《てんしんらんまん》な隆之を見つめながら、ジェイソンは思った。

(かわいそうな子供達……アーサーとおまえも相争う運命だ。おまえ達の意思とは関係なく、二つの拮抗《きっこう》する勢力の頭として担ぎだされたゆえに……)

だが、哀れに思ってはいても、いざとなれば二人の仲を裂くことを躊躇いはしない自分を、ジェイソンは知っていた。この世界に生きる男達にとって最も重要なのは義理であり、面子《メンツ》がそれに続く。カタギの人間が重んじる愛は、さして意味を持たない。

「やっぱり、アーサーが好きか?」

ジェイソンは聞いた。

「そっ……そんな好きとか、そんなんじゃねえけどよ」

尋常ではない動揺をみせながら、それでも隆之は答える。

「あいつ、可愛いところがあるんだぜ。俺がちょっとでも肩を押さえると、急にオロオロしだしてさ。さっきの医者を呼び戻そうとか言い張るんだ。恩義なんか感じてやらないとか言ってたくせに、すんげえ責任感じてやんの。素直じゃないんだよなぁ」

「そうか」

ジェイソンは微笑《ほほえ》んだ。

「俺の知る限り、アーサーを可愛げがあると評した奴は、おまえが初めてだよ。案外、大物になるかもしれないいな」

「それより、また西貢《サイクン》に連れてきてくれよ」

隆之はそのときが待ち切れないというような顔をする。可愛くて――可哀相な少年。

「いいだろ?」

「いや」

ジェイソンはきっぱりと首を振った。

「二度と来ない」

「え?」

隆之の笑みが凍りつく。

「葉老師《イップシンサン》に刺客を送ったのはジョージ・呉《ウー》だったんだ、隆之。クレイグもアーサーもはっきりと我々の敵に回ったんだよ」

見る見るうちに隆之の顔が青ざめる。

「イ……葉老師を……？」

「この際、頭に叩き込んでおけ」

ジェイソンは隆之の肩に手を置いた。無事な方だったのに、彼は傷に触れられたかのように飛び上がった。

「組織のボスは一人であり、その座につくのはおまえしかいない。そして、卑劣な手を使って後継者になろうとしたアーサー、その後ろ盾として暗躍している奴らを根絶やしにすることが、最初の務めとなる」

隆之が絶叫と共に駆け出した。

「嘘だ……っ！」

ジェイソンは後を追おうとしなかった。ただ悲嘆に暮れる少年の背中が遠ざかっていくのを、ひたすら眺めていた。ずっと――ずっと。


「呉のヤツを殺《や》るのは俺だ！」

ジョージが放った刺客による襲撃後、用心と養生のために移ってきた別邸に、葉老師を訪ねてきたイアン・羅《ロー》は、開口一番そう言った。

「楽には殺さねえ……裏切り者にふさわしい地獄を味わわせてやるぜ！」

けれど、当の被害者である葉老師は、制裁に対して消極的だった。

「本当にあやつが……私にはまだ信じられん」

煮え切らない上司に、イアン・羅はもどかしそうに噛みついた。

「また、そんなお人のいいことを……！　刺客を放ったのは、紛れもなくあのクソったれ野郎だ。その一点に関しては、ジェイソンも保証しているってのに！」

葉老師は半ば縋るような面持ちで、沈黙を守っていたジェイソンを振り返った。

「確かめたのか？」

いつものように壁に背を預け、ことの推移を眺めていたジェイソンは、小さく肩を竦めた。

「今度ばかりは、うちのオヤジさんの被害妄想とは言えないようで」

「む……クレイグも承知しておったと？」

その問いに、ジェイソンの口元が歪んだ。

「事前にか、事後かは知りませんが、ええ、ジョージの意図は充分理解していたはずです。俺は奴のことを買い被《かぶ》っていましたよ。もう少し、頭の切れる男と思っていたんだが……」

信頼するジェイソンの言葉を聞いては、葉老師も観念せざるを得ないようだった。

「そうか……」

彼が何を思っているのか、ジェイソンは手に取るように判った。

ヤクザ者の面子にかけて、このまま裏切り者をのさばらせておくわけにはいかない。

しかし、組織を二分するほどの勢力——その一方を殲滅《せんめつ》しなければならないということは、すなわち組織そのものの崩壊を意味していた。

一旦失ったものを、元の規模まで戻すには時間も手間もかかる。

その痛手を思って、葉老師は暗澹《あんたん》たる気分に陥っているのだ。

（レオン・李《リー》は人を見るに敏な男だった。トップへの野心を持たない葉老師を早々に副香主《フシャンチュ》にして部下の要に据えると、その他の幹部は実力が拮抗し、互いに牽制し合っている者ばかりを集めた。そうして、自分の地位を脅《おびや》かそうとする勢力を、予《あらかじ》め潰《つぶ》していたんだ）

冷徹なまでの用心——だが、それが今の混乱した状況を生みだしたことも事実だった。

ジェイソンは、幹部の顔を胸の内に甦らせる。

（実力差がない以上、誰もが他の奴らの風下に立つのはごめんだと思っている。ジョージ・呉もうちのオヤジも、おそらくアランも……）

ジェイソンは結論を出した。怪我《けが》をして弱っている今の葉老師に、彼らの野心を挫《くじ》くことはできまい。つまり、

（やるのは俺達、ってわけさ）

ジェイソンの脳裏を、ふとクレイグの白い顔が過《よ》ぎる。そう、すでに大きな被害が出ていた。

ずっと大事にしてきたものを自ら汚し、引き裂き、踏みにじったのだ。その無念さは今も胸を

喰《は》んでいる。

（ああ、今度はこっちの番だ）

目には目を。そして命には命を――葉老師を殺そうとした者こそ、この世から消し去らねばならない。それが誰であっても。

「ジョージもそうだが……」

ジェイソンの心を読んだかのように、葉老師がぽつりと呟いた。

「クレイグ……彼を失うことになるとは……」

当人にも告げたが、葉老師は本当にクレイグを可愛がっていた。ジェイソンと共に、次世代の組織の中核になるべき者として、何かと目をかけてくれていたのだ。手塩にかけて育てた命を、自らの手で絶たねばならない。再び得難い才能を、あたら散らさなければならない。そのことを葉老師は惜しんでいたのだろう。とはいえ、

「ここに至っては、もはや手を差し伸べてやることもできんな」

葉老師は慈悲を知る男だが、副香主としての務めを忘れるような人物ではなかった。人生の全てとも言うべき組織に害なす者には、きっちりと落とし前をつけさせる。

「クレイグも、アーサーも……まあ、アーサーは知らぬことだったろうが」

「ええ」

ジェイソンは頷《うなず》く。

「あなたを守ろうとして必死だったと、隆之が言っていました」

葉老師は溜め息をついた。

「己れの与り知《あずか》らぬことで断罪されるとは、やり切れぬ話だ。レオン・李の息子として誕生しながら、最後まで組織に受け入れられることなく死んでゆく……別の家に生まれていれば、幸せな一生を送れたかもしれないのに」

「ええ。何事もスタート・ダッシュが肝心だ」

ジェイソンは言った。

「そこで差をつけられたら、抜き去るのはもちろん、追いつくことさえ容易ではない。兎と亀の寓話がありますが、全ての兎が怠惰《たいだ》で間抜けだとは限らないのが世の習いです。ヤクザの家に生まれたのも不運なら、そこから逃げ出すことさえ許されなかったのも不幸――運命はとことんアーサーに辛《つら》く当たったようですね」

過去形で話すジェイソンに、葉老師は眉を顰《ひそ》める。だが、その口から制止の言葉が出てくることはなかった。

「ご決断を、葉老師」

イアン・羅が迫った。

「ジョージ・呉を消せ、とこの俺に命令してくだせえ」

「……む」

老人は唇を引き結び、改めてジェイソンを見つめた。それしかないのか、と彼の目が問うている。

（ええ……ないんですよ。残念ながら）

ジェイソンは揺るぎない視線を返した。

その表情を見て、葉老師も覚悟を決めたようだ。

「そうだな……今、組織を束ねなければならない私が逡巡していては、下に示しがつかん」

独り言のように呟いてから、彼はイアンに向き直った。

「後始末はおまえに任せる」

「承知！」

イアンは両手を打ち合わせ、目前に長年のライバルがいるかのように殺気を迸《ほとばし》らせた。

「すぐに野郎の首を……」

「先走るな」

葉老師が遮《さえぎ》った。

「まずはジョージ・呉の傘下に告知するのだ。彼は『開心《ホイサム》』を裏切った。以後、彼と行動を共にする者は例外なく同罪と見做《みな》す、とな。我らに忠誠を誓った者には、寛大に接してやれ」

イアンが戸惑う。

「寛大に、と仰《おつしや》いますが、どの程度？」

葉老師が再び溜め息をつく。

「放っておくのだ。無駄な血を流すことはない。いずれ組織を改編したあかつきには、おまえの傘下に入るかもしれん。おまえだって、兵隊は一人でも多いほうが良かろうが」

「へへ、そいつは確かに」

イアンは納得した。

そんな彼を見て、ジェイソンは思う。

マフィアの幹部にとって、下級の構成員はすぐに取り替えの利く手駒に過ぎない。葉老師やイアンはましな方だと思うが、彼らにしても全ての部下の顔や名前を覚えているわけではないだろう。

だが、逆もまた真なり、だった。

社会の底辺で蠢《うごめ》いている構成員にとっても、ボスの交替など珍しいことではない。誰がなろうと、彼らの生活に何ら影響はないのだ。

(黒社会《ヘイサーホイ》の宿命とはいえ、どいつもこいつも人の命を軽んじすぎる)

無論、ジェイソンもその一人だった。すでに現場は退いているものの、組織で一番の殺し屋は誰かと聞けば、大抵の者は『拳頭《キュンタウ》』の林《ラム》、と答えるだろう。

「この件に関して、馬《マ》先生のご意見は?」

気を取り直して、ジェイソンは聞いた。

「組織に忠誠を誓ったよ。つまり、彼にとっても、ジョージ・呉は敵だ。自分に手伝えることがあれば、いくらでも手を貸すと言ってきた」

葉老師の説明に、イアンは豪放磊落《ごうほうらいらく》な笑い声をたてた。

「なあに、アラン・馬の手など借りるまでもない。こっちにはジェイソンもいるんだ。さっさと呉を駆りだして、始末をつけますよ」

ボスの言葉には反応を示さず、ジェイソンはひた、と葉老師を見つめた。

「それで、馬先生は今どちらに？」

「李家の本宅だ。当人の申し出もあって、美蓮《メイリー》夫人の警護を頼んでいる。我々に追いつめられたジョージが、彼女を人質にすることを思いつくかもしれぬ、と言うのでな」

ジェイソンは鼻で笑い飛ばした。

「あそこが襲われるようじゃ、俺達もおしまいだ。どうやら馬先生は、ご自分の戦力を温存するおつもりのようで」

イアンが口を挟んできた。

「ふん、そんな臆病者は放っておけばいい。それより作戦会議をするぞ、ジェイソン。じゃ、葉老師、ちょっくら失礼します」

一方的にまくし立てて部屋を出ていくイアンに苦笑してから、ジェイソンは後に続いた。

葉老師がその背に声をかけてくる。

「ジェイソン……アラン・馬が気にかかる理由は？」

香主同様、葉老師にも人を見る目が備わっているようだ。ジェイソンは立ち止まり、顔だけを巡らせた。

「うちのオヤジ同様、何事もなく生き延びているからですよ。よほど保身が巧《うま》いのか、あるいは……」

ふと思いついたことに、皮肉っぽい笑みが浮かんだ。

「わが組織の中で身の潔白を証明するには、一足早く死んだほうがいいらしい」

葉老師の目が鋭くなる。

「ジェイソン」

「無駄な殺生はするな、でしょう？　判っていますよ」

「イアンの手綱も、おまえが握っておくようにな」

「はい、はい」

軽く請け合ってその場を去ったジェイソンだが、すぐに葉老師の心配が故なきことではなかったのを思い知らされた。武闘派のイアンが、葉老師の部屋を出るなり、部下に総動員をかけていたからだ。

「出番だぞ、てめえら」

イアンの性分を心得ている構成員は、勝手にそれをゴーサインと解釈し、街に飛び出した。

そして、ジョージの傘下の店、会社などを襲撃することで、忠誠の証としたのである。

(葉老師の言葉は守るつもりだった、だが、部下が先走っちまったんなら仕方がねえ、とすぐにオヤジも開き直った)

その後に繰り広げられたのは地獄絵図だ。

自分に歯向かった者に対するイアンの態度は、冷酷を極める。途中で音を上げ、降伏したとしても、決して許されることはない。謝るぐらいなら、最初からするな、という理屈なのだ。そして最後まで激しく抵抗した者には、見せしめとして殊更に酷《ひど》い死が与えられるのが常だった。頼むから早く殺してくれ、と哀願の呻きが上がるほどに。

(そうして、オヤジは九龍《カオルン》中に死体の山を築き上げた。事態に気づいた葉老師が制止しなかったら、山はもっと大きくなっていたに違いない)

イアンはまだ敵の血に飢えていたのだ。そして、くすぶり続ける怒りは、ことの元凶に立ち返った。普段は気のいい彼も、火がついたときは手に負えない。とことん暴れて、疲れ果てるまでは放っておくしかないことを、ジェイソンは知っていた。

「裏切り者を許すな！　呉のヤツを草の根分けても捜しだせ！　ただし殺すなよ。あの野郎は俺の獲物だからな……！」

自らの手でジョージを血祭りに上げるまで、決してイアンの気は済まないのだろう。

一方、ジェイソンは隆之の警護を理由に、ジェノサイドには加わろうとしなかった。縄張りを荒らせば荒らすほど、ジョージは身の危険を感じ、深く潜行してしまうに違いないと思っていたからだ。

(無駄なばかりか、害にしかならない……なんて言っても、今のオヤジさんが聞き入れるとは思えないしな)

　加えてジェイソンには、アーサーとの決別から深く落ち込み、めっきり口数が減ってしまった隆之を見守る必要もあった。ベビーシッターなど柄ではないが、後見役を引き受けたからには仕方がない。

(あの食いしん坊が、三度の食事にもめったに顔を現さねえ。よっぽどこたえてるらしいな)

　ジェイソンは溜め息をつく。無理もない。隆之はアーサーが好きだった。なぜなのかは自分でも判らないままに、強く惹《ひ》かれてしまった。

(しかも、驚くことに一方通行の想いというわけでもなかったんだ。アーサーも満更じゃない様子だった。あの気難しい坊やが、クレイグ以外の人間を近づける気になっただけでも大したもんだ)

　そんな二人を、大人たちが寄ってたかって引き裂いた。血を分けた兄弟でありながら、不倶《ふぐ》戴天《たいてん》の敵《かたき》同士にならざるを得ず、好意を抱きながら、自由に会うことすら許されない――父親が築いた組織に親しみを覚えるどころか、反感すら抱いている隆之にとっては、受け入れがたい現実だったはずだ。

(イアンのオヤジと俺……もしかしたら葉老師のことも恨んでるかもしれない。いや俺に恨みをぶつけて、それで気がすむものなら一向に構わないんだが……)

隆之を哀れに思っても、ジェイソンにはどうしてやることもできない。彼の気持ちを理解するのと、アーサーとの関係を修復してやることとは、まったく別の話だった。

隆之が好むと好まざるとに拘《かか》わらず、彼は未来の『香主』――イアンが、ジェイソンが、構成員らが命を賭《と》して担ぎ上げる頭領なのだ。未だに幼さを残しているとはいえ、子供の振る舞いを許すわけにはいかない。アーサーにのぼせ上がったあげく、愚かしい行為に走らぬよう、監視する必要がある。

(許せ、隆之……他のものなら何でもいい。どんなものでも、どんなことをしてでも、俺が手に入れてやる。だから、アーサーは諦めろ)

肉親に対する愛着と恋心――同時にその二つを放棄するのは難しい。ジェイソンだって、クレイグに対する想いを捨てきれていないのだ。しかし、いつかは思い切らなければならない。そして、それは遠い話ではなかった。

(何で人を好きになるんだろうな)

ときどき、ジェイソンは思うのだ。愛とは、あまりにも面倒なものだと。

(心が温かくなって、幸せな気分にしてくれるものだとほざく奴もいる。それが本当なら、俺は出会った相手が悪かったんだろう)

クレイグと一緒にいて、穏やかな心持ちになったことなど、一度もなかった。その姿を見れば胸苦しくなり、欲望ゆえの狂おしさに襲われる。そして、クレイグの冷ややかさに苛立《いらだ》ち、決して自分のものにならないことに虚しさを感じる。

（常識や理屈では割り切れない。諦めろと頭が命じても、心が抗う。酷《ひど》い目に遭うのは判っているのに）

殴られることに慣れているからといって、殴られるのが好きなわけではない。ジェイソンにしたって、できれば幸せというものを味わってみたかった。だが、クレイグといては、それを望むべくもないことも判っている。

（どう転んでも、彼以外は愛せない。けれど、この愛は実らない。だから、愛すること自体を止めてしまいたい）

実際、こんなことを考えずにはいられないのも面倒なのだ。

「ふ……」

苦い笑みが閃いた。他人を愛するのには向き、不向きがある。

「おまえと俺は後者かな」

ジェイソンはここにいない少年に語りかけた。

「教えたわけでもないのに、似てきやがって」

気の毒な隆之。そして、惨めな自分。

ジェイソンは唇を引き結んだ。愛がもたらす狂気の最たるものは、それを手に入れることができなければ、他の何を得られたとしても虚しいだけ、と絶望してしまうことだった。だが、そんなはずはない。本当の話なら失恋を理由に命を絶つ人々の数は、もっと増加していたはずだからだ。

（人の心は変わる。いつかは忘れられる日もくるだろう。忘れられなくても、胸の痛みは軽くなるはずだ。だから、今は耐えろ）

ジェイソンは隆之に、そして自分に言い聞かせると、またこらえきれずに苦笑した。

「まったく、よく似た主従だよ」

世話をする気になるのも、そのせいかもしれない。ジェイソンはかつての自分を、隆之の上に重ねて見ているのかもしれなかった。だから、彼には幸せになって欲しい。今の自分のようにはならないで欲しかった。

（残酷な運命に逆らって……）

けれど、誰よりその難しさを思い知っているのも、ジェイソンだった。黒社会に生きているからといって、必ずしも不幸だとは限らない。だが、一片の翳《かげ》りもない幸福を感じられる者はいないはずだ。

存在するとしたら、それは人間ではないのだろう。

完膚《かんぷ》なきまで破壊された旺角《モンコック》のレストランで、すっかり震え上がっている店主に、『拳頭』の構成員が聞いた。

「ジョージ・呉はどこだ?」

「し、知らない……」

「意地を張るのは大概にしておきな、爺《じい》さん」

別の兵隊がヤニで染まった歯を剝《む》きだしにする。

「命がありゃ、もう一度店を開くこともできるかもしれないぜ」

店主は必死に動かぬ首を振ろうとした。

「だ、旦那ぁ……お、俺は本当に知らないんだよ。たぶん、旺角にはいな……」

黄ばんだ歯の男に腕をねじ上げられた店主は、あまりの苦痛に絶叫した。

「ぎゃあああああっ!」

イアンの部下は、店主が正直に話しているのだと納得するまで、激しい殴打を繰り返した。

ほとんど……いや、紛れもない拷問だ。

「なら、質問を変えてやろう。誰だったら、ジョージの居場所を知っている?」

店主は汗と涙と涎《よだれ》でぐしゃぐしゃになった顔を上げ、震える声を上げた。

「佐敦《ジョーダン》の劉《ラウ》なら……もしかしたら……」

「映画館を仕切ってる奴か？」

「そ、そうだ」

ぐったりしている店主を突き放して、男は言った。

「佐敦に行くぞ。次はその劉という野郎を締め上げて、ドロを吐かせるんだ！」

同輩らは威勢良く『おう！』と声を合わせると、ドカドカとうるさい足音を立てながら、店の前に停めておいたトラックに乗り込む。

開け放たれていた運転席側の窓から、ラジオに合わせて鼻歌を歌っていたドライバーの足元に小さな鉄の固まりのようなものが投げ込まれたのは、そのときだった。

「なんだぁ？」

ジュースの空缶でも投げ入れられたのかと不快げに目を落としたドライバーは、それがモスグリーンに彩色された手榴弾《しゅりゅうだん》だということに気づき、息を飲んだ。

「ひ……！」

彼は取るものも取りあえず傍らのドアを開け、地面に転がり落ちる。仲間に報《しら》せている余裕はなかった。

次の瞬間、ボム、という鈍い爆発音がしたかと思うと、トラックの車体が火に包まれた。

「わあああ……っ」

熱風から逃れるためにゴロゴロと地面を転がりながら、運転手は悲鳴をあげる。

炎に巻かれ、黒煙に包まれた荷台からは、飛び出してくる者がひとりとていなかった。悲鳴すら、上がらない。即死だったからだ。

「畜生……」

生き残ったのは自分だけだと知って、運転手は唇を嚙みしめた。許せない。

「待ってろよ、皆。こんなことをされて、オヤジさんが黙ってるはずがねえ」

熱風による火傷《やけど》で顔を真っ赤にした運転手は、そう吐き捨てて立ち上がった。

「すぐに仇《あだ》を討ってやるからな」

よろめきながら近くの路地へ逃げ込んだ彼の耳に、サイレンの音が飛び込んでくる。警察だ。

ここで捕まるわけにはいかない。運転手は精一杯、足を速めると、ボスに会いに行った。死と引き替えに仲間が残した手がかりを伝えるために。

11

「ニックがやられたらしい」

「どこで！」

「愛人の家だ。女ごと機関銃で蜂の巣にされたって」

「呉《ウー》のクソ野郎、てめえの持ち駒だけじゃ勝負できねえからって、大陸流れの手を借りるたぁ、どういう料簡《りようけん》だ！」

『拳頭《キユンタウ》』の事務所では、そんな会話が毎日のように交わされている。

爆弾や機関銃まで用いたジョージの見境のない反撃に、イアンの配下は戦々恐々としていた。

死んだサイラスから人身売買業、あるいは『蛇頭《スネークヘッド》』と呼ばれる不法入国斡旋《あつせん》業を受け継いでいたジョージが、大圏仔《タイヒユンツアイ》もしくは省港旗兵《サイゴンケイベン》と呼ばれる大陸出身のギャング達を使い、徹底的に敵を殲滅《せんめつ》する作戦に出たからである。

大圏仔は故郷で食い詰め、香港《ホンコン》に流れついてきた男達だった。金のためならば、どんな汚れ仕事も厭《いと》わない。しかも、中国紅衛兵崩れで、銃火器の扱いに長《た》けている者も少なくなかった。

何よりも彼らは香港黒社会《ヘイサーホイ》の人間と違い、警察に顔が割れていない。ゆえに捜査網に掛かりにくいという特徴を持っていた。

「くっそおおおっ！」

配下の悲惨《ひさん》な末路を耳にしたイアンは、禿《は》げた頭から湯気を上げるほど、怒り狂った。

「こっちも爆弾を使え！　機関銃でも何でもブッ放したらいいだろうが！」

ジェイソンは肩を竦《すく》めた。

「お忘れのようですが、俺達は警察の旦那方に一から十まで身元がバレてるんです。爆弾なんぞを使ったら、即捕まって、そのままブタ箱入りだ。黒社会への入会表明と違って、人殺しは三年じゃ出てこられませんからねえ」

「口に出してみただけだ！　馬鹿！　何も本気でやるとは言っていない！」

「はあ」

イアンは歯噛《はが》みした。

「くそ！　一匹でいい。警察が忌々《いまいま》しい大圏仔を捕まえられたら、そいつの身柄を内通者から譲り受けられるのに！」

「どうでしょうねえ。彼らが請け負うのは人殺しだけ。詳しいことは何も知りませんよ。もちろん、ジョージの隠れ家のことなんて知らないに決まってます」

「黙れ！」

またもや飛んだジェイソンの冷静な指摘に、イアンは地団駄を踏んだ。

「そんなことはわかっとるわ！　しかし、虱潰《しらみつぶ》しにあたれば、それだけ呉の居場所が突き止めやすくなるだろうが！」

ジェイソンはそっと苦笑した。イアンは短気な男だ。すでにストレスも相当たまっているだろう。しかし、何もそのストレスを一人で丸抱えしていることはない。

「馬《マ》先生に応援を頼んだらいかがです？」

黙れという命令をあっさり無視して、ジェイソンは言った。

「行方不明者の捜索は大人数で当たった方がいい。いわゆる共同戦線ですよ。ジョージ・呉を処分する責任も二分、そして持ち主を失った縄張りもお二人で分ければいい」

「む……う」

ジェイソンの説得に、イアンもなるほど、と思ったらしい。何が何でも自分一人で見つけてやる、という意地を持ち続けるには、あまりにも死者が多すぎたのだろう。

「おまえの言う通りかもしれん。よし、俺がアランに連絡しよう」

「ちなみにオヤジさん、こっちから『助けてくれ』なんて言う必要はありませんよ。用心のため、あんたの縄張りを掃除してもいいかって聞くんです。そうすれば、きっと向こうから案内役を買って出るでしょうよ」

「……なるほど。ものは言いようだな」

「ええ。誰であっても、できれば借りは作らないに限ります」

にやり、とするジェイソンに、イアンもようやく機嫌を直した。一本気すぎるあまり、意固地になることもあるが、本質的にイアンは扱いやすい男なのだ。

（あなたが俺のボスで本当に良かったよ）

イアンは薄汚い陰謀や、大それた野心などとは無縁だった。自分の縄張りには敏感だが、あえてそれを拡張しようとも思わない——少なくとも、今まではそうだった。だが、

（馬先生と勢力を二分することになったら、オヤジも変わるのかな？）

イアンが満足したとしても、アラン・馬は判らない。目の上のコブを排除して、『開心《ホイサム》』のトップに立ちたいと思うかもしれない。

（実際、オヤジと葉老師《イップシンサン》さえいなけりゃ、九龍《カオルン》の全権を我が物にできる……）

そこまで考えたジェイソンの背中を、ふと冷たいものが走った。絶対的な権力者だった香主《シャンチュ》の死後、幹部が浮き足立つのは仕方がない。李《リー》の宝玉に目が眩《くら》んだサイラス・陳《チャン》は命を落とし、己れの立場を確かなものにするべくジョージ・呉も反旗を翻《ひるがえ》した。なのに、

（なぜ、アラン・馬はああも落ち着き払っている？　野心とは無縁の男なのか？）

ジェイソンは自らの問いかけに、即座に首を振った。そんなわけがない。あの若さで『開心』の幹部に登りつめるほどの逸材だ。幹部会で控えめにしているのは一番年下だからで、決して能力がないわけではない。むしろ、内心では老いの色が目立つようになったイアンやジョ

ージを下に見ているかもしれなかった。

(ならば、この期に及んでも動かない理由は? オヤジとジョージが共倒れになるのを待っているのか? だが、目論見《もくろみ》通りになるとは限らないし……)

ジェイソンはそれまでとは違った視点で、アランを見つめた。そう、クレイグに忠告されたように。

(彼は浮き足立たない。たぶん、そうする必要がない――だが、なぜかは判らない)

疑問はジェイソンの胸の内にわだかまり、容易に消えようとはしなかった。


「それで?」

九龍の一等地にあるコンドミニアムで、馴染《なじ》みのマニキュア師に手を預けた美蓮《メイリー》は、ソファーに座るアラン・馬を婉然《えんぜん》と見やった。

「まだジョージは逃げ続けているの?」

「ええ。なかなかしぶとくて。イアンの捜索も熾烈《しれつ》を極めていますが、今のところはジョージのほうが上手《うわて》らしい」

「クレイグがついているからよ」

美蓮はホホホ、と鈴の転がるような笑い声をたてた。

「あの子は頭もいいし、何より勘が働くわ。イアンが怒髪天をつくさまが目に見えるようね。いい気味だけど」

マニキュア師が仕事を終えて立ち上がる。

「お疲れ様でした、奥様」

「ありがとう、ソフィー。急がせて悪かったわね。なにしろ……」

美蓮はねぎらいの言葉をかけながら、ゆっくりとアランを振り返った。

「急なお客様だったものだから」

わかっている、というようにソフィーは微笑《ほほえ》んだ。金と権力を持っている顧客のわがままには慣れっこなのだろう。

「次は水曜日に来てちょうだい」

「かしこまりました。では、失礼致します」

自分とアランに丁寧な礼をとって去っていくソフィーを見送って、美蓮は満足そうな溜《た》め息《いき》をついた。

「カナダとは大違い。あっちではただはみださずに塗《ぬ》るだけのことが、神業や名人芸のように思われているのよ」

きちんとスクエアにカットされた爪《つめ》。愛用しているシャネルの深紅のマニキュアに彩られた優雅な指先を翳《かざ》して、美蓮は感慨深げに呟《つぶや》く。

「腕のいいマニキュア師、優秀なエステティシャン、お気に入りのブティック——香港には私の求める全てが揃《そろ》っている。ここを離れて、よくも今まで生きてこられたものだわ」

「今、住んでいるバンクーバーだって、カナダ有数の大都市じゃないか」

二人きりになったので、アランは口調を変えた。香主の未亡人に対する慎みを捨て去って。

「バンクーバーが大都市ですって？」

アランの言葉を美蓮は嘲《あざけ》った。

「馬鹿ね。あの田舎町に私が買いたいと思うものなんて、一つとしてないわよ！　あったとしても、せいぜい犬にやるビーフジャーキーぐらいね」

もう一度うっとりしたように自分の手を見つめ、美蓮は微笑む。

「美しくて裕福な女が住むべき都市は世界で三つだけよ。パリ、ニューヨーク、そしてこの香港。エネルギッシュで、貪欲《どんよく》で、そしてゴージャス。探していたものが必ず見つかる、そんな街はね」

彼女の思い込みの強さにアランは苦笑する。北の国での質素な暮らしは、よほど肌に合わなかったらしい。

「亭主が死んでくれたおかげで、あんたは大嫌いだった田舎から自分にふさわしい街に戻ってこれたというわけだ。めでたし、めでたしだな」

「そうよ」

美蓮は切れ長の眼をさらに細めた。

「金輪際、私を追いだすような真似《まね》はさせないわ。誰にもね」

「もちろん、そんなことはしないさ」

アランはソファーから立ち上がると、リクライニングチェアに横たわる美蓮に歩み寄り、感嘆の眼差しで彼女を見下ろした。

(夫の信頼を裏切り、不老不死の薬を手に入れて月に逃げたという伝説の女、嫦娥《じょうが》のように、この人も全く年を取らないようだ)

遥《はる》かに年上であることは間違いないのだが、その成熟した美貌《びぼう》はまだアランを十二分に感じ入らせる力を持っている。だからこそ、

「これからはおまえと俺、二人で香港を仕切っていくんだからな」

アランは椅子《いす》の傍《かたわ》らに膝《ひざ》をつくと、爪と同じ色で塗られた美蓮の唇に口づけしようとした。

「不用心ね……」

美蓮は彼の口元を白い掌《てのひら》で覆うと、軽く睨《にら》みつける振りをする。

アランは皮肉っぽい笑みを閃《ひらめ》かせた。

「人払いはしてある。それに誰も来はしないさ。追っかけっこで忙しいからな」

言い終わるが早いか、アランはぐい、と唇を押しつける。

「ん……」

美蓮も今度はそれを咎《とが》めることなく受け入れた。

アランの背に回された彼女の手――――その促すような動きが彼らの関係の長さを暗示する。

(ずっと守られてきた秘密。誰もが予想だにしない関係……ああ、用心に用心を重ねる価値はあったさ)

幹部一の若輩者で、目立たない存在のアラン・馬。

他の男に走った第二夫人とは違い、暮らしぶりこそ派手だが、貞節を重んじる女性と評判の第一夫人、美蓮。

そんな二人が秘かに男女の関係を結んでいることを知る者は、当人達以外にはいない。

「もう少しの辛抱だ。すぐに俺達は全てを手に入れる。入れてみせるさ」

アランは自分に言い聞かせるように呟いた。

「でなきゃ、わざわざ敵である『四刀《セイドウ》』の王《ワン》を手引きしてまで、レオンを殺させた意味がない」

美蓮は小さく頷《うなず》き、それから溜め息をつくように囁《ささや》いた。

「そうね……早くカタをつけたいわ……何もかも綺麗《きれい》さっぱり、とね」

カナダに住む美蓮と、香港在住のアランがどのように接近し、情を通じるようになったのか――――それにはアランの主要事業、映画制作が重要な役割を負っている。

アメリカやシンガポールと並んで中国系移民が多いカナダは、香港映画の巨大なマーケットだったからだ。

欧米社会で暮らす中国人は、いい作品でありさえすれば、ハリウッド資本やそのほかの国々で作られた映画も楽しめる。しかし、自分達と同じ言語がスピーカーから流れてくる香港映画に対する熱狂とは、比べものにならなかった。

そのため、プロデューサーであるアランも配給先との交渉や契約、海外ロケに同行するなど、頻繁《ひんぱん》にカナダを訪れる機会があったのだ。

部下であるアランが、カナダに住んでいる香主の妻のご機嫌伺いをすることは、極めて自然の成り行きだった。それを咎め立てする者はいない。

アランの訪問が頻繁になり、二人きりで部屋に引きこもることが多くなったということに気づいた者も、美蓮の身の回りの世話をしていたメイドだけだった。無論、香港に戻る時点で、そのメイドも謝礼という名の口止め料を払い、解雇してある。

「九七年の中国返還で、社会情勢がどうなるかわからない。だから、俺達の財産を守るための保険だ、なんて言って、まんまと私を丸め込んだのよ」

自分をカナダに送った夫を、美蓮は恨んでいた。

「こんな寒くて何もない場所に一人きりで寄越すなんて！　これじゃ体のいい厄介払いみたいじゃないの」

久々に自分の言葉に耳を傾けてくれるアランという男に出会うことができた彼女は、思うさま鬱屈《うっくつ》した胸の内をぶちまけたものだ。

「いいえ、厄介払いそのものだわ。私がいない間に、どこの馬の骨とも知れぬ小娘をベッドに引き込む算段でもしているんでしょうよ。小鳳《シウフォン》のときみたいにね」

アーサーの母を思うとき、美蓮の胸には決して消えることのない嫉妬《しっと》の炎が燃え上がるらしい。三角関係に陥ったとき、男の嫉妬の矛先は他の男に心を移した女に向かうが、女の場合、憎悪は男の心を奪った女の方により強く向けられるものだ。

美蓮もまた例外ではなかった。

「未だに小鳳を許せない?」

アランの問いに、美蓮はきっぱりと言い放った。

「ええ。あの女が産んだアーサーもね。私が舐《な》め尽くした苦しみは、決して癒《い》えない。だから、生きている限り、あいつらを憎み、呪《のろ》ってやるの」

レオン・李は色好みだったが、心から愛したのは小鳳だけだったということは、誰もが認めるところだ。どれほど美容に心血を注ごうが、華やかな衣裳で身を飾ろうが、夫の目を自分に向けさせることはできない――それを認めるのは、プライドの高い美蓮には到底耐えがたい屈辱だったのだろう。

アランはそこにつけ込んだ。

「香主の気が知れないな。これほど情熱的に愛してくれる人がいて、どこぞの小娘に気を取られるとは」

自分の価値を認める男が現れたことに狂喜した美蓮は、即座にアランの腕に身を投げ出した。貞淑さなど上辺だけ――その評判も香主を怖れるあまり、彼女に声をかける者がいなかったがゆえだったのだろう。

(俺を好きになったわけじゃない)

冷静なアランは見抜いていた。おそらく、美蓮はまだ愛されるに値する女であることを証明したかっただけなのだ。そう、夫と自分自身に。

(あるいは、レオンを哀れな戴緑帽《ダイロツモウ》として辱《はずかし》めてやりたかったのかもしれない)

『戴緑帽』とは寝取られ男を意味する。確かに面子《メンツ》を重んじる世界に生きる男にとって、女に軽くあしらわれること以上の恥辱はあるまい。

(あれほど執心していた小鳳だって、浮気が発覚した途端、即座に殺してしまうほどだ)

自分達のこともレオンにバレたらと、アランも考えなかったわけではない。ことが明らかになれば、美蓮共々、命も奪われてしまうのでは、と。

「大丈夫よ」

ときに不安をのぞかせたアランに、美蓮は言った。投げやりな笑みと共に。

「あの人、私がカナダにいるってことすら、忘れているから」

そう、レオンが未だに殺したいと思うほどの執着を抱いていたとしたら、どんなにか美蓮も救われただろう。

だが、レオン・李は冷酷な男だった。妻に対しては、ことさらに。

「アラン、『開心』の幹部ともあろう男が、こそこそと女の家に忍び込み、使用人の嘲弄《ちょうろう》の的になるような、みっともない真似はするな。そんなにそいつが欲しいのならくれてやる」

ある日、前触れもなくカナダの屋敷を訪れ、美蓮がアランと共寝している部屋に踏み込んできたレオンは、不義の現場を押さえられて竦み上がる二人を睨みながらそう言い放ったのだ。

「シャ、香主……！」

とっさに弁解しようとしたアランを、香主はうるさげに遮《さえぎ》った。

「構わんと言っているだろう。どうせ名ばかりの妻だ。俺が離婚した後は、おまえの第二夫人にしようが、第三夫人にしようが、勝手にすればいい」

黙って聞いていた美蓮は、がばっと起き上がると、裸の胸が露《あらわ》になるのも構わずに叫んだ。

「嫌よ！　私は離婚なんてしない！」

聞いた者の耳を凍りつかせるような声音で、レオンは言った。

「おまえが決められる立場だと思うのか」

だが、美蓮は怯《ひる》まなかった。それほど頭に血が上っていたのだろう。

「私をほっぽらかしにしたくせに！　夫としての務めも果たさないで主人面しないで！　最初に不貞を働いたのは私じゃないわ。あなたよ！　私を何度も、何度も裏切ったくせに……っ！」

「おまえが男を産まなかったからだ」

その言葉がグサリと美蓮の胸を貫いたのが、アランには判った。

「だからって、夫がほかの女に走っても、指をくわえて見つめていろ、と?」

美蓮はわなわなと震えながら聞いた。

「そうだ。第一夫人らしく泰然としていればいい。確かにおまえは俺を独占できないが、他の女達どもにしたって同じことだ」

「酷《ひど》いことを……私に心がないとでも思っているの……?」

元来、中国の男は女の地位を自分達よりも低いものと見做《みな》してきた。女は男に隷属《れいぞく》するものであり、自分を喜ばせ、『男の』子供を産むために存在しているのだ、と。今でも保守的な地方では、女性が自分の名義で農地を所有することはできない、という風潮があるほどなのだ。

一方で香港は女性上位の国だった。実際、妻に頭の上がらない夫も多い。

しかし、それはレオン・李には当てはまらなかった。彼はまさしく『旧体質』の中国人なのだ。美蓮も身勝手な女だが、レオンはそれ以上に独裁的な男なのである。

「私は悪くない。私にこんなことをさせたのはあなたよ。あなたが全部、悪いのよ……」

呻吟《しんぎん》するように呟く美蓮にも、レオンの心は動かされなかった。

「俺も俺なりにおまえには敬意を払ってきた。公式の場でも正妻として扱ったし、ありとあらゆる贅沢《ぜいたく》も許してな。だが、俺にも我慢できないことはある。美蓮、おまえは図に乗りすぎたんだよ」

「別れないわ」

美蓮はレオンの言葉など聞いていないように頑迷に言い張った。

「李徳承《リータクシン》の太太《タイタイ》（奥様）は私だけよ」

レオンはそんな彼女を哀れむように見つめて、それから短い溜め息をつく。

「……判った。その地位だけはおまえにくれてやろう」

レオンは縋《すが》るように自分を見上げる美蓮に言い放った。

「だが、『開心』は渡さない。俺の息子達に残すことにする」

美蓮は目をつり上げた。

「息子達……たちですって?」

「アーサーのほかにもう一人いる。近いうちに香港に呼び寄せることになるだろう」

一瞬、レオンは満足そうな微笑みを閃かせたのを、アランは見た。

思えば、その表情が美蓮の『たが』を外させたに違いない。

「心配するな」

美蓮の衝撃にも気づかず、レオンはさらに追い打ちをかけるようなことを言った。

「李徳承の『太太』を飢え死にさせるようなことはしない。個人資産の半分はくれてやる。中国返還のごたごたに備えて、息子達をカナダ国籍を持つおまえの養子にさせるのと引き替えにな。最近はカナダ政府も移民にはうるさい。利用できるものは利用しないと」

レオンは冷笑を浮かべた。

「金遣いの荒いおまえのことだから、すぐに自分の財産は食い潰してしまうだろう。その後は宝石でもドレスでも、おまえの好きなガラクタを買いたかったら、俺の息子達に頭を下げて金を恵んでもらえ。大嫌いなアーサーと、今は名を知らぬ俺のもう一人の息子にな」

美蓮の喉《のど》から擦《かす》れた悲鳴があがる。

「ひ……」

次の瞬間、彼女は我を忘れてレオンに飛びかかると、鋭く尖《とが》った爪で彼の顔を掻《か》き毟《むし》ろうとした。

だが、レオンはやすやすと美蓮の手を払い除けると、彼女の横っ面を強く張った。

「あああああ……っ」

床にまろび、倒れ伏した美蓮は、そのまま狂人のように泣きわめき始める。

「馬鹿な女だ」

言い捨てたレオンは、ベッドの上に座り込んでいたアランを軽蔑《けいべつ》したように眺めた。だが、言葉を発することはなく、そのまま踵《きびす》を返して去っていった。

「あんたを殺してやる……」

美蓮は喉の奥から絞りだすように叫んだ。

「覚えてなさい……絶対、殺してやるから……っ！」

不義を働いた妻を罰する方法は数限りなくある。

だが、レオンはその中でも、最も残酷な仕打ちを選んだ。

無関心という仕打ちを。

（美蓮も気づいてはいた。だが、ここまでとは思わなかった）

夫を奪った憎い女の息子に慈悲を乞わせる――考え得る限り、最も耐え難い行為を強いられた瞬間、美蓮も覚悟を決めたのだろう。ずっと自分を苦しめていたレオンへの愛着を捨て、復讐《ふくしゅう》に生きることを。

「ところで『泰福天珠《タイフッティエンジュ》』はどこに隠してあるんだ？」

いつものように情事を楽しんだ後、衣服を整えながら、アランは何気なさを装って聞いた。

「だめよ、坊や」

やはり身繕いをしていた美蓮が、唇の端をきゅっと引き上げる。

「前にも言ったでしょう？　あれがあなたのものになるのは、私達の計画が成就したときだって。だから、まだ教えられないわ」

李家の至宝『泰福天珠』は、美蓮の切り札だった。そう易々と在処《ありか》を白状するはずもない。共闘していても、全面的に心を許したわけではないのだ。判ってはいたものの、アランは内心、失望する。彼女と寝るのは悪くなかったが、機嫌を取り続けることには少々疲れてきていたからだ。

「この手にする日が待ち遠しいよ」

アランは言いながら、うっとりした。

「どんなにか冷たくて、どれほど滑らかな手触りなんだろう……」

自他共に認める冷静沈着な男――アラン・馬にも弱点はあった――翡翠《ひすい》だ。

中国人が何より好む黄金以上に、不透明なオリエンタル・グリーンの宝石は、アランの欲望を煽《あお》り立てずにはおかなかった。

古《いにしえ》より中国ではその石の色『翠《みどり》』が、福神である福禄寿《ふくろくじゅ》の『禄』という字に似ていることから、縁起物として翡翠を身につける習慣がある。

裕福な者ほど大金を投じて競うように翡翠を集める傾向があるのは、富についてくる様々な厄災から自分の身を守ろうとするためだった。

アランが翡翠を蒐集《しゅうしゅう》するようになったのは飛仔《フェイツァイ》――つまりチンピラだった頃、賭博《とばく》が原因のいざこざで命を狙《ねら》われてからだ。

胸元に撃ち込まれた拳銃の弾の威力を、母親がくれた淡い色の粗末な翡翠が半減してくれなかったら、そのままアランは死んでいただろう。

以来、宝石の恩恵を信じるようになった彼は、今や誰よりも熱心なコレクターとなっている。

そして、彼にはどうしても手に入れたいものがあった。

言わずとしれた『泰福天珠』だ。

レオン・李が財にあかせて手に入れた最上級の硬玉、琅玕《ろうかん》でできた咬尾龍《ガウイーロン》は、門外不出の逸品として、香港の愛好家に語り継がれている。

(あれこそはこの世に二つとない、最高の翡翠だ)

まだ見たことのない者ですら熱狂させる石は、レオンの身近にいて、その美しさを垣間見《かいまみ》たアランを狂わせた。『泰福天珠』を手に入れることができるなら、地獄に堕ちても構わないと思うほどに。

(俺のものにしたい……欲しい)

そして、強い執着は美蓮の知るところとなり、彼女はそれを利用することを思いついた。

「レオンを消すのに、力を貸してちょうだい」

許可は得ているとはいえ、主人の妻と不義を働いた罪は重い。他の幹部の知るところとなれば、制裁の対象となるのは間違いなかった。レオンの去った後、己れの身の振り方を考えていたアランに、美蓮は言った。

「先手必勝よ。貴方だってこの先、レオンの目を恐れてびくついて生きていくなんてごめんでしょう? 絶大な権力を持つ香主だって、所詮《しょせん》はただの人間よ。銃で撃たれれば死ぬわ」

そうするのが一番だということは判っていたが、アランは即答を避けた。

「どこで? どうやって? あんただって、香主のボディーガードの数を知らないわけじゃないだろう？」

そう、味方の数と同じぐらい敵がいるレオンが、二十四時間態勢で腕利きの護衛をつけていることを知らぬ者は、組織内には一人としていなかった。

「彼らだって、さすがに妻と一緒の寝室には入ってこないわよ」

美蓮は冷たい笑みを閃かせた。

「護衛の男達にレオンが私を遠ざけたことを知られる前なら、彼らも油断する。その隙《すき》をつけばいいじゃないの」

「確かに……だが、組織は香主を殺った奴を絶対捜し出して、報復するはずだ」

アランはそう言いながら、脳裏で恐るべき陰謀のシミュレーションを繰り広げた。

（組織の連中に絶対に疑われないためにはどうすればいい？　まずは実在する敵勢力の襲撃を装うことだ。たとえば『四刀』の王……いや、偽装ではなく、本当に王のヤツを手引きしたらどうなる？　それなら、組織の連中も絶対に身内の犯行だとは考えないだろう）

それに気づいたように、美蓮が告げた。

「よく考えるのよ、アラン。決して私達に疑惑がかからない方法を……貴方が知恵を貸してくれるなら、レオンの持っている『泰福天珠』をあげてもいいわ」

「な……」

アランは一瞬、言葉を失った。

「そうよ。あの翡翠をあげる」

アランの瞳に餓《う》えたような色が浮かんだのだろう。美蓮はにんまりと微笑んだ。

「あれは李家の宝……隠し場所はレオンと私しか知らないの」

ようやくのことで、アランは掠《かす》れる声を洩《も》らした。

「ほ……本当に？」

「ええ。すべてを失うか、私と『泰福天珠』の両方を手に入れるかよ。さあ、選んで」

その瞬間、アランの心は決まった。

危険な賭《か》けだったが、やるだけの価値はある。

「本当におまえは恐ろしい女だよ」

アランは半ば呆《あき》れ、半ば感嘆したように言った。

「さすがはレオン・李の第一夫人、というべきか」

美蓮は艶《つや》やかに微笑んだ。

「これからは、あなたが私のボスよ」

しおらしげなことを口にしてはいるが、本心ではないことは承知の上だった。だが、アランは構わなかった。欲しいものを手に入れられるなら。

(そうして、互いの欲望の上に築かれた関係は、今に至っているというわけだ)

鏡台の前に座り、情事の名残《なご》りもない実にサバサバとした手つきで髪を梳《と》かしている美蓮に、アランは声をかけた。

「少し出かけてくる。イアン・羅《ロー》の爺《おやじ》が、俺の縄張りを調べさせろと言ってきたんでな」

ブラシを持つ手を止め、美蓮は聞いた。

「もしかして、あなたとジョージが繋《つな》がってるんじゃないかって疑っているの？」

アランは首を振った。

「『開心』の縄張りをくまなく捜索したいんだとさ。まったく面倒な話だ」

「そう……」

美蓮は再びブラシを動かし始めた。

「気をつけてね。何事も用心するに越したことはないんだから」

「判っているよ」

アランは立ち上がり、美蓮に歩み寄る。そして、頬《ほお》にキスをしてから、鏡に映る顔に微笑みかけた。いかにも、後ろ髪を引かれているように。欲得ずくの関係にも気遣いは必要だ。その心配りがあればこそ、自分の今があることを、アランは忘れていなかった。

「ああ、もう……！」

廊下を歩きだしてしばらくしたとき、ふいに美蓮の怒声が耳に飛び込んできた。

「せっかくの爪が台無しだわ！　本当に男って何もしてくれないか、余計なことしかしないんだから……！」

乱暴に鳴らされる呼び鈴の音に、メイドが慌ただしく駆けつけてくる。彼女はアランに気づくと、決まり悪げに会釈をした。アランは『気にするな』というように頷いてみせる。美蓮を知る者なら、もはや慣れっこの癇癪《かんしゃく》だ。

「御用を承ります、太太！」

部屋に飛び込んだメイドに、美蓮は尊大な口調で命じた。

「『ベティ・ルー』に電話してちょうだい！　ソフィーを戻らせるのよ！　私の爪はあの子にしか任せられないんだから！」

アランは肩を竦め、再び足を踏み出した。レオン・李が彼女をカナダに追いやった理由が、よく判る。そう、欲得ずくの関係でなければ、自分も到底我慢できなかっただろう。

12

「内通者が出た。ついにジョージの隠れ家が割れたぞ」

ジェイソンの言葉に、うつむいていた隆之《たかゆき》がハッと顔を上げた。

「今晩、襲撃をかけることになっている。今度ばかりは俺も同行するが……おまえさんはどうする?」

「行くよ」

隆之はきっぱりと言った。

ジェイソンが行くということは、この騒動にケリをつけるということだ。明日の朝を迎える頃には、ジョージもクレイグもそしてアーサーもこの世から消え去っているに違いない。

隆之ももはや、彼らが助かるという虚しい期待は抱いてはいなかった。

イアン・羅《ロー》も、そして組織に忠誠を誓ったアラン・馬《マ》も、復讐の祭壇に捧げる犠牲を狩らずに引き下がるような男達ではない。

ジョージが巧みに身を隠し、抗争が長引いた分、互いの部下が受けた被害は大きくなった。

彼らを束ねる者として、イアン達はきっちりと『落とし前』をつけ、部下達の不満を慰撫《いぶ》しなければならない。そのためには夥《おびただ》しい流血が必要なのだ。

(俺だって、アーサーが死ぬところなんて見たくない。でも、これが彼に会えるかもしれない最後のチャンスなんだ……)

会ってどうする、おまえには彼を助けてやることもできないのに、と囁く声に、隆之は耳を塞《ふさ》いだ。

(どうしたいのかなんてわかるもんか。だけど、このまま黙って見送ることなんて、俺にはできない……!)

今ならば、かつてジェイソンが放った質問にも正直に答えられる、と隆之は思った。

「アーサーが好きか?」

好きだった。兄弟としてではなく、一人の人間として。

アーサーと袂《たもと》を分かってからというもの、隆之は何も手につかず、昼も夜も彼のことばかりを考えて過ごしていた。

そうして、あんまり思い詰めていたからだろうか。

ある夜、隆之は夢を見たのだ。二人が激しく抱擁《ほうよう》を交わす夢を。

「アーサー……」

隆之はほっそりとした身体にのしかかり、彼を貫いていた。

「あ……あっ」

隆之の腕の中でアーサーが身をよじり、整った眉《まゆ》を寄せて喘《あえ》いでいる。

「マー……ク……ッ」

それでも隆之は彼を許してはやらない。指を絡ませ、胸を合わせて、開かれたアーサーの足の奥を深く抉《えぐ》り続けた。

「マーク……」

そう、アーサーは隆之のことをいつもそう呼ぶ。

「もう……だ……めだ……」

情けを請うアーサーの声は、聞いたこともないほどの甘さが滲《にじ》んで、隆之の欲望を掻きたてずにはおかなかった。

「アーサー……アーサー……」

唇に上らせる名にありったけの想いを込めて、隆之は歌うようにアーサーを呼んだ。獣じみた力強い腰のリズムに乗せる、唯一の旋律のように。

アーサーが白い胸を仰《の》け反《ぞ》らせ、高い嬌声《きょうせい》を放つ。

「ん……んんっ……あーっ」

だが、総毛立つような快感を覚えたその瞬間、隆之は夢の世界から弾き出されてしまった。

まだ夜が明ける前――下腹が濡《ぬ》れる感触と共に。

（俺は……）

正気を取り戻したものの、隆之はまだ茫然《ぼうぜん》と闇《やみ》を見据《みす》えながら自問した。

（やっぱりアーサーとああいう風になりたいんだろうか？）

確かに彼のことは好きだ。しかし、アーサーと自分がセックスをするなんてことは、夢を見るまで想像したことはなかった。そもそも男同士の場合、どうすればできるのかということさえ判らない。後ろを使うのだ、という一般的な知識があるだけだ。

（俺はアーサーを抱きたいのか……男でも……兄貴でも……？）

隆之は改めて自分に問いかける。

いつまでたっても収まらない動悸《どうき》が、その答えだった。

相手のことが好きだから、その人をもっと知りたくて、そして自分のことも知ってもらいたくて、二人の間の距離は狭まっていく。心が近づいていけば、肉体もまた寄り添うのが自然の流れだ。

手を繋いだら、次はキスをしたい。

キスをしたら、次は抱き合いたい。

服を脱ぎ捨て、二人で抱き合っていること以外、何もわからなくなってしまうほど強く、激しく。

ただ問題は、今のところ、それが隆之の一方的な想いに過ぎないということだ。

（外道《げどう》だってことはわかってるよ！　でも、仕方ねーじゃん！）

いつ、自分の中にこんな感情が芽生えたのか、隆之にも判らなかった。だが、おそらく最初に出会ったときだろう。そう、無意識のうちに。

人は自分が好意を抱いた相手に対しては、一見した瞬間から決して無視することができなくなるものだ。いいな、と思ったときには、もう相手の面差しや言葉は、忘れがたい印象として記憶の襞《ひだ》に刻み込まれる。

ある意味では『一目惚《ほ》れ』ではない恋などはあり得ない、とも言えるかもしれない。

隆之も、同じ血を引いているとは思えないほど、自分とはまったく違ったアーサーの個性に魅《ひ》かれた。短剣の一振りのように鋭く、鮮やかな印象に、すっかり心を奪われてしまったのだ。『開心《ホイサム》』の跡目を争うライバルという立場もある、馴れ合ったりするべきではないと承知していながら、隆之はアーサーの傍らを離れることができなかった。

自分に対する相手の好意はさほどではない、ということも充分承知している。隆之は馬鹿かもしれなかったが、決して鈍くはない。

もちろん、アーサーが振り向いてくれることを、全く期待をしていなかったと言えば嘘《うそ》になる。どんな人間だって、想いが報われることを望むはずだ。愛する人が振り向いてくれることを祈り、あらゆる努力をし、結果を待つ。

（でも、俺には時間がない。待つことも、俺という人間を知ってもらうこともできない……！）

胸に甦《よみがえ》る繊細なアーサーの面差しが、隆之を居ても立ってもいられないような気分にさせる。

母親の小鳳《シウフォン》譲りだという、不吉なほどに臈《ろう》たけた美貌。

きつい光を浮かべてはいても、どこか物問いたげな寂しさを隠すことができない彼の漆黒の瞳。

いつも浮かべているしかめっ面の下から、稲妻のように白い頬の上に閃く彼の鮮やかな微笑。

とても綺麗なのに、辛辣《しんらつ》な言葉しか飛び出すことのない唇。

その全てが失われてしまうのだ。

隆之の手の届かない場所に行ってしまう。

（今夜にも……）

隆之の心臓は、ぐっと鷲摑《わしづか》みされたような苦痛を感じた。今でさえ『こう』なのだ。本当にアーサーがいなくなったら、どうなってしまうのだろうか。

そんな姿を眺めていたジェイソンが、再び口を開いた。

「イアンのオヤジが恨みを抱いてるのはジョージ・呉《ウー》だけだ。奴が楽に死ねないのは間違いないが、クレイグとアーサーはさほど苦しまずに逝《い》かせてもらえるだろう」

手で胸元を押さえたまま、隆之はジェイソンを睨んだ。

「よくも……よくも平気な顔でそんなことを！　あんただって、クレイグが……」

ジェイソンの口元にかすかな苦笑が滲む。

「ああ、好きだった。だから、俺が殺す。クレイグには誰も触れさせない。俺が一発で仕留めるつもりだ」

「ジェイ……！」

そう言い放った後見役を、隆之は恐ろしい怪物であるかのように見つめた。

ジェイソンはそれを読み取ったように頷く。

「過身《ゴーサン》――香港じゃ、黒社会《ヘイサーホイ》の人間は自分を『死人』と名乗る。死んだものと思って覚悟を決めるんだ」

ジェイソンの表情は淡々としていた。

「日本のヤクザと違って、事業で成功したら足を洗うことは可能だ。『落とし前』なしでな。晴れて生者の列に戻っていけるというわけだが、実際そんなことができるのは一握りに過ぎない。まあ、チンピラにはまず縁がないな。裏の事情はどうあれ、表向きは事業家の仮面を被れるのは、彼らをこきつかって、上前をはねることのできるヤツだけだ。かく言う俺やクレイグにも、カタギに戻るチャンスはあった。だが、俺達は『開心』に残ることを選んだ。そいつはなぜだと思う？」

隆之は首を振った。

「判んね……」

「レオン・李《リー》と同じさ」

「親父……と？」

「ああ、斬《き》った張ったが好きなんだよ」

隆之は目を見開いた。

「ジェイ……」

「そもそも足を洗ってどうする？　俺が不動産屋の社長？　レストランのオーナー？　この血に塗《まみ》れた手で？　ハハッ」

ジェイソンは短い嘲笑を迸《ほとばし》らせた。

「他の世界じゃ息ができないんだよ。黒社会の中で生きる他にはない。クレイグも俺もそれが判ってた。己れを罪人と弁《わきま》えて、ひっそりと生きていく。組織の規律を守り、渡世の親と決めた人に従ってな」

「渡世の親？」

「香主《シャンチュ》亡き今は葉老師《イップシンサン》のことだ。ジョージ達はその老師を殺そうとした。これを見逃せば規律が崩壊する。決して許しちゃならないことなのさ。事が露見すれば制裁を受けるということは、クレイグも承知していただろう。あいつは賭けに負けたんだよ。従うべき相手を間違えた」

隆之は叫ぶように言った。

「でもアーサーは……アーサーはまだ黒社会の人間じゃないだろ！　後見役が悪事を働いたからって、あいつまで責任を取る必要はないじゃん」

ジェイソンは哀れむような笑みを浮かべた。

「頭は一つでいいんだよ、隆之。おまえの方が後継者にふさわしいというのが、組織の総意だ。そして、後の災いを避けるために、火種になりそうなものは徹底的に消し去っておくべき、ということになった」

隆之はさっと顔色を変えた。

「俺が……いるから？」

彼の動揺を見てとって、ジェイソンは静かに言い含める。

「馬鹿なことは考えるなよ。おまえが何をしようが、アーサーの処遇に変化はない。裏切り者の末路は死だ」

隆之は唇を噛みしめ、顔を背《そむ》ける。

「どうしたもんかな……」

ジェイソンは溜め息をついた。

「おまえを連れていくのは間違いだという気がするが……」

「それでも行く」

彼の言葉を遮って、隆之はぼそりと呟く。

「俺は行かなくちゃならないんだ」

ジェイソンは肩を竦めた。自分が何を言っても、聞き入れないと観念したのだろう。

「判った。ただし、現場についたら、うろちょろするなよ。うっかり流れ弾にでも当たったら事だからな」

隆之は曖昧《あいまい》に首肯《しゅこう》した。そう、約束はできない。現場でアーサーの姿を見かけたら、どこまでも追いかけていってしまうだろうという自覚があったから。


ジョージ達が隠れていたのは、旺角《モンコック》と油麻地《ヤウマーティ》の中間あたりにある、海に面した貨物倉庫だった。中国政府が設けた深圳など経済特別区向けの輸入物資を、いったんホールドするために、クレイグが用意したものらしい。

同じ『彩虹《チョイホン》』の人間でも、ここに関しては購入したという話しか聞き及んでおらず、どこにあるかは知らないものがほとんどだった。大通りから外れているため、滅多に通行人もやって来ないという、まさに絶好のシェルターだったのである。

とはいえ、弱点もあった。

繁華街が離れているために、食料や着替えなどの補充が容易ではないということだ。

もちろん用心深いクレイグのことだから、食料は多めに運び込んでいただろう。だが、予想以上に潜伏が長期化してしまったせいで、それが尽きてしまったのである。

どこに敵の目があるか判らないため、外出は避けたいと思っていたクレイグにしても、背に腹は代えられなかった。

「周囲に気を配れ。何かおかしいと思ったら、決して倉庫には戻ってくるな」

クレイグは呼び寄せた部下に、何度も念を押したそうだ。できれば、自分が行きたいぐらいだったのだろう。しかし、今このときに、ジョージやアーサーから離れるわけにはいかない。だから、最も要領が良いと信じた男を選び、調達係に据えることで手を打つことにしたのだ。

「判ったな、徐《ツオイ》？」

「はっ」

だが、その選択が仇《あだ》となった。

クレイグの想像以上に要領が良かった徐は、あっさりと裏切り者になる道を選んだからだ。おそらく、彼はこれという打開策もなく、ただ倉庫の中に巣食う鼠《ねずみ》のような暮らしに飽き飽きしていたのだろう。目端の利く男だからこそ、ジョージの立場が最悪だということにも気づいていたに違いない。

「俺ぁ、命が惜しいんだ。これ以上、旦那方に付き合っちゃいられねえ」

倉庫を出た足で真っ直ぐアラン・馬の事務所に駆け込んだ徐は、かつての仲間が潜んでいる倉庫の場所を密告した。イアン・羅のところに行かなかったのは、彼の配下と長年小競り合いを続けてきたため、情報を提供したにも拘《かか》わらず、袋叩《ふくろだた》きなどの悲惨な日に遭わされるかもしれないと考えたためだ。

とにかく、生命の保証を得ることに成功した徐は、そのまま家にとって返すと、財産のありったけを抱えて、カナダに高飛びすることにした。アランが聞いたところによれば、そこには一定金額の投資をして市民権を得た妻と、生まれたばかりの子供が待っているらしい。

「黒社会から足を洗ったと知れば、女房もホッとするでしょうよ。ジョージの旦那には悪いが……俺にゃ、家族の方が大事だ。あいつらを残して、死ぬわけにはいかねえ」

そうやって死神の腕を逃れた男もいれば、間違いなく恐ろしい大鎌の餌食《えじき》になる者もいる。今夜、ジョージ・呉を襲った運命は後者だった。

「扉をブチ壊せ！　倉庫をばっちり取り囲んで、アリ一匹逃がすんじゃねえぞ！　てめえら、判ったか？」

イアンの怒声に、いかつい構成員が呼応する。

「おおっ！」

「皆殺しだ！」

「積年の恨み、晴らしてやるぜえっ！」

彼らは口々に喚声をあげつつ、倉庫に向かった。

「居たぞ！」

徐から譲られた鍵《かぎ》を使って鋼鉄製の扉を易々と開いた一行は、ジョージ達のいる一角に殺到する。

「こっちだ！　早く来い！」

第一陣の後ろから様子を窺《うかが》っていた隆之の目が、さっと立ち上がったクレイグの姿を捉《とら》えた。そして、その隣には酷く青ざめ、半ば腰を浮かせているアーサーもいる。

（何か……言ってる）

残された僅《わず》かな時間を費やして、二人は言葉を交わしていた。

隆之は目を凝らし、その唇を読もうとする。だが、ようやく日常会話ができるようになったぐらいの実力では、到底無理な話だった。それでもクレイグがアーサーの手を取り、強く引いたことで逃亡を促しているらしいということだけは判る。

（一体どこへ……そこは行き止まりの部屋じゃないのか？）

隆之が考えている最中にも、再びイアンの声が上がった。

「何をグズグズしてやがる？　さっさと殺せ！」

短気な親分の怒りを買うまいとして、屈強な男達が我先に部屋になだれ込んでいく。

その騒ぎで、隆之もアーサーを見失ってしまった。

「俺達も行くぞ」

「う、うん」

ジェイソンに促され、隆之は足を踏み出す。

(どこだ、アーサー? どこにいる?)

外から見ていたよりも、広い部屋だった。中二階があって、簡易な事務所が設けられている。

「誰だ? 誰が裏切った? わあ……っ」

その事務所の中で、銃声が鳴り響く。続いて上がった悲鳴は、ジョージ・呉のものだった。

「クレイグ! クレイグはどこだ……っ?」

答える声はない。

「呉先生、下がってください!」

「ここは我々が……っ!」

数少ない味方に守られたジョージが、事務所から飛び出してきた。

それを合図に、戦闘が本格化する。

飛びかう銃弾の音。

荷を蹴《け》り倒し、払い除ける音。

断末魔の悲鳴。

興奮しきった笑い声。

そんな耳を塞ぎたくなるような喧騒《けんそう》の中、少し離れたところで立ち竦んでいた隆之は、積み上げられた荷箱の隙間に目を留める。その向こうで、白い影のようなものが過《よ》ぎったような気がしたからだ。

（もしかして……）

隆之は首を巡らし、後見人の姿を探す。うろちょろするなよ、と釘をさしていたジェイソンは、イアンの傍らに立ち、何事かを話していた。

（ごめん、ジェイ）

彼に見られていないのをいいことに、隆之は積み荷の山へと分け入る。やはり、約束は守れなかった。

（どうしても、アーサーと話がしたいんだ）

深呼吸をした隆之は、足音を忍ばせて、薄暗い通路を進み始める。

幻のような白い影を追って。

13

血走った眼をした男達が駆け込んできたのを見て、クレイグは素早く立ち上がった。

そんな彼の前に、バラバラっと配下の男達が駆け寄り、盾になる。

「どうやら、徐《ツオイ》の野郎が裏切ったようです」

護衛の一人が告げるのに、クレイグは頷いた。

「らしいな」

ふと気づくと、隣に座っていた少年もまた腰を浮かせ、不安げに前方を眺めていた。

(すまないな。こんな危険に巻き込んでしまって……)

クレイグは思い出す。ジョージの短慮が原因で、我々は組織のお尋ね者になったと説明したとき、アーサーはそれを責める言葉を一言たりと発しなかった。

ただ、彼はぽつりと呟いたのだ。

「これで跡目はマークか……『開心《ホイサム》』にとっては、その方がいい」

「なぜ、そんなことを?」

クレイグの問いに、アーサーは微かな笑みを浮かべた。

「僕はレオン・李《リー》を憎んでいるからだよ。あの男が残したものを、後生大事に守っていく気にはなれない。そもそも後継者争いに加わったのも、美蓮《メイリー》への復讐心からだったんだ。あの女の前で、レオンが創ったものを跡形もなく破壊したかった」

「アーサー……」

「だから、本望だよ」

レオンは真顔に戻って行った。

「跡形もなく、とは行かなかったけど、バラバラになったのは事実だ。だから、ジョージ・呉《ウー》のことも恨むつもりはない。もちろん、あなたのことも」

少年が垣間見せた、荒涼とした心の風景に、クレイグは言葉を失った。

(幸福の記憶を一つも持たないままで、この子は死んでいかなくちゃならないのか？　彼が一体何をした？)

アーサーが背負った宿命の重さ、不公平さに、クレイグは憤らずにはいられない。もともと多くを望む子ではない。普通に暮らすことができれば、それで満足しただろう。しかし、彼は学校に通うことすら許されず、友達と無邪気に遊ぶこともできなかった。組織の者は気難しい子だと陰口を叩《たた》くが、逆にそんな環境で人懐っこい性格になれる方法があるのなら、ぜひとも教えて欲しいものだ。

（アーサーだけは助ける――――どんなことをしても、ここから逃がしてみせる！）

肌を刺すような殺意の中で、クレイグは決心した。二人は組織のはぐれ者、余所者《よそもの》として肩を寄せ合いながら生きてきたのだ。天涯孤独のクレイグにとって、アーサーは血の繋がらない弟であり、ただ一人『身内』と思える存在だった。

「後は頼む」

クレイグは手近にいる護衛に囁いた。

「集合場所は打ち合わせ通りだ」

「へい」

護衛は振り返らずに頷き、クレイグにしか聞こえない声で告げる。

「早く行ってください、兄貴。どれだけ時間を稼げるか、見当がつかねえ」

「判った」

労《ねぎら》いの意を込めて、そっと男の肩に手を置いてから、クレイグは少年を振り返った。

「ついておいで、アーサー」

少年は青ざめた顔を巡らせ、クレイグを見つめた。

「どこに行くつもり？」

「いいから……！」

クレイグはぐい、とアーサーの手を引いて、人気のない倉庫の奥に急いだ。その途中、彼の目は並び立つイアン・羅《ロー》とアラン・馬《マ》の姿を捉える。

（やはり、そうだったか）

クレイグは早足で歩きながら、唇を噛みしめた。

（黒幕――本当の裏切り者はアラン・馬だったのだ）

彼はイアンと美蓮が関係していると吹き込み、ジョージの疑心を煽り立てた張本人である。

つまり、この抗争の口火を切ったといっても過言ではない。

（アランは呉先生が言って欲しいと思う言葉を口にしたのだ。それは甘い毒のように、呉先生の理性を蝕《むしば》んだに違いない）

そして、死の舞台を整えたアランは、ジョージ・呉を裏切り、あっさりとイアン・羅の側についた。眼の上のたんこぶだった二大勢力を、相争わせることで弱体化させるために。

（葉老師《イップシンサン》には組織の頂点を極めたいなどというような野心はない。うるさいとすれば羅先生だが、単純な彼を葬ることなど、腹黒いアランにとっては赤子の手を捻《ひね》るようなものだろう）

クレイグは唇を噛みしめた。汚い謀略で命を落とす前に、自分が掴んだ真実を誰かに伝えたかった。だが、

（誰に？）

真っ先に浮かんだのは、こともあろうにジェイソン・林《ラム》の顔だった。クレイグはそのことに衝撃を受ける。

(あんな目に遭わされたというのに……まだ私はあの男、いや、あの男の力をアテにしているのか)

危急の時に思い出すぐらいだ。たぶん、そうなのだろう。クレイグは苦々しさを感じながらも認めた。そう、クレイグといるときは愚かしい真似しかしでかさないが、あれでいてジェイソンは有能だった。たった一言、『アラン』と口にすれば、おそらく全てを悟ってくれるだろう。そして、クレイグを好きだという言葉が本当ならば、忌々しい裏切り者に報復をしてくれるに違いなかった。

(会えるだろうか)

クレイグはちらりと後ろを振り向く。人影はない。だが、確信めいた想いが、胸を過ぎっていった。

(来る……必ず追いかけてくる)

長年の確執に決着をつけないまま、自分を逝かせるような男ではない。クレイグはそう思って、気が楽になった。そう、ジェイソンに殺されるのは業腹だが、とにかく無念は晴らせるのだから。

「ジョージよ、ずいぶん手間をかけさせてくれるじゃねえか！」

そのとき、遠くで耳障りなダミ声が上がった。とうとうイアン・羅が宿敵を捜し当てたのだ。

(本当にもう時間がない……！)

焦ったクレイグは、心を鬼にして見えない手で耳を塞いだ。そして、自分に助けを求めているジョージを黙殺する。

隣を歩くアーサーも唇を引き結んだまま、クレイグの足並みに自分のそれを合わせることだけに集中していた。彼が何を思っていたのかは、判らない。

「今日こそは覚悟を決めな」

ジョージと対峙《たいじ》したイアンは、憎々しげに言い放った。

「てめえのことは煮るなと焼くなと好きにしろって、葉老師の許しは得てあるんだ」

ジョージは顔を歪《ゆが》め、吐き捨てた。

「あの死にぞこないめ……」

「黙れ！　不忠者が！」

イアンの恫喝《どうかつ》が空気を震わせる。

「貴様のような身の程を弁えない馬鹿、見下げ果てた野郎の末路を教えてやろうか？　なぶり殺しにした後、死骸を犬に食わせるんだよ。もっとも畜生どもだって、貴様の腐った肉に食指を動かすかどうかは判らんがな！」

哄笑《こうしょう》を爆発させたイアンに、ジョージが反論する。

「馬鹿はどっちだ、イアン・羅！　自分が操り人形だってことに気づいていないのか？」

ジョージの言葉を聞いたとたん、笑い声がぴたりと収まった。

「……なにい？」

ぎろっと目を剝《む》いたイアンは、普段よりも数倍、凶悪そうな人相に変わる。

「俺が死んだらどうなると思う？　今度はおまえかアラン・馬が裏切り者の汚名を着せられる。そうしてヘンリー・葉《イップ》は邪魔な幹部を一掃して、組織のすべてを自分の手に握るつもりなんだ」

ジョージは嘲った。

「くそったれの葉老師のために、せいぜい働くがいい。そうすれば始末される順番を遅くしてくれるかもしれんぞ」

「うるせえ！　らちもないことをごちゃごちゃと！　おい、貸せっ！」

イアンは近くに立っていた部下から拳銃を奪い取ると、銃口をジョージに向けた。

「俺を動揺させようとしても無駄だ、呉」

「いつか、判る日が来る」

ジョージは、イアンを睨みつけながら告げる。

「俺の言っていたことが真実だったとな。おそらくはおまえが死ぬ、その瞬間にな」

その言葉が終わるか終わらぬうちに、イアンは引き金を引いた。そして、ジョージの身体に連続して二発の銃弾を撃ち込む。

「ぐ……ふ……っ」

口元から血を滴らせ、足をふらつかせたジョージだが、精神力だけで踏み止まると、イアンに向かって僅かに拳《こぶし》を振り上げてみせた。相手を嘲弄し、侮辱《ぶじょく》する仕草だ。

「こ……の野郎……っ！」

怒髪天をついたイアンは、残りの銃弾をすべて発射した。

「ぐ……」

着弾の衝撃で、ジョージの身体がくるくると旋回する。胸を撃たれ、背を撃たれ、指のほとんどを吹き飛ばされる。

「か……はっ」

床にどおっと倒れ込んだジョージは、口に溜まった血を吐き出す。そして、ひゅー、と笛を鳴らすような深呼吸を最後に絶命した。

「畜生め……！」

激しい怒りと興奮のために大きく肩で息をしていたイアンは、銃弾が空になった拳銃を放り投げる。そして、ジョージの亡骸《なきがら》を、自分の飼っているドーベルマンの犬舎に運び込むように命じた。

もちろん、言いつけられた部下は即座に対応する。

それまで成り行きを眺めていたアランが、こらえ切れぬというように苦笑した。

「やれやれ、『犬に食わせる』っていうのは、本気だったんですか?」

イアンはじろり、とアランを見つめた。

「俺はいつだって本気だ。やると言ったらやる!」

「はあ……」

荷物か何かのように乱暴に引きずられていくジョージを見て、アランはぽつりと言った。

「哀れな末路だな。『開心』の幹部にまでなった男が」

イアン・羅はそれには答えず、ジェイソンをそばに呼び寄せる。

「おい、ぼうず」

「なんですか?」

わざとアランの前を横切ったジェイソンは、相手がムッとしたような表情を浮かべたことを確かめてから、いつもの飄々《ひょうひょう》とした微笑みを浮かべた。

「これは失礼を、馬先生」

アランは苦虫を嚙み潰したような顔のまま、それでも頷いてみせた。イアンと違って、冷静かつ寛大な幹部だということを周囲に見せつけるためだろう。

「クレイグとアーサーは見つかったのか?」

イアンの問いにジェイソンは首を振った。

「まだです」

「とっとと探して来い！　周囲は固めてある。倉庫の外には逃げ出せるはずがない」

「承知しました」

「それから『泰福天珠《タイフッテイエンジュ》』も探せ。あれを盗んだのも呉の野郎に決まってる」

「ご安心を。そちらは隆之《たかゆき》に探させています」

「む？　そうか……ならいい」

イアンはそれを聞いて、少し機嫌を直した。短気な彼は、いちいち命令しなくても、自分の意を汲《く》んでくれる人間が好きなのだ。

「羅先生」

イアンの機嫌の善し悪しに敏感なジェイソンは、その機を逃さずに切りだした。

「何だ、改まって」

「私もクレイグ・華《ホア》には、長いこと煮え湯を飲まされてきました。これを報復の機会にしたいのですが、お許しいただけるでしょうか？」

自分とジョージのように、ジェイソンとクレイグも憎悪し合っていると信じていたイアンは、にやりと笑って許可を出した。

「いいぞ！　存分にやれ　クレイグはおまえの獲物だ。誰にも手出しはさせん」

これで単独行動が可能になった。

「ありがとうございます」

ジェイソンは感謝の礼を取り、イアンとアランに背を向けた。そして、クレイグ達の捜索に向かう。生涯、ただ一つの愛を葬るために。


「ここだ……」

クレイグは床に設けられた錆《さ》びた把手《とって》に手をかけ、それを引き上げた。すると、大人一人がぎりぎり潜り込むことのできるぐらいの穴が、ぱっくりと口を開ける。ヤクザ稼業は敵が多い。こんなこともあろうかと、用心のために作らせておいた抜け道だ。

「ここを下りて、右にしばらく歩いていると下水道にぶつかる。そこから三つ目の換気孔の蓋《ふた》を開けて、地上に出なさい。それから流しのタクシーを拾って、金鐘《アドミラリティ》のコンドミニアムに行くこと。前にも説明した通り、クローゼットの金庫に金とパスポート、それに台湾《たいわん》行きの航空券が用意してあるから……」

「それで」

アーサーはとうとうと説明をするクレイグを遮った。

「あなたはどうするの?」

クレイグは微笑んだ。

「まだ、しなくてはいけないことが残っている」

「馬鹿な……殺されるよ！」

アーサーは必死の面持ちで、クレイグの腕を摑んだ。

「僕と一緒に行こう」

だが、クレイグは首を振った。

「どうして？」

アーサーの声が大きくなる。

「しーっ」

クレイグはさっと彼の口を掌で押さえると、周囲に目を配った。駆け寄ってくる足音はない。どうやら、敵には気づかれずにすんだようだ。

「どうしても会って、話さなければならない男がいる。虫けらのように殺される前に、私達の恥辱を雪《そそ》ぐためにね」

真摯《しんし》な面持ちの少年を、クレイグは見つめた。

「呉先生が葉老師を襲ったのは事実だ。しかし、それは自分が陥れられているんじゃないかという強迫観念からしたことで、彼を焚《た》き付けた人物が別にいることが判った。つまり、本当の裏切り者だな。『四刀《セイドウ》』のフリをして香主《シャンチュ》を殺し、宝玉を奪ったのはアラン・馬だ。そこまで説明すれば、我々が冤罪《えんざい》の犠牲者だったということに気づいてくれるだろう」

反論させまいとして、アーサーの口元を手で覆ったまま、クレイグは静かに言い聞かせる。

「だから、無罪を証明できるまで、姿を隠していなさい。おまえは巻き込まれただけなのだということに納得すれば、彼が救いの手を差し伸べてくれる……私が必ずやそうさせてみせる。私はおまえの後見役である以上、むざむざおまえを殺させはしない」

「……そうだよッ」

アーサーはクレイグの手をむしり取ると、怒鳴るような気迫を込めた囁き声を上げる。

「おまえは僕の後見役なんだろ！　だったら、それらしく僕の後についてこいよ……っ！」

クレイグは胸が熱くなった。感情表現の苦手なアーサーが、それでも必死に自分の気持ちを伝えようとしている。言っていることも言葉遣いも決してふさわしいとはいえなかったが、彼は彼なりにクレイグの身を案じているのだ。

「アーサー……」

だが、クレイグが彼の名を呼んだとたん、二人の姿を隠していた荷の陰から、一人の少年が現れたのである。

「アーサー……か？」

彼が声をかけてきた。高く積み上げられた箱のためにあたりは暗く、その顔はよく見えない。

クレイグはさっとアーサーを自分の背で庇《かば》いながら、鞭《むち》のように鋭い声をあげた。

「逃げるんだ。早く！」

だが、アーサーは動こうとしなかった。彼はクレイグの腕を握りしめると、茫然としたように呟く。

「マーク……」

驚いたクレイグは、再び乱入者を振り返った。よく見れば、確かにそれはマークこと隆之ではないか。

隆之が自分の名を呼んだ瞬間に、アーサーは彼だということが判ったのだろう。

だが、相手が隆之だと判明しても、クレイグは油断しなかった。

(もしかして、自分の手でライバルを消しに来たのか？　だが、私がいる限り、そんなふざけた真似をさせてたまるか)

だが、アーサーの身を守ろうとして殺気を漲《みなぎ》らせていたクレイグは、次の瞬間、隆之が囁いた言葉に耳を疑った。

「俺を連れて、ここから逃げてくれ」

アーサーはクレイグの背を押して自分の前から退かせると、静かに聞いた。

「なぜ？」

「俺が人質になれば、ジェイソンも滅多やたらに手だしはできない。あいつ、クレイグを自分の手で殺す、とか言ってるんだ。どうしてなのか判らないけど、キレまくってて」

クレイグはその言葉を聞いて、ひっそりと苦笑を浮かべた。

（あの男らしいことだ。私の身は他人の手には触れさせない、か……）

それがジェイソンの屈折した愛情なのだということは、隆之にも、そしてその話を聞いて眦《まなじり》を吊り上げているアーサーにも理解できまいと、クレイグは思った。彼が苦笑したのも、そんなジェイソンの心の動きが判ってしまう自分がおかしかったからだ。

「僕はなぜ、って聞いたんだ」

アーサーが再びその問いを口にする。

「どうして僕達を助けるのか。おまえはまだ、その理由を言っていない」

「おまえさ、『泰福天珠』を持ってる？」

隆之は真剣な面差しで、アーサーを見つめた。

「とんでもない！」

アーサーは即座に否定する。

「やってもいないことを疑われるのは不愉快だ……！」

「ご、ごめん」

アーサーの剣幕に怯んだ隆之は、すぐに謝った。

「でも、俺だって信じてたんだよ。アーサーはジョージの陰謀に巻き込まれただけだ、って。だから」

視線で話の先を促すアーサーに、隆之は言葉を続けた。

「今は俺を人質にして、ここから逃げるんだ。そして、『泰福天珠』を隠し持ってる本当の敵を、俺達の手で暴《あば》きだすんだよ」

「僕達の手……で？」

アーサーは呟いた。

「そうだよ。それが葉老師の出した条件だったじゃん。見つけたほうがレオンの跡目を継ぐんだ。そうしたら誰も俺達に手だししようとはしなくなるさ」

そこで隆之はちらり、とアーサーに視線をやった。

「俺はやる気があるけど……あんたはもうリタイアする？」

アーサーはその言葉に負けん気を刺激されて、キッと隆之を睨んだ。

「誰がするもんか！　『開心』を継ぐのは僕だ」

「その調子！」

隆之はにっ、と笑った。

「俺のライバルはそうでないと」

「誰がライバルだって？　自惚《うぬぼ》れるのも大概にしてくれ」

クレイグは隆之がアーサーの心理を利用して、彼を力づけた見事な手腕に感心していた。先程まで死の恐怖に怯《おび》え、絶望に打ちひしがれていたアーサーが、今や全身から闘志のオーラを放っている。

（驚いた。マークがアーサーという人間の性向を的確に捉えられるほど、神経の細やかな人間だったとは）

クレイグは、隆之が聞いたら失礼だと怒りだすようなことを考えた。

（しかも、私と同じぐらい、アーサーを深く理解しようと努めている）

敵を観察し、弱点を見つけ、いつか陥れてやろうと思っているのか。それとも、本当に興味があるのか――――クレイグはまじまじと隆之を見つめた。

（……邪気はない）

どうやら後者らしかった。腹に一物あるとは到底思えない。クレイグのような用心深い人間には、いっそ信じられない無邪気さだ。

「そうと決まったら、早く逃げようぜ」

アーサーが入るのを躊躇《ためら》っていた抜け穴に、隆之は足を突っ込んだ。

「僕に命令するな」

アーサーが不機嫌そうに言う。

「はいはい。じゃ、お先に」

隆之は苦笑して、穴の中に身を躍らせた。

アーサーがクレイグを振り返る。

「一緒に行くだろう？」

「……ああ」

クレイグは頷いた。

（ジェイソン、命を惜しむわけではないが、まだおまえに殺されてやるわけにはいかないようだ。アーサーばかりではなく、おまえの坊やの面倒も見てやらねばならなくなったからな）

アーサーが無事着地したのを確かめて、クレイグも抜け穴の縁に手をかける。数段、粗末な鉄製の梯子《はしご》を降り、内側から蓋を閉じると、まもなくその上を複数の荒々しい足音が通り過ぎていった。

（間一髪だったな）

クレイグはドッと額に噴き出した冷や汗を拭《ぬぐ》うと、少年達が待っている地下通路へ急いだ。

14

金鐘《アドミラリティ》のコンドミニアムに身を寄せようと思っていたクレイグは、途中で考えを改めた。

(倉庫だって突き止められたんだ。コンドミニアムも所在地が暴《あば》かれているかもしれない)

では、どこに隠れたらいいのだろうか。

クレイグは考えを巡らせた。追っ手がうっかり見落とすところ――誰もが『まさか』と考える場所でなければいけない。

(葉老師《イップシンサン》の屋敷……)

次の瞬間、クレイグは閃《ひらめ》いた。刺客に襲われて以来、葉老師は東九龍《カオルン》にある別宅に移り、身の安全を図っている。使用人も全て連れていったという話だった。つまり、本宅はもぬけの殻ということになる。

(そうだ。葉老師暗殺という陰謀に加担したと思われている私が、そこに逃げ込んでいるとは誰も思うまい)

クレイグは心を決めた。

それにしても気の重いことではある。なにしろ、クレイグはその屋敷の書斎で、ジェイソンに犯されたのだ。

「……っ」

ふと当時を思い出してしまい、クレイグはブルッと身を震わせる。自分が自分ではなかった一刻――おぞましい薬によって理性を失ったクレイグは、ジェイソンと獣のように交わり、死んでしまうかと思うほどの快感に打ち震えた。

（薬と同じぐらい、おぞましい拷問《ごうもん》だ。身体ではなく、心をとことん傷つける）

自分をそんな目に遭わせたジェイソンに、クレイグは復讐《ふくしゅう》を誓った。あの男だけは許さない。そんなことなど、できるはずもない。けれど、

（一番許せないのは、私がそれを悦《よろこ》んだということだな）

クレイグは込み上げてくる苦い思いを、溜《た》め息《いき》と共に吐き出した。止めよう。済んでしまったことを悔やんでいても仕方がない。

（とりあえず、葉老師の屋敷に行こう）

だが、クレイグは書斎にだけは足を踏み入れるまいと、心に決めた。これ以上、気分が沈み込むような真似《まね》を、自らする必要はない。

「なんか、ずいぶん久しぶりに来たような気がするな。葉老師が襲われたのは、ついこの間のことなのに」

無人の屋敷に忍び込んだ三人が、ほっと安堵《あんど》の息をついたとき、ゆっくりとあたりを見回していた隆之《たかゆき》が、ふと感慨深げに呟《つぶや》いた。

(確かに……)

クレイグも心の中で同意する。おそらく、アーサーもそうではないだろうか。短期間に色々な事件が起こったとき、人は目まぐるしさのあまり、時の流れをも早いもののように錯覚してしまうものだ。

(実際、気が休まる暇はなかった)

大勢の人間が死に、失ったものも数限りない。こうして自分が生きていられることが、いっそ不思議なほどの目に遭ってきた。それでも、

(彼がいたから耐えられた)

クレイグはアーサーを見つめ、そっと微笑《ほほえ》む。自分一人であれば、とうに諦《あきら》めていたかもしれない。そして、今頃は冷たい死体になっていただろう。アーサーを守りたいという心があったからこそ、クレイグは死に物狂いで活路を見出そうという気持ちにもなれた。今の今まで気づかなかったが、アーサーを支えているようで、本当はクレイグの方が支えられていたのかもしれなかった。

「私も人のことは言えないが、二人ともドブのような臭いがするぞ。シャワーを浴びてきなさい。その間に何か食べるものを探しておくから」

クレイグはアーサー達をバスルームに送り込むと、屋敷の探険に出かけた。

さすがは葉老師の本宅だ。人がいなくなったとはいえ、屋敷の中は整然として、少しも乱れがない。

(食料……ならば、まずは厨房《ちゅうぼう》を探すのが妥当か)

あいにく、冷蔵庫にはミネラルウォーター以外は何も入っていなかった。だが、パントリーの中に、ハムとチーズ、クラッカーなどの保存食があった。

(これなら数日は保つ)

ひとまず安堵したクレイグは、自らも浴室へ向かった。汚れた手で触れたものをアーサーに食べさせて、食中毒などを起こされては大変だからだ。

(だいぶストレスも溜まっているだろう。喘息《ぜんそく》の発作が出なければいいんだが……)

まだまだ前途は多難――しかし、弱音を吐いている場合ではない。クレイグは気を引き締めるため、冷たいシャワーを浴びることにした。

アーサーと隆之は来客用の浴室を使っていた。

（あー、居たたまれねー）

シャワーを浴びながら、隆之はぎこちなく目を伏せ、アーサーを見ないようにする。

正確に言うなら、アーサーの裸体を。

それを眼にして生理的な反応を起こしてしまい、さらにその様をアーサーに気づかれるのが、隆之は怖かった。肉体的にも魅かれているからこそ、アーサーを抱く夢も見たのだ。だから、実際に彼の裸を前にしたら、勃《た》ってしまうかもしれない。その可能性は大きかった。

（いくら金持ちだからって、葉老師もこんな広いバスルームを作ることないだろ）

狭かったら、『シャワーは二つある。一緒に入れば、時間を短縮できるじゃないか』というアーサーの誘いを断ることもできたはずだと、隆之は恨めしく思う。不自然に下を向いているから首の筋は攣《つ》ってしまうし、どうせシャワーの音に掻《か》き消されてしまうのに、唾《つば》を飲み込む音が聞こえやしないかと、いちいち神経を尖《とが》らせての入浴は非常に疲れるものだ。

「お、お先に……」

二回目の洗髪をしているアーサーに声をかけて、パウダールームに駆け込んだ隆之は、バスタオルで髪を拭《ふ》きながら溜め息をつく。

こんな気持ちをアーサーは知らない。

知らないからこそ、その白い裸体を覆いもせず、堂々と闊歩《かっぽ》することなどができるのだろう。

（全く危機感がない。まるで襲ってくれと言わんばかりに……）

しかし、隆之が自分に欲望を抱いているなど、アーサーは想像だにしていないのだ。ゆえに危機感も抱きようがないことも判っていた。

（あーっ、もう！　やらしいことばっか考えている俺ってサイテー）

悶々《もんもん》としながら、隆之はさらに想像する。今、自分が考えていることを告げたら、アーサーはどんな反応をするだろうか、と。

（たぶん、最初はこんな感じで……）

浴室から出てきたアーサーは、滑らかな白い肌をわずかに桜色に上気させ、額にかかった髪をうるさそうに掻き上げ、鏡を覗《のぞ》き込んでいる。

隆之は彼に歩み寄り、背後からゆったりと抱きしめる。隆之の腕で作った輪は大きすぎて、アーサーの細い腰には余ってしまうほどだ。

突然の抱擁《ほうよう》に驚き、振り返ったアーサーは、隆之の顔に浮かんだ強い欲望の色に息を飲む。

抵抗し始めたアーサーの腕を片手でたやすく封じ込めた隆之は、再び彼を鏡に向き直らせる。

そして、しなやかな足の付け根に手を伸ばし、その中心を握りしめるのだ。

口では嫌がっているのに、アーサーの身体は熱くなって、甘い吐息を次々と零《こぼ》すようになる。

それが冷たい鏡の表面を淡く曇らせるのを、隆之は満足そうに見つめる。そして、ぐったりと身を預けてきたアーサーを扱《しご》きながら、その耳に囁《ささや》きかける。

「鏡を見ろよ、アーサー。自分がどんなになってるか、確かめてみろ」

快楽の証《あかし》を目にして、アーサーは恥ずかしさのあまり、全身に血の色を上らせるだろう。

隆之はそんな彼が愛おしくて、さらに彼を追い詰めようと……。

「……ク……マーク？　おい、目を開けたまま眠っているのか？」

苛立《いらだ》たしげに自分を呼ぶアーサーの声に、隆之の幻想は霧散した。

「あ……な、なに？」

バスローブを身につけたアーサーが、不審そうに隆之を見つめている。

「具合でも悪いのか？　シャワーを浴びているときもむっつりしたまま、下ばっかり見ていたし……」

これが現実だ。恥ずかしさに全身が熱くなったのは、隆之のほうだった。

「べ、別に。何でもないよ」

そうは言ったものの、不自然な行動を見られていたというバツの悪さに、隆之はまた顔を伏せてしまう。

「なら、こっちを向けよ。話があるんだ」

アーサーはそう言って、大理石の洗面台の上に腰を下ろした。

隆之は不承不承、彼を見つめる。

「話って？」

「レオン・李《リー》を殺した犯人を探し出し、『泰福《タイフッ》天珠《テイエンジュ》』も見つかって、今度のゴタゴタのすべてが収まったら……」

アーサーはそこでかすかな逡巡《しゅんじゅん》をみせた。

「収まったら?」

隆之はドキドキしながら、先を促す。

「そうしたら、今度は僕達の間の決着をつけなくちゃな」

「え……」

「僕にはどうしてもレオンの跡目を継ぎたい理由がある。そうする必要があるなら、おまえを殺してでも絶対に……」

今度はアーサーが目を伏せる番だった。

(そうか……そうだよな……)

隆之は膨《ふく》れ上がった希望が、見る見るうちに小さく固く萎《しぼ》んで、冷ややかに凍りついていくのを感じた。

(すべてが収まったら、お手々を繋《つな》いで仲よく兄弟ごっこをしよう、とでもアーサーが口にすると思ったのか?)

隆之は胸の痛みをこらえながら、皮肉っぽい笑みを浮かべた。

(それにしても、面と向かって殺す、なんて言われるとは思わなかったよ)

隆之は自分とアーサーの間に横たわっている、深くて昏《くら》い隔たりのことを思い出す。

アーサーと隆之はそれぞれ組織の人間に担ぎ上げられた『開心《ホイサム》』の後継者候補であり、火花を散らして相手を凌《しの》ごうとするライバルなのだ。

友人にもなれないし、ましてや恋人同士になることなどあり得ない。

(俺はレオン・李なんか知らない。『開心』なんて興味がないのに)

隆之は段々、腹が立ってくる。そう、自分はレオンが残した遺産も、『開心』の香主《シャンチュ》という地位にも全く興味はないのに。

(俺の人生を変えただけじゃ気がすまないのか。息子同士を争わせるなんて、人間のすることかよ!)

それにしても、父親を憎んでいるはずのアーサーが、なぜそこまで後継者の座に執着するのだろうか。隆之はその疑問を口に出してみた。

「香主って、そんなに意味があるもんなのかよ?」

「あるよ。僕には」

アーサーはひた、と隆之を見つめた。

「僕がその座に就くことが、美蓮《メイリー》に対する最高の復讐になるからね」

それもまた隆之がかねてより抱いていた疑問だった。

「なんで、そんなにあの人のことを憎んでんの?」

一瞬、アーサーの顔に痛みをこらえるような表情が躍った。だが、彼はそれを抑え込むと、隆之の問いに答える。

「おまえも聞いたことがあるはずだ。僕の母……小鳳《シウフオン》がレオンを裏切って、『四刀《セイドウ》』の王《ワン》と不義を犯した、って話」

「うん」

「あれは美蓮の陰謀だった。レオンの寵愛《ちょうあい》が母に移ったことに嫉妬《しっと》したあの女が、母を陥れたんだ」

隆之は息を飲み込んだ。とすれば、アーサーにとって美蓮は母親の憎き敵ということになる。復讐を思い立ったとしても無理からぬことだ。

「王が母に懸想《けそう》しているのは、香港黒社会《ホンコンヘイサーホイ》にいる人間だったら誰でも知っていた。母はレオンを愛していたから、もちろん王の誘惑など歯牙にもかけなかったけどね」

隆之は思った。アーサーの面差しを見れば、そっくりだといわれている小鳳の美貌《びぼう》が判るような気がする。だが、レオンを、そして王を惑わせたその美しさも、美蓮にとっては憎しみを掻き立てるものでしかなかったのだろう。

「ある日、美蓮は自分の運転手に命じ、『レオンが急病にかかった。あなたを呼んでいるから、自分と一緒に来てほしい』と言わせ、まんまと母を誘い出すことに成功した。そして、沙田《シャーテイン》にある屋敷に母を送り込んだんだ。でも……」

アーサーは唇を震わせる。

「もう想像がつくだろうけど、そこで待っていたのは王だった。彼も美蓮の息のかかった人間から、母との間を取り持つと言われて、意気揚々と出かけてきたというわけさ。本当は母も王に興味があるのだが、レオンの目がうるさくて知らん顔をしていたのだ、と吹き込まれたらしい。後で、王がそう言って自慢していたそうだ」

隆之の胸が痛む。自分を待ち受けていたのが王だと知って、小鳳はどんなにか驚いたことだろう。助けてくれる者はいなかった。王は彼女に襲いかかり、思うさま凌《りょう》辱《じょく》したに違いない。それも小鳳が王に抱かれるのを望んでいた、という欺瞞《ぎまん》の中で……。

「念が入ったことに、母の『浮気』をレオンにほのめかしておくことも、美蓮は忘れなかった。はっきりと指摘したわけじゃない。けれど、レオンの胸に薄暗い影が差し込むぐらいにはね」

アーサーは唇が震え続けるのを止めるために、一度、それをきつく噛《か》みしめた。

「衝撃のあまり放心状態になっていた母が、例の運転手に邸に担ぎ込まれてきたのとほとんど時を同じくして、レオンは母の貞操を確かめにやってきた。哀れな母は、自分が受けた恥辱《ちじょく》をレオンが知ったのだと思い込んで、彼の顔を見るなり悲鳴をあげた。レオンはそれを隠し事がある証拠だと勘違いして、彼女をきつく問い詰めた。王と会ったんだな、と」

小鳳は生きた心地もしなかっただろう、と隆之は思った。頼りのレオンでさえ、自分を責めるばかりで、慰めてもくれないのだから。

「母は泣きながら事の推移を話した。レオンはすぐに自分の名を騙《かた》って、母を沙田に連れていったという運転手を探した。だが、見つからない」

「なんでだよ?」

隆之は怒ったような声をあげた。

「美蓮が大金を握らせて高飛びさせていたからさ。すると、浮気をしているのではないかという疑念に取り憑《つ》かれたレオンは、母が嘘《うそ》をついているのではないかと考えるようになった。そこに悦に入ったような王の自慢話が耳に入ってきたんだ。例の昔から興味はあったけれど、というヤツ……」

アーサーは吐き捨てるように言う。

「美蓮はだから言ったでしょう、とレオンを哀れんだ。馬鹿馬鹿しいほどプライドの高いあの男にとって、同情されること以上に耐えがたいことはない。すっかり頭に血が上ったレオンは、母の哀願にも耳を貸さず、俺の目の前で彼女を撃ち殺したんだ」

「な……ん……」

隆之は声を失った。

アーサーは悽愴《せいそう》な微笑を浮かべ、両の手で自分の頰《ほお》を挟《はさ》むように触れる。

「母の血は僕の顔にも、手にもかかった。僕は悲鳴をあげることもできなかった。喉《のど》が押し潰《つぶ》されたようになって、息ができなかったからだ。喘息の発作が起こるようになったのも、そのとき以来だ。レオンは折り重なるようにして倒れた僕達親子には、それきり目もくれず去っていった」

「そんな男が……」

自分の父親なのか、と思って、隆之はぞっとした。自分の面目のためには、人の命などなんとも思わない鉄面皮《てつめんぴ》。レオン・李こそ、人の皮を被った獣なのではないだろうか。

（母さん……）

隆之の脳裏に律子《りつこ》の顔が浮かび上がった。レオンから逃げ出した彼女の気持ちが、今ならば良く判る。

「母のメイドが医者を呼んでくれなければ、僕もそのまま死んでいたかもしれない」

アーサーは衝撃も露《あらわ》な隆之の表情に気づいて、そっと苦笑した。

「幸せな子供時代を送ってきたおまえには、たぶん信じられないだろう。僕が生きてきたのは、そういう醜い世界だったんだ。母の死後、レオンは僕を完全に黙殺した。美蓮はことあるごとに母の不貞を嘲《あざけ》り、人前でも僕を侮辱した。彼らを恐れる組織の連中も、僕に冷たく接することでご機嫌取りをするようになった。以前と全く態度が変わらなかったのは二人だけ——クレイグとジェイソンだけだ」

「ジェイソンも？」

アーサーは肩を竦《すく》めた。

「彼は相手が誰であろうと、ご機嫌取りをするような男じゃないだろう?」

隆之は納得する。

「確かに……」

アーサーは拳《こぶし》を握りしめた。

「死んでしまいたい、と何度思ったことか……でも、その度に僕は自分を叱咤《しった》した。母の恨みを晴らすまでは、決してくじけるな、って」

隆之の胸に哀しみが押し寄せる。復讐だけを心に念じる日々が、アーサーから奪ったものは数知れない。子供らしい無邪気さ。明るい笑顔も。

「美蓮に復讐して……その後はどうするつもりなんだ?」

隆之は擦《かす》れた声をあげた。

「さあて。どうするか……」

考えを巡らせたアーサーは、ややして苦笑する。

「本当に思いつかないな。未来のことなんて、考えたことがなかった」

「アーサー」

彼は真顔に戻り、呟いた。

「人を憎むこと以外は知らない……薄っぺらな人生だ」

「……っ」

その心の中を冷たい風が吹き抜けていくのが見える気がして、隆之は思わずアーサーを抱きしめた。

「何を……」

アーサーは驚き、隆之を振り解《ほど》こうとした。だが、

「おまえ……」

隆之が泣いていることに気づいて、動きを止める。

「放せよ。憐《あわ》れんでもらおうと思って、話したわけじゃない」

冷たく言い放つアーサーに、隆之は首を振った。彼を抱きしめる腕を解かずに。

頭に血が上ったらしいアーサーが、声を荒らげる。

「放せって言ってるだろ……!」

隆之は震える声をあげた。

「違う……憐れむとか、そんなんじゃない……ただ、俺は……そのときおまえのそばにいれたらよかったって思ったんだ。なんで、そこにいなかったんだろうと思うと悔しくて……」

アーサーは顔を強ばらせた。

「……いたってなんの役にも立たなかったさ」

「一緒に泣くことはできる。おまえ、お母さんが死んだときも泣けなかったんだろ?　ずっと一人で我慢して……他人を憎み続けて……俺がいたら、別のこともできただろうに」

「別のことって何?」

「判んねーけど……寂しくなったら、こんな風に抱っこしてやったりとか?」

隆之の言葉に、アーサーは眼を見開いた。そして、呆《あき》れたように告げる。

「本当にバカだな、おまえ」

「判ってるよ、そんなの」

「今さらだ。過去は変えられない」

「だから、悔しいって言ってんだろ……っ」

隆之が身を揉《も》むと、アーサーがくすっと笑った。

「え?」

信じられない思いに、隆之はまじまじとアーサーを見つめる。

「どこまでお人好しなんだ。自分のことみたいに傷ついたりして……」

微笑みながら告げるアーサーの目から、涙がこぼれ落ちた。それに気づいた彼は、慌てて手を上げ、頬を拭《ぬぐ》おうとする。

「アーサー」

隆之はその手をそっと押しとどめ、自分の指先をアーサーの頬に当てた。

「僕が泣くなんて……」

アーサーが悔しそうに言う。

「最後に泣いたのはいつ？」

隆之の問いに、アーサーは首を振る。

「判らない……覚えていない」

それから彼は顔を歪《ゆが》め、隆之の肩口に突っ伏した。

「なんで、涙が止まらないんだ？」

隆之はアーサーの頭を撫《な》でながら言った。

「さあ……氷が溶けたんじゃないの」

「氷？」

「苦しいこととか、辛《つら》いこととか、心の奥に押し込めて、凍らせてきたもの」

隆之はアーサーの顔を両手で挟み、自分の方を向かせると、再び親指の腹で涙を拭いながら、きっぱりと告げる。

「俺は跡目なんか継ぎたくないし、継がない」

アーサーは何を言いだすのだろうと、そんな隆之の顔をじっと見つめている。赤くなった目が可愛《かわい》らしかった。とても。

「俺……俺は……あんたの側にいたい。望みはそれだけだ。あんたのことが好きだから」

今度は隆之がアーサーの肩口に顔を埋める番だった。ついに言ってしまった。

「マーク……」

「好きなんだ。兄弟としてじゃなく……あんたが好きだ。俺のものになってくれるなら、ほかには何もいらない」

そっと背中に触れる手を感じて、隆之はハッと面を上げる。

そんな彼をアーサーの瞳が迎える。

「全部あんたのものだ」

隆之は熱に浮かされたように言った。

「財産も地位も、欲しいなら全部取っていい。だから……」

アーサーは静かに聞いてきた。

「僕を女の代わりにしたいの?」

隆之は首を振る。

「誰かの代わりにするつもりなんてない。アーサーが欲しいんだ」

すると、アーサーは思いがけないことをした。

声を上げて——笑ったのだ。

15

「好きなんだ。兄弟としてじゃなく……あんたが好きだ」

隆之《たかゆき》は言った。

「俺のものになってくれるなら、ほかには何もいらない」

その言葉通り、彼の視線は自分一人に当てられている。隆之の瞳に宿る真摯《しんし》さ、深い慕情に、見返すアーサーの眼も焼き尽くされてしまいそうだった。

(かつて、ここまで僕のことを……こんなにも激しく、僕だけを求めようとした人間がいただろうか……?)

アーサーの胸は波立った。いつだって自分には優しいクレイグでさえ、ときには他の誰かに気を取られていると判る瞬間がある。けれど、隆之は——。

「僕を女の代わりにしたいの?」

本人が言うように、隆之が求めているのは兄弟としての関係ではない。『欲しい』というのは、アーサーの心だけではなく、身体もひっくるめた全てという意味だろう。

(隆之が僕を抱きたい……?)

物好きな、とアーサーは苦笑する。だが、嫌悪感はなかった。アーサーの性に対するモラルは、おそらく隆之よりも低いに違いない。幼い頃からレオン・李《リー》の乱れた女関係を眺めてきたせいで、肉体の繋がりに重きを置く気にはなれなくなっていたからだ。

身体から始まった関係は、もっとしっくりする新しい身体が現れた時点で崩壊する。どんなに愛おしんだ肉体であっても、飽きたり、気に食わなくなったりすれば、ただの鬱陶《うっとう》しい物体にすぎなくなるのだ。

レオンが小鳳《シウフォン》を自分の人生から乱暴に放りだしたように。

アーサーは裏切り、裏切られる肉体などを欲しがる人間の気が知れなかった。

(いいさ。そんなもの、いくらでもくれてやるよ)

本当のところ、隆之が自分のことを男として抱きたいと思っていようが、女の代わりにしようと考えていようが、どちらだって構いはしなかったのだ。ただ、アーサーは知りたかった。なぜ、隆之が自分を抱きたいと思うようになったのかを。

そして、その答えはすぐに判明する。

「誰かの代わりにするつもりなんてない。アーサーが欲しいんだ」

ストレートすぎる物言いに、思わず声を上げて笑ってしまったアーサーに、今度は隆之の方から聞いてきた。

「好きだから抱きしめたい。男同士でそんなことを考えるのは、おかしいって思うか？」

「別に。同性愛者なんて珍しくないし……まあ、サイラスみたいな変態とは近づきになりたくないけど。その気のない相手をレイプするような奴は、絶対に許せないんだ」

アーサーは上目遣いで隆之を見つめた。

「僕が嫌だって言ったら、おまえ、指一本触れないでいられる？」

「うん……」

幾分しょぼんとしながら、隆之は頷《うなず》いた。

アーサーはさらに意地悪な質問を放つ。

「じゃあ、心か身体か、その一方しかやらないって言ったら、どっちを選ぶ？」

心を選んだら嘘つきと嘲笑《あざわら》ってやろう。身体を選んだら、その瞬間に軽蔑《けいべつ》することができる――アーサーは隆之の答えを待った。すると、

「選ばない」

ややして、隆之が眉を寄せながら言った。

「は？」

アーサーは虚を突かれ、口をぽかんと開ける。一瞬、『選べない』の言い間違いではないかと思ったほどだ。しかし、隆之の表情を見ていれば、誤りではなかったことは明白だった。

「全部くれるか、くれないか、だよ」

隆之は困ったように微笑んだ。

「もちろん、あんたが俺を好きになってくれたら最高だ。でも、そのうち欲が出てくる。本当に好きだったら、俺が触れても悪い気はしないんじゃないかな、って。そうしたら、もう我慢ができなくなっちまうだろうし……」

聞いているうちに、アーサーは自分の卑小さが恥ずかしくなってきた。隆之は駆け引きとは無縁の人間なのだ。妙な見栄を張って気持ちを隠したり、嘘をついたりしない。あるがままの自分を曝《さら》し、想いを語ることができる強さを保っている。

「反対に、おまえの身体が自分のものになったとしても、心がついてこなけりゃ虚しいだけだ。だから、選ばない。一方しかくれないって言うんなら、どちらも欲しくない。片方だけなんて、俺だけじゃなく、アーサーも傷つくだろ」

「僕が……？」

再び隆之の温かい思いやりが自分を包み込むのを、アーサーは感じた。だが、勝ち気な性格が、素直にそれを受け入れることを拒絶する。

「僕はそんなに弱々しく見えるのか？　誰かに守ってもらわなきゃ、一日だって生きていけないとでも？」

「違うよ」

隆之は首を振った。

「弱いだなんて絶対思わない。でも、俺にとってはかけがえがない人だから、誰にも傷つけさせたくないんだ」

「誰にも……」

「うん」

隆之は微苦笑を浮かべた。

「だから、あんたが『触るな』って言うなら、俺自身にも手出しはさせないよ」

「どうやって?」

「んー、あんたの前に出るときは、手を縛っておくとか?」

「それじゃ、何かあったとき、僕を守れないだろ」

「あ、そうか」

悩んでいる隆之を見て、アーサーは再び声を立てて笑った。

(敵視するのも馬鹿らしくなるな)

隆之は剝《む》き出しの心で、アーサーに寄り添おうとする。冷たくされ、傷ついても、自分からは決して離れない。

(僕を守りたいと口にする隆之の方が無防備すぎて、何だかハラハラしてくる)

その気になればアーサーは、二度と立ち直れないほど傷つけることもできた。隆之もそれは知っていただろう。それでも、彼はアーサーを信頼した。もし、その信頼が裏切られ、絶望の淵に叩《たた》き込まれたとしても、恨みに思うこともないに違いない。アーサー以外は何もいらない、と隆之は言った。だから、自分の心を差し出すことで、その言葉に偽りがないことを証明してみせたのだ。

（バカはバカなりに、動物的な勘で一番弱いところをついてくるんだな）

隆之の前ならば、アーサーも素直な感情を出せる気がした。弱みを見せまいとして、殊更に身構えたり、攻撃的に振る舞う必要もない。そう、ありのままに振る舞う隆之は、ありのままのアーサーを受け入れてくれるからだ。

（それが、こんなにも心を軽くするものだなんて知らなかった）

くすくすと笑い続けるアーサーが心配になったのだろう。隆之が声をかけてきた。

「なあ、俺、また変なこと言ったのか？」

アーサーは首を振り、それから自分を覗き込んでいる隆之を見つめた。

「いいよ」

「何が？」

意味が判らず、隆之はきょとんとしている。

アーサーは彼の首に腕を回すと、自分から唇を寄せていった。

信じられない、というように隆之が目を見開く。

「これは契約だ」

アーサーは囁いた。

「おまえは僕を手に入れる。そしておまえも僕だけのものになる」

ふと不安が兆《きざ》して、アーサーは少し早口になった。

「心変わりなんかしたら、殺してやるからな」

「怖いな」

「僕は本気だ」

すると、隆之はすっと首を伸ばし、アーサーに口づけた。ぎこちないが激しく、噛みつくように……。

「いいよ。殺しても」

唇を離して、隆之は微笑んだ。

「おまえが心変わりをしたときも、殺してくれていいから」

まったく、救いようがない奴だった。自分でも信じられないほどの愛おしさが胸に溢《あふ》れて、アーサーは隆之の腕の中に飛び込んでいく。

(天真爛漫《てんしんらんまん》さ、優しさ、本物の勇気――僕の持っていないものばかりだ)

かつて、アーサーは屈折した自分の姿と比較して、隆之の無垢《むく》さを妬《ねた》んだこともあった。

だが、これからは違う。

隆之はずっと側にいて、アーサーに欠けていたものを一つ一つ補ってくれるだろう。嫉妬をする必要なんてなかった。隆之に巡り合うことで、ようやくアーサーは一人前の人間に『戻れる』のだから。

「ん……んん……っ」

隆之とアーサーはキスを交わしながら、床の上を転げ回った。上になり、下になり、狂ったように互いの着ているバスローブを脱がせ合いながら。

「……っ」

隆之はアーサーの身体中に口づけようとしていた。尖った肘《ひじ》の先端、鎖骨。臍《へそ》。足の付け根。その奥にある、密やかな窄《すぼ》まりまで。そう、どんな窪《くぼ》みも隆之の熱心な探索の前には暴かれてしまう。

「アーサー」

「マーク……」

そう呼んでから、アーサーは何かが違うと感じた。マークは組織の人間のために用意された名。誕生のときにつけられた本当の名前ではない。

「隆之……っ」

アーサーがそう呼ぶと、隆之がぎゅっと身体を抱きしめてきた。喜んでくれたのだ。そして、彼はアーサーの下腹に触れた。半ば勃ち上がったものをそっと握りしめられると、自然と腰が浮き上がってしまう。

「いや……？」

隆之の問いに、アーサーは首を振った。

そのことに勇気づけられた隆之は、アーサーの足元に擦り下がり、大胆にも手にしたものを口に運んだ。

「あっ……あ……っ」

自らを伝う熱い舌に、アーサーは身を捩《よじ》る。すると、隆之は咎《とが》めるように軽く歯を立ててきた。そして、アーサーが大人しくなると、改めて舌を絡ませ、先端をしゃぶる。強まる一方の快感に、アーサーは喘《あえ》いだ。

「大丈夫か？」

それが隆之の耳には、喘息の発作のように聞こえたのだろう。彼は愛撫《あいぶ》を中断すると、心配そうにアーサーに聞いてきた。

「気持ちいい……」

アーサーは隆之の手を引き、続きをねだった。

「いいんだ」

隆之は嬉《うれ》しそうに目を輝かせた。愛する者に悦びを与えているのだという喜びと自負に、彼も高ぶる。その様に気づいて、アーサーは言った。

「僕も舐《な》めようか？」

「なっ……」

隆之は真っ赤になった。

「お、俺はいいよ」

「なんで？　されるの、嫌い？」

「き、き、嫌いじゃないし、してもらえりゃ嬉しいけど……」

はっきりしない隆之に、アーサーは眉を寄せた。

「けど、何？」

「俺……アーサーと一つになりたい」

アーサーの身も心も欲しいと、隆之は言った。そのたった一つの願いを、どうして断れるだろうか。

「だめ？」

アーサーは返事の代わりに、もう一度強く手を引き、自分の身体の上に隆之を導いた。

「やり方は知ってるのか？」

感極まっていた隆之が、その言葉に一転して不安げな表情を浮かべた。

「わ、判らない」

「そうか」

アーサーは彼の頬を撫でて、言った。

「まあ、何とかなるよ」

「していいの？」

「葉老師《イップシンサン》に言われたことを、もう忘れたのか？　聞かずもがなのことは……」

隆之はアーサーにキスをして、言葉を断ち切る。そして、アーサーの間に手を差し込んできた。たぶん、どこを使うのかぐらいは知っているのだろう。

(おまえの好きにしろ。何をしてもいい)

心を手に入れれば、次は身体が欲しくなると言った隆之の言葉は本当だと、アーサーも思う。隆之が自分を強く求めている証拠――彼の情熱を自らの身体で確かめることができるというのは、わくわくするような体験だ。

(セックスなんてくだらない……って思ってたけど)

アーサーは前言を撤回したくなる。彼は肉体を求める人間の気が知れない、と思っていた。今でも身体のみを求める人の気持ちは判らない。だが、

(心が通じ合っていればもっと、こんなにも身体は反応するんだな)

隆之の指に触れられるだけで、背筋をぞくっと駆け上がる快感がある。唇で愛撫されると、気が遠くなるほどの幸福感が湧《わ》き上がる。

その感覚は、隆之だけが与えられるものだった。

そして、アーサーが快楽に酔いしれる姿を曝《さら》すのも、彼の前だけだ。

(気持ちいい……隆之もいいって思ってくれるかな……僕の身体)

隆之が大切に扱ってくれるから、アーサーは初めて自分の肉体に愛着のようなものを感じた。隆之が触りたがるぐらいだから、少しは価値もあるのだろう。そして、

(彼が好きになってくれたんだから、僕も自分で思っているほどくだらない人間じゃないのかもしれない)

そう思えるようにもなった。隆之の愛が、アーサーに自信を与えてくれたのだ。

「いた……痛い……っ」

「やめようか……?」

「い……いい……よ」

だから、隆之が与えるこの激しい苦痛にも耐えてやろう、とアーサーは思った。彼と一つになり、互いを我がものにするために。

「く……」

自分の中に隆之がいる。

引き裂かれ、傷ついた部分から血が流れるのが判った。

こんな風に身体を痛めつけるのがほかの人間だったら、アーサーは激しい憎悪を覚えただろう。けれど、それが隆之ならば、我慢できる。もちろん、苦しみは一刻も早く消え去って欲しいと思うけれど。

「アーサー……好きだ」

隆之はアーサーを宥《なだ》めるように性器に指を絡め、快楽を絞りだそうとする。アーサーは苦痛と快さに苛《さいな》まれて、ひどく惑乱した。もう苦しいのか、気持ちがいいのかも区別できない。

隆之が腰を打ちつけるたび、ますますその感覚は強くなっていった。何も判らなくなってしまうのが怖くて、アーサーは隆之にしがみつく。そして、抱き返してくれる腕に安堵する。

「……………っ」

隆之が果てた頃には、さすがにアーサーもぐったりしてしまった。とはいえ、一緒に終わることはできたのだ。初めてにしては上手くいった方じゃないかと思っていたとき、隆之が口を開いた。

「アーサー……ごめん！」

足に伝った血を見た隆之は、見る見るうちに蒼白《そうはく》になる。

「こんな……痛かっただろ？」

あまりの狼狽《ろうばい》ぶりに、アーサーは本当のことを言うのを躊躇《ためら》った。しかし、痛くなかったというのも白々しい。

「多少はな」

「本当にごめん」

「何度も謝るな。鬱陶しい」

「で、でも、怪我《けが》をさせちゃって……」

しゅんとする隆之の姿に、アーサーは苦笑する。本当に仕方のないヤツだ。

「いいんだ……もう痛くない」

「本当に？」

「ああ」

アーサーは隆之を抱きしめる。隆之の腕もアーサーの背中に回された。

ぴったりと一部の隙間もないほど、二人の身体は重なり合う。

（これこそ完璧《かんぺき》な調和――）

深い満足がアーサーを微笑ませる。同じものが隆之の口元にも躍っている。

「もう一度、シャワーを浴びてから、クレイグのところへ行こう」

アーサーが言うと、隆之は頷き、それから再び悪戯《いたずら》っぽい笑みを浮かべた。

「遅すぎるって、怒ってるかもな」

「そのときは一人ずつ入っていたから、って言えばいい」

アーサーは隆之の唇を指で辿《たど》った。後でもう一度キスをしよう、と目論見《もくろみ》ながら。

「一緒に入るなんて、我慢ならなかった、ってね。クレイグはさもあらんと思うよ」

16

「あの坊主には、本当に手を焼かされるな」

　ジェイソンは呟いて、溜め息をついた。

　クレイグ、アーサーと共に忽然《こつぜん》と倉庫から姿を消してしまった隆之《たかゆき》――その行方は、丸一日経過した今も杳《よう》として知れない。

「おまえのせいで、ジョージを始末できたオヤジさんの上機嫌も台無しだ」

　このマヌケ、役立たず、どこに目ん玉つけてやがるんだ、とわめき散らしながら怒り狂っているイアン・羅《ロー》を、自分が命に代えても必ず捜し出しますからと、なんとか宥めることができたのは夜明け前。さすがのジェイソンも自室に戻ってきた頃には、疲労困憊《ひろうこんぱい》の体《てい》だった。

　それにしてもどこへ消えたのだろう。

（抵抗した形跡は皆無……まあ、自分からのこのこついていったんだろうな、やっぱり）

　ジェイソンはぼさぼさになった頭を掻く。あれだけ組織の道理を説明してやったにも拘わらず、隆之がクレイグ達に同道することを決心した理由は何なのだろうか、と思いながら。

（アーサー恋しさにトチ狂って、あたら若い命を投げ出したか）

ジェイソンは僅《わず》かに首を傾《かし》げる。しっくりこない。隆之は後ろ向きな性格ではないことだけは確かだった。恋をすれば、間違いなく目指すのはハッピーエンドで、心中の道行きではないはずだ。

（あるいは、クレイグに説得されたか……）

ジェイソンの脳裏に、『カギは美蓮《メイリー》だ』というクレイグの言葉が蘇《よみがえ》った。

「しかし、夫人が香主《シャンチュ》を殺す理由ねえ……」

それが判らない。とはいえ、ジェイソンは美蓮を洗ってみることにした。クレイグはその場しのぎで、彼女の名を出したのかもしれないが。

（まあ、疑わしきは徹底的に疑い、一見疑わしくないものまでとことん疑うのが、犯罪捜査の基本だというしな）

ジェイソンは立ち上がり、大きくのびをした。そして、サイドテーブルに置いてあった寝酒のグラスを掬《すく》い上げながらボヤく。

「この香港《ホンコン》捜査網もそろそろ的を絞っていかないとな。あんまり死体が増えすぎたぜ」

一方、隆之とアーサー、そしてクレイグも本当の黒幕との対決を心に決めていた。

「では、香主暗殺のために、敵である王《ワン》の手先を引き入れたのはアラン・馬《マ》だと？」

クレイグの言葉に隆之は頷いた。

「それと美蓮夫人だ。『泰福 天 珠《タイフツテイエンジュ》』の在処《ありか》を知っているのは彼女だけなんだろ。サイラスもジョージも持っていなかった。イアンの親父《おやじ》さんも死にものぐるいで探してる。つまり、裏切り者じゃないってことだ。そう考えると……」

「確かに、あいつが臭いな」

きらりとアーサーの瞳が光った。

「だが、美蓮も？　いくらレオンにすげなく扱われても、あの女は懲《こ》りずににじり寄っていった。あれほどの執着を、そう簡単に捨てられるとは思えないけど」

「うーん」

隆之は眉間《みけん》に皺《しわ》を寄せる。

「知られちゃマズいことが香主にバレて、早急に口止めする必要ができた、とか？」

「秘密か……」

しばらく考えてから、アーサーは残る二人を見渡した。

「判らない者同士が、あれこれ予測を立てたところで埒《らち》は明かない。美蓮に会いにいこう」

それが彼の決意なら、隆之は反対するつもりはない。

クレイグも何も言わなかった。

そう、もはや逃亡のときは終わったのだ。今度はこちらから反撃する番だった。

「でもさ、正面切って会いに行ったって、家の中には入れてくれないだろ？　どうやって忍び込むんだ？」

隆之の問いに答えたのはクレイグだった。

「秘密の通路がある。購入前に風水を見たときに、香主に作るならどこがいいと聞かれ、その場で位置を示した。内装工事のときにも確認のために立ち会っている。だが、奥様にも内緒で作ったものが、今になって役立つとは……」

アーサーが冷ややかな笑みを浮かべた。

「貞淑面をしている妻に復讐してくれ、ってことじゃないか」

「ああ、かもしれないな」

隆之はすっかり感心したようにクレイグを見つめた。

「倉庫の抜け穴といい、本宅の秘密通路といい、いつでも非常口を用意してあるってのが凄《すご》いよね」

「我々のような生業《なりわい》では、極く当たり前の用心だよ」

クレイグは皮肉っぽく笑った。

「もっとも、そんなもの用意しておかなくても済むのが一番だがね」

「確かに」

納得した隆之は、ふと思い出す。

「美蓮の護衛を請け負っているのはアランだから、上手くいけば彼にも会えるよ」

言いながら、隆之は自分の後見役を思った。ジェイソンが味方だったら、どんなにか心強いだろう。だが、彼を頼るわけにはいかなかった。今のところ、ジェイソンは組織の規律を乱す裏切り者として、クレイグやアーサーを敵視しているからだ。

（普段はちゃらんぽらんなくせに、この件だけは何でああも頑《かたく》なになるかね）

隆之はそっと溜め息を洩《も》らした。しかし、いないものはいないのだ。いつまでも彼の不在を嘆いていても仕方がない。

「行くぞ、隆之」

アーサーがソファーから立ち上がった。

「え？　もう？」

「待つ理由がないだろ」

その通りだった。隆之も椅子から腰を上げる。

「決着をつけるんだ」

「うん、アーサー」

隆之は笑みを返しながら、心の中で祈った。ジェイソン、味方にするのは諦めるから、せめて邪魔だけはしないでくれ、と。

「そう不貞腐《ふてくさ》れることはないじゃないか。奴らは袋の鼠《ねずみ》だ。おまえもすぐにアーサーの死に顔を拝めるさ」

ソファーに座ったアランは、イライラと部屋の中を歩き回っている美蓮に声をかけた。

美蓮はぴた、と足を止めると、これ以上はないというほど冷ややかに、アランを見下ろした。

「じゃあ、お聞きしますけど、『すぐ』っていつよ？　あの倉庫で全部カタがつくはずじゃなかったの？」

それを言われると、アランも顔をしかめるしかないらしかった。

「む……マークがクレイグに捕まりさえしなければ……」

「忌々《いまいま》しいわね、どいつもこいつも！」

美蓮は爪を噛《か》んだ。

「特にジェイソンよ。普段から大きな顔をしているくせに、マーク一人守ることができないなんて……！」

標的が自分から逸《そ》れたのを感じ取って、アランはほっとしたような顔をする。

「とにかく、さっさとアーサー達を片づけて、マークを無事に取り戻さないと……」

そう言いながら、アランは眉を寄せた。

「以前から考えていたんだが、俺達がアーサーを殺し、クレイグがマークを殺してくれれば、レオンの財産全てがおまえの懐に転がり込む、ってことにはならないのか？」

「だめ」

美蓮は即座に切り捨てた。

「そこまでは公開する必要がないということで、ヘンリー・葉《イップ》が発表しなかった遺書の項目があるのよ。マーク達にもしものことがあったときには、『開心《ホイサム》』の資産は私の娘マーゴに譲られることになっているの。ヘンリーを筆頭とする幹部会の監視を条件にね」

美蓮は皮肉っぽい笑みを浮かべた。

「あの男狂いでギャンブル狂のバカ娘じゃ、監視をつけられるのも無理はないわ。あの子に金を持たせてもベガスかパナマ、あるいはモナコで色男のディーラーに全部巻き上げられるのがオチというものなのよ」

美蓮が産んだ不出来な長女を、レオンは全く顧みようとはしなかった。もともと、女児には興味がないのだ。彼が必要とし、渇望していたのは己れの後継者となる男児だけだった。

「お金を使うたびに、ヘンリーに使途を説明しなくてはならなくなるなんて、絶対にごめんよ。だから、その案は諦めてもらうしかないわ」

「となると、やはりマークか……」

アランは舌を打つ。

「今の話を聞くだに、あの子がクレイグに捕まったことが悔やまれてならないな」

「本当に」

歩き回るのにも疲れて、美蓮は近くのソファーにどっと座り込んだ。

「とにかく、私の養子になるまでは生きていてもらわなきゃ。その後で死ねば、遺言の効力も無くなるのよ。マークの財産は残された身内、つまり母である私のものになる。うるさい他人の干渉を受けることなくね。カナダの法律がそれを保証してくれるわ」

ふと興奮が体内を駆け抜け、美蓮は眼をぎらつかせた。

（そう、そのときこそ、私はレオンの残したものを独り占めできる。ビタ一文、何一つ、分け与えることなく）

美蓮は自分を見つめているアランに頷いてみせた。

「だから、早く取り戻して。生きていさえいればいいの。別に五体満足じゃなくたっていいんだから」

アランの眼に微《かす》かな嫌悪が浮かんだことに、美蓮は気づいた。だが、構わない。

（あなたは私を金の亡者、血も涙もない女だと思っているでしょうね）

実際、その通りだった。自分を裏切った夫は殺す。夫の愛人も殺す。血の繋がらない息子達の命も奪うつもりだ。そして、

（私の邪魔をするようになったら、あなたの運命も同じよ、アラン）

愛している男さえ、容赦《ようしゃ》なく地獄に送ることができたのだ。単に利用しているだけの相手を処分することなど何でもない。

（たぶん、そう思っていることが、何となく伝わるんでしょうね。だから、あんな眼をする）

生まれてこの方、金で苦労したことはないが、異性運だけは最悪だ。美蓮と寝る男はいても、愛してくれる男はいない。虚しくなった美蓮は、ふと一枚ガラスの大きな窓に視線を投げた。

そこからは対岸にある香港島の夜景が見える。

（美しい街……私の街）

香港のネオンライトは、啓徳国際機場《カイタックゴッザイゲイチヨン》に離着陸する航空機の安全を守るために、一切の点滅を禁じられていた。だから、窓いっぱいに広がる光のページェントは、大きな一枚画のようでもある。

美蓮は座ったばかりのソファーから立ち上がると、もっと良く景色を見ようとして、窓辺に歩み寄った。そして、ふと眼下に目を落とした瞬間、細く整えられた眉を寄せる。

（なに……？）

コンドミニアムの正面エントランスの前に、黒塗りのベンツが連なるように停まっていた。

（どこかの家でパーティーでもあったのかしら？）

だが、それらの車窓が、黒く塗り潰されたようなスモークド・ウィンドウであることに気づいて、美蓮はハッとした。洋の東西を問わず、その類《たぐい》の車に乗る人種は限られているからだ。

すなわち芸能人か、ヤクザである。

「アラン……この後、どこかに行く用事でもあるの？」

自分の声が張りつめていることに、美蓮は気づいた。

「いや」

だが、アランは気づかなかったらしい。のんびりと首を振った。

「じゃあ、警護の人間を増やした？」

「いつも通りだが……どうした？」

さすがに異常を感じて、アランも腰を上げる。

「それなら、応援を呼んだ方がよさそうね」

美蓮は近づいてきたアランに、顎《あご》をしゃくってみせた。

「下を見て」

「あれは……！」

アランの顔が引き攣《つ》った。彼はすぐさま踵《きびす》を返すと、電話に飛びついて、配下の者に招集をかける。

「クレイグが攻撃に転じたのね……」

美蓮は誰に告げるともなしに呟いた。

（可愛いクレイグ……ヘンリー・葉がアーサーの後見役などにつけなければ、あなたと戦わず

に済んだのに)

そのことが何とも残念だった。美蓮はあの美しく、礼儀正しい青年が大好きだった。眺めていると、眼が洗われるような気さえする。

「そうだ……！」

美蓮が感傷に浸っている間も、アランは受話器に向かって、盛んにわめき散らしていた。

「とにかく兵隊を集めるだけ集めろ。武器も忘れるなよ。イアン・羅《ロー》の事務所にも連絡するんだ。美蓮夫人の生命に関わる危機だと言ってな。わかったか！」

美蓮は寝室に向かい、ベッド脇に置かれたチェストの引き出しを開けた。

煙草《たばこ》ケースや指輪、香水のアトマイザーと一緒に、黒光りする鋼鉄製の死の使いが無造作に放り込まれている——女性にも扱い易い小さなデリンジャーだ。護身用であるため殺傷力は弱いが、至近距離で撃てば本来の目的を果たすことはできるだろう。

(いざとなったら、あなたでも容赦しないわよ、クレイグ)

美蓮はデリンジャーをドレスのポケットに滑り込ませると、アランのいる居間に戻ろうとした。だが、

「ひっ……！」

ドアを振り返った彼女は、信じられない光景に息を呑《の》んだ。

「ア、アーサー……」

そこには、憎悪に燃える眼差しを美蓮に向けて立ちつくすアーサーの姿があった。

「……おまえ、どうやって…一体どこからここに……」

衝撃を隠せず、美蓮は口ごもる。

アーサーは静かに言った。

「クレイグが風水師だということを忘れたのか？　どこに窓を開けるか。玄関はここでいいか……ときには脱出口の位置も決定する。レオン・李《リー》が私的に購入した物件で、クレイグが鑑定しなかったものはない」

アーサーの背中を守るように現れたクレイグに、美蓮は初めて憎しみを抱いた。可愛がってやった恩義も忘れ、この男は何という真似をしてくれたのだろう。

「抵抗なさらなければ、こちらも手荒なことは致しません、奥様」

クレイグは美蓮に歩み寄ると、丁寧だが、断固とした力を込めて彼女の腕をとった。

「マークは……？」

素直に腕を預けながら、美蓮は聞いた。

「あの子は無事なの？」

「はい」

クレイグは頷いた。

「隆之は馬先生のところにいます。奥様もあちらにどうぞ」

クレイグが言ったように、隆之は仁王立ちになって、ソファーに腰掛けているアラン・馬に銃をつきつけていた。

「ああ、美蓮夫人……これはどういうことです？　マークはすっかりクレイグ達に誑《たぶら》かされてしまっている！」

アランは美蓮の顔を見るなり、そう訴えてきた。アーサー達の手前、丁寧な口調に戻っているあたり、本当に抜け目ない男だ。

「マーク……」

美蓮は年齢を感じさせない美しい顔に、優しげな微笑を浮かべながら、いずれ義理の息子になる少年に言った。

「銃を下ろしなさい。アランにそんなことをしてはいけないわ」

「妙な真似をしなければ撃たないよ。俺達は話をしにきたんだ」

隆之は身動きもせずに言い放つ。

「クレイグに丸め込まれてしまったみたいだけど、おまえは『開心』の唯一の後継者なのよ。馬鹿なことをするのはおやめなさい。こんな……」

美蓮は憎々しげにクレイグとアーサーを見やった。

「薄汚い裏切り者などと一緒に行動するなんて！　彼らはおまえの父親を謀殺したジョージの一味で……」

アーサーが彼女の言葉を遮った。

「ジョージはやっていない。やったのはあんただろう。香港中に名を轟《とどろ》かせた大香主のレオン・李は、惨《みじ》めなことに自分の妻に裏切られて死んだんだ」

一瞬、言葉を失った美蓮は、すぐに爆竹が弾けるように哄笑《こうしょう》を迸《ほとばし》らせた。

「おまえ、頭がおかしいんじゃないの？　なぜ、私があの人を裏切らなくちゃいけないのよ？　私はレオン・李の貞淑な妻。主人を心から愛していたわ」

「年に一度や二度会うだけの夫を？」

憎らしいほど整ったアーサーの顔に嘲笑《ちょうしょう》が浮かぶ。

「そのせっかくの逢瀬《おうせ》にも、次々入れ替わる愛人を伴うような恥知らずを？」

「おだまり！」

美蓮は額に蒼い血管を浮き上がらせた。

「おまえに私達夫婦の間のことが判るわけないわ。私達は愛し合っていた。心の奥底で深く結びついていたのよ！」

アーサーが侮蔑の色を目に浮かべる。

「そうやって自分に言い聞かせてきたんだろう？　確かにあんたはレオンを愛していたのかもしれない。だが、レオンは……」

「おだまり！　おだまりっ！」

追い詰められ、恐慌をきたした獣のように美蓮は毛を逆立てた。

アーサーはそんな彼女を冷ややかに見つめる。

「あんたも判っているんだろう？　レオン・李は他人を愛することのできない人間だった。彼が考えているのはいつも自分のことだけ。守るのは自分だけ。だから冷酷な黒社会《ヘイサーホイ》でこれだけの成功を収めることができた」

アーサーは美蓮を真正面から見つめ、聞くに耐えないことを口にする。

「そんな彼でも一度だけ、不覚にも他人を愛してしまいそうになったことがある。僕の母親、小鳳《シウフォン》のことを」

美蓮は叫んだ。

「嘘《うそ》よ！」

アーサーは構わず話を続けた。

「レオンは女には冷たいが、特に残忍な男ではなかった。今までの愛人の中にだって尻軽な女はいたさ。だが、レオンは浮気を知っても、その女を叩きだすぐらいで、暴力を振るうことはなかった。それなのに母のときだけは、どんな弁解も聞き入れず、即座に殺してしまった」

「止めて……」

美蓮は震える声を上げた。

だが、アーサーは聞き入れない。

「理由は一つ――――誰にも渡したくなかったからだ。レオンは母が自分以外の誰かを見つめるぐらいなら、いっそのこと滅ぼしてしまいたかったんだろう。あんただって認めるはずさ。レオンがこんな執着をみせたのは、後にも先にも僕の母親だけだってことは……！」

「黙れえ……っ！」

美蓮はこらえきれずに叫ぶと、アーサーに摑《つか》みかかろうとする。

「あの女と同じ顔をして……よくも勝ち誇ったように……っ！」

だが、鋭い爪が今にもアーサーの瞳を抉《えぐ》ろうとしたそのとき、彼女の前に素早く隆之が立ち塞《ふさ》がってしまった。

「……っ」

凶暴な一撃は憎いアーサーには届かなかった。受け止めたのは、隆之の頬だ。彼は一瞬顔を歪めたが、怯《ひる》むことなく美蓮を睨《にら》みつけてきた。

「そう……」

美蓮は唇の端を上げ、投げやりに言った。

「おまえが誑かされたのはクレイグではなく、小鳳の息子だったのね。育ちの悪い、尻軽女の子供同士、さぞや息が合ったんでしょう！」

アーサーが鋭い声を上げた。

「今の言葉を取り消せ。あんたが僕の母を陥れたということは判っている。薄汚れたその口で、母を汚すことは許さない！」

　美蓮は鼻を鳴らす。

「嫌よ。私は言いたいことを言うの！　おまえなどに命令されてたまるものですか！　いいえ、おまえだけじゃない。誰にもよ。私を虐《しいた》げ、屈辱を味わわせた奴らは絶対に許さない。自分の命で贖《あがな》わせてやるわ……！」

　アーサーは冷静な声で聞いた。

「あんたを侮辱したから、レオン・李も殺したのか？」

　隆之がアーサーに駆け寄っていったので、監視の目がなくなったアランがわずかに腰を浮かした。

「動かないでください、馬先生」

　だが、まだクレイグが残っていた。アランは仕方なく、再びソファーに腰を下ろす。いざというとき、本当に役に立たない男だ。

「そうよ！」

　何もかもにうんざりした美蓮は、突き上げる激怒の炎に身を任せて叫んだ。

「もう愛していないから殺したのよ！　あの男にふさわしい末路を用意してやっただけのことだわ！」

「夫人、何を……！」

アランは黙るようにと目で合図してくる。

美蓮はそれを無視して言葉を続けた。

「クレイグ、あなたには言ったことがあるでしょう？　女の憎しみは愛にも勝るということを、男達は軽視しすぎるって」

クレイグが沈鬱な面持ちで告げる。

「はい、奥様……確かマーク様の披露パーティーの席で」

「本当だということが判ったでしょう？」

美蓮は大きく頷いた。

「ええ、思っていたよりも簡単だったわ。『四刀《セイドウ》』にレオンを売るのも、アランの手を借りて幹部達を対立させることも」

「わ、私は関係ない！　夫人は錯乱していらっしゃるんだ」

アランは濡《ぬ》れ衣《ぎぬ》だというように、自分を振り返った隆之に首を振ってみせた。

「心配しないで、アラン。どのみち、ここから生きて帰れはしないんだから」

美蓮は邪悪な笑みを浮かべた。

「あなたが要請した応援も、もうすぐ到着することだしね。外でうろついている蛆虫《うじむし》――どうせ『彩虹《チョイホン》』の残党でしょうけど、そいつら共々、うるさい坊や達を片づけてくれるわ」

それから彼女は隆之に視線を向けた。

「おまえはまだ使い道があるから生かしておいてあげる。意識があると面倒だから、麻薬漬けにでもしてね。もっとも、カナダで私との養子縁組が成立するまでの話だけど」

それを聞いたとたん、アーサーは隆之を押しのけ、美蓮の顔に唾を吐きかけた。

「……………！」

次の瞬間、美蓮は自らの体をぶつけるようにしてアーサーに接近すると、ポケットから取りだしたデリンジャーを胸部に押し当てた。

「お馬鹿さん。もう忘れたの？」

美蓮は頬を肩にこすりつけ、アーサーの唾を拭《ぬぐ》いながら言った。

「私への侮辱は命で贖わせるって話」

小鳳の息子は悔しげに唇を噛みしめた。いい気味だ。

「アーサー！」

隆之が叫び、拳銃を美蓮に向ける。

クレイグも青ざめた顔で身を乗りだしていた。だが、その手はトラウザーズの尻ポケットを探っている。

「両手を上げなさい、クレイグ。仲間を呼び寄せたいんでしょうけど、そうはさせないわ」

クレイグは観念し、命令に従う。

「アーサーを離せ！」

だが、隆之は諦めが悪かった。拳銃を構えたまま、じりじりと近づいてくる。

「銃を捨てなさいな、マーク。持ち慣れないものを手にしたから、指が震えてるじゃないの。そんなことじゃ、人間は撃てないわよ」

美蓮はからかうように言った。

アーサーが隆之を見つめて、静かな声を上げる。

「僕のことはいい。この女を殺せ」

「あんまり挑発するもんじゃないわ、アーサー。私がどれぐらいおまえを殺したいか、知らないわけじゃないでしょう?」

美蓮はぐい、と彼の胸にさらに銃口を押しつける。

「さあ、マーク、銃を捨てるのよ。おまえと違って、私は撃てるわ」

本気だということが伝わったのだろう。隆之は焦りも露《あらわ》に、アーサーを見つめた。たぶん、アーサーの眼は『撃て』と語りかけていたに違いない。だが、隆之にはできなかった。所詮《しょせん》は平和な日本で生まれた少年だ。

「く……」

隆之はクレイグを振り返り、彼が残念そうに頷くのを見て、銃を床に落とした。

「アラン、それを拾って」

美蓮は勝ち誇った笑みを浮かべる。

「よし！」

形勢逆転と見て取って、アランが活気づく。

「クレイグ、おまえは床に俯《うつぶ》せになれ」

アーサーの後見人は唇を噛みしめ、磨き上げられた大理石に腹這《はらば》いになった。

「おまえもよ、マーク」

美蓮は冷たい声を放った。

のろのろと隆之も命令に従った。

「応援を待つまでもなかったわね、アラン。どうやら、私達だけで片づけられそうよ。あなたはクレイグを殺して。アーサーは私がやるわ」

アランはこくり、と頷いた。

「止めろ……っ！」

隆之が起き上がろうとする。

その背中を、美蓮はピンヒールで思い切り踏みつけた。

「ぐ……っ」

一瞬、息ができなくなったのだろう。隆之は身体を強ばらせ、必死に伸ばした手を震わせた。

「厄介な子ね。二人対三人は不公平だわ、アラン。さっさとクレイグを始末して」

美蓮の口調にはためらいがなかった。

「判った」

アランがクレイグの背中に拳銃を向ける。

「やはり、あなたが黒幕……いえ、黒幕の一人だった。それにしても、狐のように狡賢《ずるがしこ》く立ち回ったものですね」

クレイグは呟くように言った。

「まさか、奥様と関係があったとは……」

美蓮がクスクスと忍び笑いを洩らす。

「残念だったわね、クレイグ。ヘンリー・葉の前で、私にレオン殺しを白状させて、裏切り者の烙印《らくいん》を消そうって魂胆だったんでしょうけど……」

クレイグは目を瞑《つむ》った。もはや打つ手はない、と覚悟を決めたらしい。

「おまえは優秀な部下だった。ジョージも冥界《めいかい》でおまえのことを待っているだろうよ」

アランは下品な笑い声をあげる。

「さあ、最後のお祈りをしな。その時間があればな」

トリガーにアランの指がかかる。

だが、そのとき突然、居間のドアが乱暴に蹴破《けやぶ》られた。

「誰だ……！」

アランは反射的に振り返り、銃口をドアの方に向ける。

クレイグはその機会を見逃さず、床をごろごろと転がって逃げた。

ようやくのことでヒールキックの苦痛から立ち直った隆之が、侵入者の顔を見て安堵の声を上げた。

「ジェイソン……！」

「はいよ」

隆之の後見人はのんびりと言った。

「あんまりうろちょろしてくれるな、坊や。大きななりをして迷子なんて、みっともないぞ」

それからジェイソン・林《ラム》は、呆然《ぼうぜん》と自分を見つめている美蓮に向き直った。

「失礼しました、奥様。護衛の皆さんには少しの間、眠っていただいてます。しかし、まぁ、ドアの外で聞かせてもらったんですが、貞淑な妻が聞いて呆れるご所業ですな」

美蓮はデリンジャーを握る手にぐっと力を込めた。

（昔から何かと気に障るこの男……よりにもよって、この男に私は破滅させられるの？）

美蓮は唇を噛みしめた。いや、そんなことがあってたまるものか。

（そうよ、まだ私にはアーサーという人質がいる）

皮肉な話だ、と彼女は思った。憎い女の息子が、まさか自分の命綱になるなんて。

「馬先生」

ジェイソンはアランを振り返った。

「詳しいお話は葉老師《イップシンサン》の前でしていただきましょうか。当然、奥様とご一緒に、仲むつまじく」

「くそっ！」

アランがトリガーを引いた。ガン、という音と共に大きく上下にぶれた銃から発射された銃弾は、狙《ねら》ったはずのジェイソンの左脇腹《わき》の横を擦《す》りぬけていく。

ジェイソンはふわり、と宙に吊《つ》り上げられたように跳躍すると、続けて二発目を撃とうとしていたアランの肩口に鋭い蹴りを喰《く》らわせた。

「う……お」

アランはそのまま仰向けに倒れ込み、床に強《したた》かに後頭部を打ちつける。

彼の掌《てのひら》から飛びだした拳銃も床の上に転がり、元の持ち主である隆之の前まで滑ってきた。

しかし、その落下の衝撃でトリガーが落ちたのだろう。

「ひえっ！」

拳銃を拾い上げようとしていた隆之は、再び耳を聾《ろう》する発射音が響き渡ったことに驚いて、その場で飛び上がった。

二発目の銃弾は高価なサイドボードのガラスに小さな穴を開けると、続いて中に飾られていたクリスタルのボンボニエールを粉々にする。

「な……」

美蓮がその音に気を取られた隙《すき》を突いて、隆之は拳銃を拾い上げ、体勢を立て直す。

すると、アーサーもまた肘で強く美蓮の胸を押しやって、自由を取り戻した。

「逃がすものですか……！」

胸を強打された苦痛に顔を歪めながら、それでも美蓮は駆け去って行くアーサーの背中に銃を向けた。

「殺してやる……っ！」

「危ない！」

それに気づいたクレイグが、アーサーに叫んだ。

「ちっ！」

アランと対峙《たいじ》していたジェイソンが舌を打った。彼のいるところからは距離がありすぎて、アーサーを庇《かば》うことは難しいからだ。

「こっちだ、アーサー！」

ふいに隆之が叫び、両腕を大きく広げた。

「……っ」

アーサーは何の躊躇いもなく、その腕の中に身を投げ出す。

隆之はアーサーを抱きしめたまま、仰向けに倒れていった。

「死ねえっ！」

美蓮は眦《まなじり》を上げて叫ぶと、床に転がった少年達に向け、デリンジャーの引き金を引いた。

ガンッ、そしてパーンと、それぞれ音色の違う二発の銃声が同時に響きわたる。

「う……」

最初に美蓮の眼に映ったのは、片手でアーサーを抱き留めた隆之の、もう一方の手に握られている拳銃から立ち上った白い煙だった。

「……っ」

美蓮は再び鋭い痛みを感じて、胸元を押さえた。服を通して滲《にじ》んできた血が、彼女の優雅な白い手を汚してゆく。美蓮はそれを信じられない思いで見つめながら、床の上に頽《くずお》れた。

「撃った……わね……」

アーサー共々立ち上がり、先程とは反対に自分を見下ろしている隆之に、美蓮は言った。

「これ……で……あんたも人……殺しよ」

「アーサーを守るためだ」

隆之は青ざめていたが、それでもきっぱりと宣言した。

「そのためなら、俺は何でもする」

強い意思を感じさせる隆之の横顔を、アーサーが穏やかな瞳で見つめている。彼のそんな顔は初めて見たと、美蓮は思う。母親が違うにも拘《かか》わらず、ぴたりと息の合った兄弟。本当に、憎らしい二人だ。

そのとき、昏倒していたアランが正気づき、ふらふらしながら起き上がった。そして美蓮の

様子に気づくと、悲鳴のような声を張り上げる。

「美蓮……！」

アランはまろぶように美蓮に駆け寄ると、まもなく死を迎えようとしている女の肩を、乱暴に揺さ振った。

「おいっ！『泰福天珠』はどこだ？　一体どこに隠した……っ！」

彼の錯乱ぶりは、あまりにも見苦しかった。近くにいたジェイソンは顔をしかめると、再び背後からアランを蹴倒す。

「ぶ……っ」

今度は床の上に顔面を打ちつける羽目に陥った彼は、強烈な痛みに悶絶《もんぜつ》し、再び意識を飛ばしてしまった。

「奥様、『泰福天珠』はどちらに？」

クレイグが美蓮の傍《かたわ》らに膝《ひざ》をつき、静かに問うた。

「聞いて……もムダよ……私は……言わな……い」

美蓮は自分を見下ろしている隆之とアーサーに、もう一度視線を合わせると、精一杯の冷笑を閃かせた。

「あれ……は李家の正……統な血筋の者……だけが持てるもの…………おまえ達なん……かに渡してたまる……もんですか……」

そう、レオン・李のものは誰にもやらない。全ては私のものなのだからと、美蓮は思った。

その意識を最後に、段々と視界が暗くなってゆく。

（レオン……）

闇《やみ》の中に、美蓮は夫の面影を探す。

だが、彼女を迎えたのは空虚だけだった。


ややして、どやどやとコンドミニアムに駆け込んでくる足音がした。

「おまえのところの者か？　それとも、アランが呼んだ応援かな」

ジェイソンはそう言うと、クレイグを振り返った。

「私の部下だと思う。先程、このトランシーバーで信号を送った」

クレイグは尻のポケットから取り出した機械を示してみせた。

ジェイソンは肩を竦める。

「抗争を続けるつもりがないんなら、手下どもを上手く宥めろよ」

「判っている」

クレイグは承知すると、改めて聞いた。

「どうして、私達がここにいると判ったんだ？」

「おまえが『アラン・馬に気をつけろ』と言ったからさ」

ジェイソンは微笑む。

「別の視点から見てみたわけさ。俺は石頭じゃないんでね。ま、正直に言えば、今夜は取りあえず偵察に来たんだよ。おまえさん達がいたのは偶然だ」

黙って話を聞いていたアーサーが、それを聞いて微笑む。

「その偶然のおかげで助かった。ありがとう」

彼を見て、ジェイソンは口笛を吹いた。

「こいつは驚いた。アーサー様がお礼をおっしゃるなんて」

その言葉を聞いて、アーサーがわずかに顔を赤らめる。

「いつだって『人生、辛いことばかり』と世を拗《す》ねたようなお顔をしていらしたのに、どういう心境の変化やら……」

そこでジェイソンはちらり、と隆之にも目をやった。すると、隆之も顔を赤くして、もじもじしているではないか。素早く状況を読み取ったジェイソンは破顔し、一際明るい声を上げた。

「いや、結構、結構！ 人の上に立つ御方はそうでなければいけません。思いやりを見せてると、配下のやる気が違ってきますからねえ……！」

話が見えないクレイグが胡散臭《うさんくさ》げに見ていることに気づいたジェイソンは、片目を瞑った。たまたま、一つきりの愛を守ることができた僥倖《ぎょうこう》を噛みしめながら。

17

ヘンリー・葉《イップ》の命令により、アラン・馬《マ》は香主《シャンチュ》殺しの極悪人として制裁された。サイラスのときと同じで、この場合も『制裁』とは死を意味する。

頑固一徹のイアン・羅《ロー》は、まんまとアランに乗せられ、誤解だったとしてもアーサーをつけ狙った責任を取りたいと、自ら美蓮《メイリー》が取り仕切っていたカナダの事業を引き受けることを申し出て、海を渡っていった。

そして、隆之《たかゆき》の正式な辞退を受けて、『開心《ホイサム》』の後継者はアーサー・李《リー》と決められた。ただ、すぐに香主を名乗ってしまうと、黒社会《ヘイサーホイ》に入会したことになり、十七歳からの三年間――貴重な青春時代を刑務所暮らしに捧げなければならなくなる。それではあまりにも可哀相だという葉老師《イップシンサン》の口添えもあり、二十歳までは補佐としてジェイソンとクレイグが組織を仕切ることになった。

アーサーが葉老師から未来の香主にふさわしい帝王学を学んでいる間、隆之はジェイソンから武術を習うことにした。いずれ、アーサーの剣となり、盾となるために。師匠に言わせれば、なかなか筋はいいらしい。

「権利はおまえにもあったのに、なんで香主の座を辞退したんだ？」

隆之がアーサーの護衛となり、自分と同じく手を血で染める仕事につくと聞いて、後見役はひどく浮かない顔をした。

「その器じゃないからね」

隆之は信念に満ちた笑顔をみせて言った。

「それに欲しいものは手に入ったんだ。だから、他には何も望まない」

口に出さなくても『欲しいもの』というのがアーサーだということは、ジェイソンにも判っていた。

（本当に俺達は似ているな。おまえといい、俺といい、どうしてああ面倒なタイプが好きなのかねえ）

理由は判らない。だが、好きなものは仕方がない。ジェイソンは隆之の頭を掻き乱した。

「お互い、貧乏くじを引く運命だ。ま、よろしくな。相棒……」

幹部としては一応和解をしたものの、ジェイソンとクレイグの個人的な関係は冷え切ったままだった。クレイグはジェイソンと二人きりになることも多かったが、そんなときも無表情を貫き、決して動揺を見せたりはしない。

（つまり、相手をする必要がないときは、そこにいないかのように扱われているというわけ

だ)

とはいえ、完全に無視をすることはできないようだ。一度など、悪戯心を起こして自分のことを抱きしめたジェイソンの背中に、痣《あざ》がつくほどペーパーナイフを突き立てたことがある。

「いっ……てえな」

思わずジェイソンが不服の声をあげると、クレイグは艶《つや》やかに微笑んで、しらっと言った。

「ぶつぶつ言えるのも命あっての物種だろう。この次、私が握りしめているのは、間違いなく本物のナイフだ」

そんな脅《おど》し文句を聞くと、ジェイソンはゾクゾクしてしまう。まったく、好きにならずにはいられない。クレイグは決して自分を見失わないのだ。あの細い身体のどこに、と思うほどの強さと逞《たくま》しさを持っている。クレイグのような人間はどこにもいない。だから、ジェイソンはどうしても彼を諦める気になれない。

(決して手に入らないものだから、どこまでも追い続けていられる……)

肉体の話ではない。体力に勝るジェイソンが本気になれば、尋問を口実に彼を犯したときのように、クレイグを自由にすることは容易《たやす》いはずだ。

(そう、身体じゃない。決して俺のものにならない心が欲しい)

もっとも、ジェイソンはちゃっかりしているから、機会があればクレイグと寝ることを拒絶したりはしないだろう。心と身体、その両方を手に入れれば、歓びは倍になるというものだ。

（俺を愛することが不可能なら、憎んでくれても構わない）

けれど、その場合もジェイソンに対する憎しみは、誰よりも強くクレイグの心に刻み込まれなければならなかった。斬《き》った張ったの荒っぽい人生を送ってきた男の、冷えきった心を動かすのは、燃え上がるように熱い衝動だけなのだから。

（その相手のことしか考えられないほど憎むというのは、狂気に陥るほど誰かを愛するということに似ているな）

いずれにしても、運命の相手は一人――たった一人だけがジェイソンの心を独占することができる。

（未来永劫、俺の心に棲《す》み続けるのはおまえだけだ、クレイグ）

それは、ジェイソンという気まぐれな男が立てる、唯一の操だった。そして、彼の屈折した愛情を理解できるのも、クレイグ以外にはいなかった。

確かにクレイグはジェイソンという人間を理解していた。

（彼に対する最高の復讐は、彼のことなどどうでもよくなるほど、ほかの人間に心を囚《とら》われることだ）

本当にそんな事態が起こったとき、ジェイソンがどんな行動を起こすのか、クレイグは手に取るように判った。彼は油断のならない男だったが、その思考のパターンはどちらかといえば単純だからだ。

(ようするに子供だ。決して我慢することを知らない)

ジェイソンはクレイグに自分の存在を思い知らせるように、その第三の人物を殺《あや》めるだろう。

クレイグはふと苦笑した。悪戯に誰かの命を犠牲にすることも望ましくはない。とはいえ、問題はジェイソン以上に鮮やかな印象を持つ人間が、そうそう存在しないということだった。たとえば、新たに出会った人物を見極めようとするとき、自然とクレイグの心に比較対象として浮かび上がる顔はジェイソンのものだった。

(彼の声……手の感触……体温……疎《うと》ましい限りだが、それら全てを今でも覚えている。どうしても忘れることができない)

それは決して口に出すことのないクレイグの真実だ。だが、ジェイソンを受け入れることもできなかった。自らジェイソンにしなだれかかるさまなど、想像しただけでも吐き気がする。クレイグにとって、ジェイソンは心を許せる相手ではないのだ。誰に相対するよりも緊張し、神経を張り詰めていなければならない存在だった。

不毛なジェイソンとの関係の中に快さを見出すとすれば、それはこの鋭いテンションだとクレイグは思う。ナイフを玩《もてあそ》ぶスリルにも似た感覚と言えばいいだろうか。

(だから、もう少し遊んでやろう、ジェイソン)

クレイグは微かな笑みを口元に滲ませた。いずれ憎しみが極まって、殺し合うことになるかもしれない。まず考えられないが、何かの契機で再び枕を交わすことだってあるかもしれない。いずれに転んでも、二人は決して退屈するということを知らずにいられるだろう。

これも生涯、口に上らせることはないが、二人きりになったとき、しばしばクレイグはジェイソンに抱かれたときのことを考えている。激しく喘ぎ、むせび泣きながら、ジェイソンの背中に取り縋《すが》り、自ら腰を打ちつけて彼を求めたときのことを。

(よくも、あのようなことが……)

獣のように互いを貪《むさぼ》り合った一刻は、今となっては夜半に見た禁断の夢のようにも思える。あの夜の奔放な自分と、真面目くさってアーサー達について話し合っている自分が同一人物だということが、我ながら不思議でならない。それとも、人は誰でもこのように、矛盾した二つの顔を持っているものなのだろうか。

ジェイソンはそんな風に想像の世界に遊ぶクレイグの姿に気づくと、無視されているようで面白くないらしく、すぐにちょっかいをかけてくる。ふいに抱きしめたり、キスを仕掛けたりの悪戯だ。

(本当にバカな男。何も判っていない。私が考えているのは、お前とのことだったのに……)

ジェイソンと同衾《どうきん》した記憶、そして彼から与えられた感覚は、すでにクレイグのものとなっていた。クレイグは現実のジェイソンと寝ることは断固として拒絶するが、脳裏に棲みついたジェイソンとは何度も、いかようにも抱き合う。そうしてジェイソンは、決して手だしのできない場所で、自分の幻影と戯れているクレイグに嫉妬《しっと》するのだ。

（なんと素晴らしい復讐……！）

クレイグはそっと微笑んだ。指を銜《くわ》え、歯噛みをするジェイソンを見ることほど、心が浮き立つものはない。

美蓮が最後まで秘匿《ひとく》していた『泰福天珠《タイフッティエンジュ》』の在処は、クレイグが捜しだした。

大体の方角を占った彼は、それが自分の予測していたとおりの場所であることに深い感慨を覚えたものだ。『泰福天珠』はレオン・李の墓所の中にあったのである。

（亡くなった奥様は、香主の隣に葬られる。ご夫婦が揃《そろ》って鬼籍に入られたら、墓は密閉されることになっていた）

封印された墓を暴こうとは、誰も思わない。死者を冒瀆《ぼうとく》すれば、不運に見舞われる。

確かに美蓮は『宝玉を李家の正統以外には渡さない』という覚悟で、そこに隠したのだ。

（奥様はもう愛していないから殺したのだ、と仰《おっしゃ》っていたが、本当は誰よりも香主を強く愛しておられたのだろう。もう、誰ともレオン・李を分かち合いたくなかったのだ）

ある意味では、美蓮とレオンはとてもよく似た夫婦だったのだろう。自己愛が強すぎ、他人を愛することに不器用な魂。だから、危うく殺されかかったというのに、あまり恨む気持ちにもなれないのかもしれない。

（お可哀相な方だった。だから、危うく殺されかかったというのに、あまり恨む気持ちにもなれないのかもしれない）

クレイグは苦笑する。確かに女性の憎しみとは恐ろしいものだ。美蓮の陰謀は、『開心』の幹部のほとんどを死に至らしめ、組織を弱体化させてしまった。幹部同士の抗争のために九龍《カオルン》の空気は乱れ、その隙を『四刀』の王が虎視眈眈《こしたんたん》と狙っている。それでも、

（心配する必要はないぞ、アーサー。おまえが香主の座につくまで、『開心』の縄張りは一握の土すら王《ワン》には渡さない）

クレイグはそう決心していた。

「決して振り向くな。野心の赴くまま、どこまでも前へ、前へと走っていけばいい……」

そう呟いて、クレイグは顔を上げた。

葉老師の屋敷を譲り受け、自分の本宅と定めたアーサーは、その庭で隆之とキャッチボールをしている。

「行くぞ！」

楽しそうに笑うアーサーの声が聞こえてきて、クレイグもまた微笑んだ。

確かに振り返る必要などない。アーサーには背中を護る人間がいるのだから。

「もう少し、真っすぐ投げろよ」

隆之は見本を見せるように、アーサーのミットに見事なストレートを投げた。

「言うのは簡単だよ。野球なんてやったことないんだから……」

しかし、ぶつぶつ言いながらアーサーが投げたボールが、たまたま隆之のミットに吸い込まれた。

「見ろ！　今度はど真ん中だぞ」

アーサーは得意そうに言って、明るい笑みを閃かせた。

そんな彼を見つめる隆之の顔も輝いている。

「凄い、凄い！　じゃあ、今度は俺のカーブを受けてみろ！」

綺麗なフォームでボールを投げた彼の喉元で、鮮やかな翠色《みどり》が跳ねた。

隆之の首を飾る、細い黒革のチョーカー。

その先で揺れている石こそ、翡翠《ひすい》の至宝『泰福天珠』だった。

そう、アーサーは宝玉を隆之に贈ることで、世間に宣言したのだ。

李家の正統はアーサーとマーク・李。

これから『開心』の未来を切り開いていくのは、自分達だということを。

あとがき

こんにちは、もしくは、はじめまして！　松岡《まつおか》なつきです。

懐かしいシリーズを復刻していただきました。

実際に香港の中国返還前に書いていた作品なので、今とは為替《かわせ》レートも施設の名前も違っています。

当時、飛行機が降り立つのは『啓徳（カイタック）空港』でした。本文中にも出てきますが、市街地に降下するような感覚があるため、各社のパイロットにアンケートを取ると、大抵ここが『世界で最も離着陸が難しく、危険な空港』として挙げられていました。

新しい空港ができたために、こちらは取り壊されてしまいましたが、今も私の記憶には着陸間際の宝石箱をひっくり返したような夜景と、飛行機を降りた瞬間、鼻を掠《かす》める独特の匂いが残っています。

隆之《たかゆき》のお披露目をした場所も、今は別の名前をつけられています。

当時はリージェント――麗晶という美しい名前を持ったホテルで、返還前の二年間、妹と私はここでクリスマスを迎えました。

イブの朝、支配人主催のブランチ・パーティーがあって、宿泊客は好きなだけシャンパンとキャビアを頂けます。そして、夜になると白い制服を来たボーイが部屋を訪れて、『メリー・クリスマス！』の挨拶《あいさつ》と共にホテルからのギフトを届けてくれるのです。一年目は便箋《びんせん》と封筒の入った漆《うるし》のレター・ボックス。二年目は色とりどりのポプリが入ったラウンド・ボックスでした。

三年目も行くつもりだったのですが、残念ながら都合がつかず――ぼーっとしている内に、愛するリージェントは別のホテル・グループに買収され、名前を変えてしまったというわけです。たぶん、部屋の感じは変わっていないと思いますが、クリスマスのイベントはどうかなあ。


シリーズの挿画を引き受けてくださった乃一《のいち》ミクロ先生、本当にありがとうございます。どのキャラクターも素敵なルックスにしていただきましたが、特にカワイコちゃんコンビ！　ラフの時点から美々しく、うっとりしました。今後もよろしくお願いいたします。

担当の山田さんのお心配りにも御礼申し上げます。

そして、読者の皆様に心からの感謝を捧げます。初心を忘れず、応援してくださる皆様方に少しでも楽しんでいただけたら、と願いつつ、これからも書いて参りたいと存じます。

この本を読んでのご意見、ご感想を編集部までお寄せください。

《あて先》〒105-8055 東京都港区芝大門2-2-1 徳間書店 キャラ編集部気付
「H・K《ホンコン》ドラグネット①」係

■**初出一覧**
H・K《ホンコン》ドラグネット①……1995年青磁ビブロス刊
文庫化にあたり、大幅に加筆・修正しました。

Chara

H・K《ホンコン》ドラグネット①……【キャラ文庫】

2011年7月31日　初刷

著者　松岡なつき
発行者　川田 修
発行所　株式会社徳間書店
〒105-8055　東京都港区芝大門2-2-1
電話048-451-5960(販売部)
03-5403-4348(編集部)
振替00140-0-44392

印刷・製本　図書印刷株式会社
カバー・口絵　近代美術株式会社
デザイン　間中幸子

ISBN978-4-19-900627-2